Knaur

Über die Autorin:

Dagmar Hansen studierte Sprachen in Heidelberg und Saarbrücken, machte ihr Diplom als Dolmetscherin und arbeitete anschließend als freie Übersetzerin. Ihr erster Roman *Pommes mit Ketchup* wurde auf Anhieb ein Bestseller. Auch ihre folgenden Romane, die beinahe alle in ARD und ZDF verfilmt wurden, entwickelten sich zu großen Erfolgen. Dagmar Hansen lebt in Herborn.

DAGMAR HANSEN

RETTE MICH WER KANN

ROMAN

Knaur

Besuchen Sie uns im Internet:
www.knaur.de

Vollständige Taschenbuchausgabe 2002
Droemersche Verlagsanstalt Th. Knaur Nachf., München

Umschlaggestaltung: ZERO Werbeagentur, München
Umschlagabbildung: Getty Images Germany
Satz: Ventura Publisher im Verlag
Druck und Bindung: Nørhaven Paperback A/S
Printed in Denmark
ISBN 3-426-62202-5

2 4 5 3 1

25. August

Hochzeitstag! Siebzehn Jahre mit demselben Mann verheiratet, aber das macht überhaupt nichts, er ist immer noch meine große Liebe. Ich male mir aus, gleich mit Paul Newman (dem *jungen* Paul Newman) oder Sean Connery (kann ruhig so alt sein, wie er ist, wenn er nur diesen unheimlich sexy Kilt anzieht, in dem er geadelt wurde) in den »Schlosskeller« essen zu gehen, und kriege Herzklopfen wie damals in der Kirche, als Thomas mir den Ring an den Finger stecken sollte. Die Hand meines frisch angetrauten Ehemanns glitt in die rechte Anzugtasche, fuhr wieder heraus, versenkte sich in die linke, während sein Gesicht rot anlief. Er schloss die Augen. Ich musste lachen, war aber unsicher, ob man bei seiner eigenen Trauung lachen darf, also küsste ich ihn. Die Schachtel mit den Ringen fand sich später auf der Flurkommode meiner Eltern, wo Thomas sie deponiert hatte, damit er sie nur ja nicht vergaß.

Durchwühle meinen Schrank nach Kleidungsstücken, mit denen ich bei Sean Connery Eindruck schinden könnte. Gestern lief »Frühstück bei Tiffany« im Fernsehen. Hab den Film bestimmt schon 27 Mal angeschaut, aber auch beim 28. Mal sah Audrey Hepburn wieder wie ein schönes, zartes Reh aus. Sie und Sean Connery hätten ein wunderbares Paar abgegeben. Mir ist nach Schleierhütchen, einem schlichten, figurbetonten kleinen Schwarzen, einer doppelreihigen Perlenkette und schwarzen Pumps mit Schwindel erregend hohen Pfennigabsätzen.

(Da fällt mir ein: Die Suche nach meinem Hut kann ich mir sparen, der schwarze Strohhut mit Federbesatz vom Flohmarkt ersoff vor Jahren im Gartenteich, als Lisa damit Goldfische fangen wollte.)

Finde kein kleines Schwarzes, da nicht in meiner Garderobe vorhanden, aber verloren geglaubten, kurzen schwarzen Rock, hurra! (Sieht ziemlich eng aus, kann aber optische Täuschung sein. Habe nächste Woche Termin beim Augenarzt.) Ganz unten im T-Shirtstapel entdecke ich ein tief ausgeschnittenes schwarzes Stretch-Top aus dem Schlussverkauf von vor sechs Jahren, erst einmal getragen. Warum eigentlich?

Habe meinen besten schwarzen Slip mit »Bauchweg-Effekt« angezogen, nagelneue hauchdünne schwarze Seidenstrumpfhosen und den trägerlosen Spitzen-Bügel-BH und ahne, warum ich das Top nur einmal anhatte: Weil ich eben diesen BH drunter tragen muss, und der kneift im Rücken und an den Seiten. Außerdem scheinen die Körbchen irgendwie geschrumpft zu sein, vielleicht, weil das Teil so lange im Schrank gelegen hat. Na egal.

Das Stretchtop stretcht sich wie zweite Haut. Der Rock klemmt beim Hochziehen am Hinterteil. Warum knirschen die Nähte so? Ob der Stoff mürbe geworden ist? Auch der Reißverschluss klemmt, ist bestimmt eingerostet. Ob ich bisschen Seife dranschmiere? Ach was, klappt auch so. Ich muss nur den Bauch einziehen und die Luft anhalten. Da, geschafft, Reißverschluss ist zu. Aber der Rock schlägt Falten um die Hüften und ist hochgerutscht, hoffentlich ist er jetzt nicht zu kurz, muss ich mir im Spiegel ansehen. Aber erst noch die Schuhe. Babs sagt immer, die falschen Schuhe ruinieren das schickste Outfit. Die schwarzen Pumps, die ich mir damals extra für ihre Hochzeit gekauft habe, sind jetzt bestimmt wieder hochaktuell und sehen außerdem aus wie neu, weil ich sie nur das eine Mal anhatte. Stöckele zum Spiegel im Flur (jetzt weiß ich wieder, warum ich diese Schuhe nur ein einziges Mal anhatte. Sie sind eine Nummer zu klein). Betrachte mich und sehe eine dicke, schwarze Wurst, die aus der Pelle quillt. Eine Blutwurst von der Sorte, die Thomas knusprig mit Zwiebeln gebraten mit Kartoffelpüree und Apfelmus isst. Heute Morgen, nackt und nüchtern, hab ich noch 55 Kilo gewogen auf der Waage, die uns Tante Minchen zur Hochzeit geschenkt hat. JEDER in der Familie wiegt 55 Kilo. Thomas, Frederick, Lisa und ich, seit Jahren hat sich unser aller Gewicht nicht verändert. Und jetzt steh ich da, innerhalb weniger Stunden aufgequollen bis zur Unkenntlichkeit, und möchte am liebsten losheulen. Schlucke und schniefe, beherrsche mich aber. Eine Blutwurst mit rot geheulten Augen und verschmierter Wimperntusche, das kann ich Sean Connery nun wirklich nicht antun. Bin so mit den Nerven fertig, dass ich erst mal eine rauchen muss. Setze mich mit meiner Zigarette aufs Bett, nachdem ich vorher das Fenster aufgerissen habe, Thomas kann Qualm im Schlafzimmer nicht ausstehen und ich auch nicht.

Krrkrkkrkrk. Das war der Reißverschluss von dem blöden Rock, den ich schon längst in die Altkleidersammlung hätte geben sollen. Verspüre schon wieder das dringende Verlangen loszuheulen. Wie kann man bloß so ekelhaft fett sein, wenn man 55 Kilo wiegt? Ab in den Mülleimer mit dem Rock. Was zieh ich bloß an? AN MEINEM HOCHZEITSTAG?

Hmm. Ich entscheide mich für eine schwarze Leinenhose mit Gummizug in der Taille und ein weißes Flatterhemd. Morgen fange ich mit der »Brigitte«-Diät an, ganz bestimmt. Eisern.

Ich denke voller Sehnsucht an mein Hochzeitskleid, das in einer mit Seidenpapier ausgeschlagenen Schachtel im Keller liegt. Warum nur hab ich nicht früher dran gedacht, es zur Reinigung zu bringen, damit ich es heute Abend anziehen kann?

Nach unserer Trauung, beim Sektempfang, sagte Mama, ich sähe heute wirklich zauberhaft aus. Besonders vom Dekolletee aufwärts.

»Was soll das heißen, besonders vom Dekolletee aufwärts?«, giftete meine Schwester Babs. »Was ist mit dem Rest? Mit dem Kleid, das ich eigenhändig entworfen und genäht habe?«

Mama seufzte. »Gar nichts. Es ist entzückend. Dein Vater und ich hätten uns nur gewünscht, dass … nun, dass ein anderer Schnitt für Judith in Frage gekommen wäre.«

Babs beäugte mich kritisch. »Wir *hätten* uns natürlich für ein Zweimannzelt aus Fallschirmseide entscheiden können … aber findest du das nicht ein bisschen gewagt für Grafenberg, Ma?«

Mama seufzte wieder, noch ein wenig leidender als zuvor, und driftete hinüber zu meinem Vater, der sich mit Thomas' Eltern unterhielt.

»Manchmal könnte ich ihr den Hals umdrehen«, murmelte Babs und stürzte ihren Sekt in einem Zug herunter. Wer wollte es ihr verdenken, dass sie nach Lob und Anerkennung lechzte? Mein Empirekleid aus mehreren hauchdünnen Lagen zartrosa indischer Baumwolle war ein Traum. Man musste schon sehr genau hinsehen, um zu bemerken, dass es über der Brust ein wenig spannte. Und auf den Hochzeitsbildern hielt ich den Brautstrauß, ein großes Gebinde aus rosa Röschen, so geschickt, dass man kaum sah, wie schwanger ich war.

Kurz vor sechs. Ich sitze in der Küche und warte auf Thomas. Er ist Betriebsleiter in einer Druckerei und hat normalerweise um vier Feierabend, was heißt, dass er meistens nicht vor sechs zu Hause ist. Aber heute, an unserem Ehrentag, wollte er sich auf nichts einlassen – außer, wenn sein Chef vor ihm auf die Knie fallen und ihn anflehen würde, doch bitte, bitte noch dies und jenes zu erledigen. »Aber das hat er noch nie gemacht«, beruhigte mich Thomas. »Er hat Arthrose im Knie.« Jetzt stelle ich mir vor, wie sein sechzigjähriger, arthritischer Chef ein Kissen holt, sich schwerfällig darauf niederlässt, die Hände ringt und jammert: »Ach, Herr Horn, Sie dürfen mich doch nicht im Stich lassen. Sie wissen doch, wir haben zu wenig Leute. Und ich werde leider dringend auf dem Golfplatz gebraucht …« Mein Mitleid mit dem händeringenden Jammerlappen hält sich in Grenzen. Hätte er eben nicht so viele Mitarbeiter wegen der schlechten Unternehmenslage entlassen dürfen. Und warum ist er Mitglied in einem teuren Golfclub, fährt einen dicken Mercedes, wohnt in einer Villa und fährt drei Mal im Jahr in Urlaub, wenn's der Firma angeblich so schlecht geht?

»Seine Frau hat Geld«, erklärte Thomas. Und dann sagte er leise: »Stell dir doch nur mal vor, es hätte mich getroffen und nicht den Kollegen Mayer …« Ich mochte es mir nicht vorstellen. Allein der Gedanke, dass Thomas arbeitslos werden könnte, jagt mir einen kalten Schauer den Rücken herunter.

Unser Tisch im Restaurant ist für halb sieben bestellt. Mein Magen knurrt vorwurfsvoll. Er ahnt die drohende Diät und protestiert schon mal im Voraus, obwohl er weiß, dass er gleich noch mal gut gefüttert wird, und außerdem weil Lisa gegenüber sitzt und zu Abend isst. Meine Augen funken Bericht an Magen: Das war die achte Scheibe Toast, dick mit Nutella bestrichen, in die Lisa soeben gebissen hat. »Schmeckt's?«, frage ich neidisch.

Sie nickt mit vollen Backen und hält mir den Löffel zum Ablecken hin. Ich schlecke und träume von der Mousse au chocolat, die ich gleich zum Nachtisch bestellen werde … Also, wenn Thomas jetzt nicht gleich kommt, schmiere ich mir auch einen Nutellatoast.

»Was schenkst du Papa zum Hochzeitstag?«, erkundigt sich Lisa zwischen zwei Happen.

»Rasierwasser. Ein ganz feines.«

»Hast du ihm nicht schon zum Geburtstag so was geschenkt?«

»Das war Deo. Und Duschlotion.«

Lisa rümpft die Nase und schiebt noch einen Toast in den Toaster. Meine Kleine. Als ich sie nach der Geburt zum ersten Mal im Arm hielt, musste ich heulen vor lauter Rührung. »Ich bin so froh, dass sie keine Glatze hat«, schluchzte ich und strich immer wieder mit dem Finger über den dichten, dunklen Flaum auf ihrem Köpfchen. Dabei war ich so glücklich, dass ich im Fall der Kahlköpfigkeit sicher geschluchzt hätte: »Ich bin so froh, dass sie keine Haare hat!« Zwölf Jahre ist das jetzt her. Ich denke das, was alle denken, wenn sie die dreißig erst mal hinter sich gelassen haben: Meine Güte, wie die Zeit vergeht.

»Bin gespannt, was Papa dir schenkt«, sagt sie, geht zum Kühlschrank und gießt sich ein Glas Milch ein.

Klick, macht es in meinem Hirn. Jetzt weiß ich, wieso Thomas auf sich warten lässt. Natürlich hat er sich nicht vom Chef zu Überstunden beschwatzen lassen. Er ist unterwegs, um mir ein Geschenk zu kaufen! Ich kenne doch meinen Thomas, der immer auf den letzten Drücker loszischt. Schwelge in Vorfreude. Womit wird er mich überraschen? In den letzten Tagen habe ich immer wieder mit Zaunpfählen gewinkt: Mein Parfum – Romance, von Ralph Lauren – ist fast leer. Im Schaufenster vom »Wäschestübchen« hängt ein süßes HIMMELBLAUES NACHTHEMD. Es gibt jede Menge KOCHBÜCHER, die ich NOCH NICHT habe … ZUM BEISPIEL …

Bei dem Gedanken an Kochbücher gibt mein Magen einen gurgelnden Laut von sich. Es hilft alles nichts. Wenn Thomas nicht bald kommt, dann …

Ich stecke mir eine Zigarette an, um die Finger vom Nutellatopf fern zu halten.

»Fredde raucht auch«, bemerkte Lisa. Mir blieb fast das Herz stehen. *Fredde?* Mein Sohn Frederick, der uns jahrelang Vorträge über die Gefahren des Rauchens hielt? Der Thomas und mir glatt ins Gesicht sagte, wir wären oral retardiert und willensschwach, weil wir an glimmenden Nikotinschnullern lutschen?

»Fredde doch nicht!«, behauptete ich im Brustton der Überzeugung.

Lisa grinste. »Heimlich, natürlich. Was denkst denn du. Zum Beispiel in der großen Pause auf dem Raucherhof.«

Lisa beobachtete mich, ihre Augen glänzten in Erwartung eines Dramas. Würde ich jetzt in Fredericks Zimmer stürmen, ihm die Kopfhörer herunterreißen, den Computerstecker herausziehen und ihn zur Schnecke machen? In der Tat hätte ich große Lust dazu. ABER: Wie kann ich einen Siebzehnjährigen zur Schnecke machen, weil er etwas tut, was Thomas und ich und ein paar Millionen andere Idioten auch tun, obwohl auf jedem Zigarettenpäckchen steht: Rauchen gefährdet die Gesundheit. Und: Rauchen verursacht Krebs.

»Frau Mittendorff sagt, wenn die Eltern ein schlechtes Beispiel geben, darf man sich nicht wundern, wenn die Kinder auch anfangen zu rauchen«, verkündete Lisa.

Dem ist leider nichts entgegenzusetzen, auch wenn Lisas Lehrerin, Frau Mittendorff (zwei t, zwei f, bitte!) AUCH gesagt hat, dass kein Mensch, der ein Herz im

Leibe habe, den Gedanken ertragen könne, Eier zu essen, weil die armen Hühner sich beim Legen so quälen müssten.

»So ein Quatsch!«, meinte Thomas, als Lisa beim sonntäglichen Frühstück mit köstlichen Vierminuteneiern von glücklichen Hühnern von nebenan mit dieser Perle der Weisheit ankam. »Hühner legen nun mal Eier. Es ist ihre Bestimmung, denn es dient der Fortpflanzung. Und es macht den Viechern nicht das Geringste aus.«

»Woher willst du das wissen?«, empörte sich Lisa. »Frau Mittendorff sagt, auch Hühner haben Gefühle. Und sie leiden, wenn sie sich diese großen, harten Dinger rausquetschen müssen.«

»Ja, meinst du denn, sie hören damit auf, wenn wir auf einmal alle keine Eier mehr essen?«, entgegnete Thomas erbost.

Worauf Frederick aufstand, sich neben den Tisch hockte und eine schauspielerische Glanzleistung hinlegte, besonders wenn man bedenkt, dass er einsachtzig groß ist und normalerweise nicht weiß wohin mit Händen so groß wie Bratpfannen und Quadratlatschen in Nike-Basketballstiefeln Größe 46. Doch da kauerte eine Henne, ruderte mit den Flügeln, drückte und gluckste zum Erbarmen, bis sie schließlich ein Ei produzierte – um gleich danach ihr armes Leben auszuhauchen. Thomas und ich lachten, bis uns die Tränen kamen. Die tote Henne auch.

»Ihr seid so gemein!«, schrie Lisa. »Das sag ich der Frau Mittendorff!«

»Tu das«, meinte Thomas ungerührt, doch ich bekam ein schlechtes Gewissen. Es war nicht recht, sich über jemanden lustig zu machen, der auf so vieles im Leben verzichtete. »Ganz freiwillig«, wie sie betonte. »Zum Wohle allen Lebens auf diesem Planeten.«

Vom letzten Elternabend war mir noch in Erinnerung, dass sie sich sämtlicher Produkte enthielt, die von Tieren stammen. Auf der Liste der verbotenen Dinge standen weiterhin: ALKOHOL. FERNSEHEN. SÜSSIGKEITEN.

Ich suchte in Frau Mittendorffs Optik nach Spuren, die so ein Lebenswandel hinterlassen muss: rappeldürre Gestalt, hängende Mundwinkel, mürrisch-leidender Gesichtsausdruck. Ergebnis der Inspektion: Frau Mittendorff sieht aus wie Audrey Hepburn. Die junge Audrey, oder jedenfalls so, wie sie ausgesehen hätte, wenn sie auf Make-up verzichtet und Espadrilles statt Stöckelschuhen getragen hätte. Seufz. Übrigens erzählte sie uns noch, dass sie sich ihre Garderobe aus naturbelassener Baumwolle selbst näht. Unnötig zu erwähnen, dass sie darin aussieht wie die Favoritin im Wettbewerb um die »Miss Ökoworld«.

Nach diesem Elternabend hatte ich das Gefühl, neue Wege gehen zu müssen. Als Einstieg servierte ich meinen Lieben eine Hirse-Dinkel-Quiche mit Tofu, nach Frau Mittendorffs Lieblingsrezept. Es blieb ziemlich viel übrig. Ich brachte die Reste unserer Nachbarin, die sie an ihre Hühner verfütterte. Bin seitdem nicht mehr von den alten, ausgetrampelten Pfaden abgewichen. Man muss realistisch sein: Kann in meinem Alter nicht mehr auf den Titel der »Miss Ökoworld« hoffen.

Ich drücke meine Zigarette im Aschenbecher aus und nehme mir fest vor, bei passender Gelegenheit mal in aller Ruhe mit Frederick über seine Nikotinsucht zu reden.

Wenn man von der Sonne spricht …

Da schlurft er auf Socken herein, mein Sohn. Seine Haare sind so kurz geschoren, dass die Kopfhaut durchschimmert. Der schlabbernde Hintern seiner Jeans befindet sich auf Höhe der Kniekehlen, die Hosenbeine sind so lang und weit, dass er sie hochkrempeln muss, wenn er keine Schuhe anhat. Thomas behauptet, Frederick sieht in dieser Art Beinkleidern aus wie ein Pygmäe mit Windeln. Unser Sohn quittiert die väterliche Kritik nur mit einem mitleidigen Lächeln: Ein Tattergreis von über vierzig hat nun mal keine Ahnung, was in der elften Klasse modisch angesagt ist.

»Ich dachte, du wolltest mit Papa essen gehen? Wegen Hochzeitstag und so?«, sagt Frederick, lässt sich auf den Stuhl neben Lisa fallen und steckt zwei Toasts in den Toaster.

Wenn ich jetzt das Thema Rauchen aufs Tapet bringe, könnte Frederick auf die Idee kommen, dass Lisa gepetzt hat. Nicht günstig, besonders für Lisa. Werde Frederick morgen in seinem Zimmer aufsuchen. Das bedeutet, dass ich mir mit Fußtritten rechts und links einen Trampelpfad durch herumliegende leere Colaflaschen, Chipstüten, dreckige Wäsche, Schulhefte, Bücher, Kartons und Disketten zum Computer bahnen muss. Seufz. Aber vielleicht verschlägt das Chaos mir ja den Appetit aufs Abendessen und ich nehme schneller ab?

Ich erkläre Frederick, dass Thomas bestimmt Verspätung hat, weil er sich nicht entscheiden konnte, ob er mir nun das himmelblaue Nachthemd schenken soll oder ein Kochbuch oder Parfum. Dabei fällt mir ein, dass ich vergessen hab, mich mit *Romance* einzunebeln. Spurte also rauf ins Bad. Gönne meiner lieben, alten Waage keinen Blick, so tief steckt mir der Blutwurst-Albtraum noch in den Knochen. Sprühe mir Parfum ins Haar, lege noch ein bisschen mehr Lipgloss auf.

»Judith?«, höre ich.

ENDLICH!

Thomas entschuldigt sich für seine Verspätung (er musste noch ein paar dringende Kalkulationen rausfaxen). Außerdem hatte er im Blumenladen Schlange stehen müssen, damit er mir jetzt wunderschöne rote Rosen überreichen konnte. Er legt auch eine rechteckige, weiße Pappschachtel mit roter Schleife aufs Bett. Ich wühle meine Gaben aus meinem Geheimversteck im Kleiderschrank: Aftershave von Burberry's und seidene Boxershorts mit Tartanmuster. Sie erinnerten mich an Sean Connerys Kilt, und da musste ich sie einfach kaufen. (Hab ich aber Lisa nicht erzählt. Kinder müssen nicht alles wissen.)

»Wow!«, sagt Thomas. »So eine Unterhose hat nicht jeder.«Ich küsse ihn und gestehe, dass ich Schottenkaros unheimlich sexy finde.

»Danke, dass du mir nach siebzehn Jahren Ehe end lich verrätst, was dich wirklich antörnt«, meint Thomas schmunzelnd.

Ich werfe ihm kokett eine Kusshand zu (von Sean

erzählte ich kein Sterbenswörtchen. Männer müssen auch nicht alles wissen), und stürze mich auf die Pappschachtel.

Ritschratsch, runter mit der Schleife. Oooh, ich liiiiebe Geschenke!!!!

Thomas setzt sich zu mir aufs Bett und tupft mir mit seinem Taschentuch die Tränen ab. »Ach, Judith. Jetzt wein doch nicht. Wir brauchten doch eine neue, und ich war sowieso in der Stadt, und da bin ich schnell in den Laden gesprungen ...«

»Wieso brauchten wir eine neue?«, schluchze ich. »Was gibt es an unserer Waage auszusetzen? Tante Minchen hat sie uns zur Hochzeit geschenkt, und du weißt, wie sehr ich an Tante Minchen hänge. Und ich hänge auch an unserer Waage, sie ist treu wie Gold und ganz zutraulich ...«

Thomas seufzt. »Aber sie funktioniert nicht. Sie geht seit Jahren nach dem Mond.«

Ich hülle mich in Schweigen. Thomas seufzt wieder und fährt sich mit der Hand durchs Haar. »Judith! Es kann nicht sein, dass ich bei einer Größe von einsachtzig 55 Kilo wiege. Wenn es so wäre, würde ich mir ernsthaft Sorgen um meine Gesundheit machen.«

Ich denke: Lisa wiegt auch 55 Kilo. Und Frederick. Und ich auch. Dass wir alle gleich viel wiegen, schafft ein starkes Band zwischen uns. So verschieden wir alle sind – unser Gewicht sorgt für Harmonie. Es stärkt den Familienzusammenhalt. Ich war immer der Meinung, dass Thomas genauso empfindet. Und jetzt tanzt er aus der Reihe. Er ist nicht mehr zufrieden mit dem, was wir haben. UND DAS AN UNSEREM HOCHZEITS-

TAG. Er schafft ein digitales Monster an, das einen Keil zwischen uns treiben wird.

»Findest du mich zu dick?«, frage ich leise.

»Natürlich nicht. Wie kommst du denn darauf? Die Tatsache, dass ich eine alte, kaputte Waage durch eine neue, funktionsfähige ersetze, heißt doch nicht, dass ich dich zu dick finde.«

Er kramt in seiner Hosentasche und fördert ein Schächtelchen zu Tage. »Vergiss die Waage. Denk einfach nicht mehr dran. Mach mal auf.«

Oooooh, wie schön! In der Schachtel befinden sich silberne Ohrstecker in Form von kleinen Schildkröten. Bin sehr gerührt, dass er so etwas Hübsches für mich ausgesucht hat, ganz von selbst, ohne dass ich mit einem Zaunpfahl gewinkt habe.

Während Thomas ein frisches Hemd anzieht, fummle ich die Stecker in meine Ohrläppchen und bewundere mich im Spiegel.

Später, bei Kerzenschein …

Im »Schlosskeller« waren alle Tische besetzt. Vom Nachbartisch drang die faszinierende Neuigkeit zu uns herüber, dass eine gewisse Bärbel, die mit einem gewissen Horst ein Verhältnis hatte, eine Schlampe ist. Wir mussten lachen. Wenn Thomas lacht, sieht er aus wie ein spitzbübischer kleiner Junge; ich würde Sean Connery glatt für ihn stehen lassen. (Das kann ich ohne Risiko behaupten, da die Wahrscheinlichkeit, dass Sean im »Schlosskeller« auftaucht, um mich in seinem Privatjet nach, sagen wir, Barbados zu entführen, verschwindend gering ist.)

Wir bestellten einen Kir Royal, um uns auf unser Mahl einzustimmen. Zwar stand meine Entscheidung längst fest, trotzdem studierte ich jedes einzelne Gericht aufmerksam, falls ich doch auf etwas anderes Lust bekommen sollte als auf hausgemachte Ravioli mit Lachs-Ricottafüllung, Filetsteak mit frischen Waldpilzen, Pommes frites und Salat sowie Mousse au chocolat zum Nachtisch. Was zur Folge hatte, dass ich im Geiste zehn verschiedene Menüfolgen zusammenstellte und wieder verwarf. Bei klarem Tomatensüppchen, Seezunge Müllerin und Roter Grütze mit Vanilleschaum sah ich auf. Thomas hatte die Karte schon zur Seite gelegt und schaute ungeduldig auf die Uhr.

»Weißt du schon, was du nimmst?«, fragte ich.

»Steinpilzsüppchen. Zürcher Geschnetzeltes, Rösti.«

»Hört sich nicht schlecht an …«

»Lass dir nur Zeit«, sagte er und grinste. »Wir können sowieso noch nicht bestellen.«

Das war erstaunlich, da Thomas sonst immer gnadenlos drängelte. Was? Du hast dich immer noch nicht entschieden? Ja, wieso denn nicht? Du hast doch gesagt, du weißt ganz genau, worauf du Lust hast? Er sieht nicht ein, dass man genau wissen kann, was man will, und trotzdem nach allen Seiten offen ist.

Ich hatte gerade ein Auge auf den Zander in Parmesankruste geworfen, als Thomas rief: »Na, so ein Zufall! Judith! Guck mal, wer da kommt!«

Zwei Gestalten, die mir bekannt vorkamen, steuerten zielstrebig auf uns zu. Ich kniff die Augen zusammen und erkannte …

Babs und Peter?!

Tatsächlich. Meine Schwester Babs und mein Schwager Peter. Thomas grinste übers ganze Gesicht. Aha. Von wegen Zufall!

»Überraschung, Überraschung! Alles Gute zum Hochzeitstag!«, rief Babs und küsste mich auf beide Wangen.

Peter drückte mich so fest, dass mir fast die Luft wegblieb. »Zu schade, dass ich den Fotoapparat nicht dabeihabe. Du hättest mal dein Gesicht eben sehen sollen, Judith, hahaha, wie die Kuh, wenn's donnert!«

Schon möglich, dass ich eben so ausgesehen habe. Aber jetzt nicht mehr. Ich muss lachen, und Rindviecher können das nicht.

»Schön, dass ihr da seid!«

Babs warf keinen Blick in die interessante, wunderbar groß gedruckte Speisekarte, sondern gab folgende Bestellung auf: »Ich nehme die sommerliche Salat-Fantasie. Aber nur Eichblattsalat bitte, und statt der Shiitake-Pilze hätte ich gern Champignons (braune, wenn möglich), und statt der Entenbruststreifen bitte Putenfleisch von artgerecht gehaltenen Freilandputen. Haben Sie nicht da? Na gut, dann Lammfilet. Ach, und keine Oliven und kein geraffelter Parmesan. Als Dressing bitte nur Balsamico-Essig, wenig Salz und Pfeffer. Kein Öl. Nein, auch kein Olivenöl extra vergine.«

»Eichblattsalat mit braunen Champignons und Streifen von Lammfilet, mit einem Dressing aus Balsamico, wenig Salz und Pfeffer für die Dame«, rekapitulierte der Kellner ohne mit der Wimper zu zucken.

Babs überlegte kurz. »Fünf Scheiben Salatgurke noch dazu, bitte. Und das Filet grillen, nicht braten.«

Falls jetzt jemand auf die Idee kommen sollte, dass meine Schwester ein Mensch ist, der haargenau weiß, was er will und aus seinem Herzen keine Mördergrube macht: Stimmt. (Um es mal ganz vornehm auszudrücken.) Es stimmt *auch*, dass sie sehr schlank ist. Das ist ja an sich nichts Schlechtes, es muss auch Leute geben, die in Größe 36 passen, schon der Textilindustrie zuliebe. (Hm, hm, überlege gerade, welche Größe wohl mein schwarzer Rock im Mülleimer im Bad hat …) Was mir aber auf den Zeiger geht, ist die Tatsache, dass Babs ihre Maße einfach nicht genießen kann. Sie leidet unter chronischem Phantomspeck auf den Hüften und einem schweren Fall von imaginärer Cellulite, denen sie mit einem ausgeklügelten Ernährungs- und Fitnessprogramm zu Leibe rückt.

Hmmm. Ein Jahr Nulldiät, jeden Tag zwanzig Kilometer joggen, und ich könnte mir Babs' türkisfarbenen Hosenanzug aus Rohseide ausleihen. Bräuchte mich nie wieder wie ein unförmiger Vielfraß zu fühlen, wenn sie Salat ohne Öl bestellt und ich ganz andere Menüpläne habe. Wäre womöglich so konditioniert nach dem Fastenjahr, dass ich auch Salat ohne Öl ... o nein. Kommt gar nicht in Frage. Dann kann ich mich ja gleich als Schaf verkleidet auf die Weide stellen.

Der Kellner notierte die Bestellung und erkundigte sich nach Babs' weiteren Wünschen. Sie sah ihn erstaunt an. »Das war's. Ach nein, doch nicht. Ein Perrier noch, bitte. Ohne Zitrone.«

Peter hatte die Zeit genutzt, um die Karte zu studieren, und nahm klare Ochsenschwanzsuppe, Zander in Parmesankruste mit Petersilienkartoffeln und zum Nachtisch Vanilleeis mit heißen Himbeeren. Er isst für Babs mit und hat kein Problem damit, dass man sieht, wo's bleibt. Babs auch nicht, sie ist sehr stolz darauf, dass ihr Gatte Ähnlichkeit mit Gérard Dépardieu hat.

Kennen und lieben gelernt haben sich die beiden auf einer von der Lokalzeitung organisierten Bildungsreise durch die Toskana. Babs war hin und weg: Gérards Nase, seine Augen, sein Lächeln – alles da in Peters Gesicht! Ihren ausgeprägten Sinn fürs Praktische verlor sie dabei nicht. »Und er ist auch noch Arzt!«, seufzte sie. »Ein Kollege, stell dir das mal vor, Judith! Wir können uns zusammen eine Praxis aufbauen!« Babs schwebte auf Wolken der Glückseligkeit: Ein Traum war Wirklichkeit geworden. (Habe ehrlich gesagt nie verstanden, wieso Babs ausgerechnet von Gérard Depardieu träumte. In meinen Augen ist er ein großer, massiger Klotz mit schiefer Knollennase und schiefem Grinsen – gar nicht zu vergleichen mit Sean!)

Jedenfalls – Babs konnte ihren Peter gar nicht schnell genug heiraten, was manche Gäste zum Anlass nahmen, die Taille der Braut misstrauisch zu beäugen. (Das hätten sie sich sparen können, denn Babs und Peter sind bis zum heutigen Tag kinderlos.)

Die Hochzeit war wunderschön. Wenn ich an sie denke, kommen mir manchmal die Tränen. Da war Opa, der drei Jägermeister herunterstürzte, um dann eine Rede auf das Brautpaar zu halten, die die Anwesenden zu Lachsalven und Beifallsstürmen hinriss. Oma war so stolz auf ihn, dass sie ihm vor aller Augen einen Kuss gab – ein noch nie da gewesenes Ereignis. Ihre goldene Hochzeit, die zwei Monate später angestanden hätte, konnten die beiden nicht mehr feiern. Eines Abends ging Opa ins Bett und wachte nicht mehr auf. Ich sehe noch meinen Vater vor mir, wie er früh um drei mit Tante Minchen Rumba tanzte … Tante Minchen aus Göttingen, die jetzt in einem Pflegeheim lebt. Mein Vater starb noch im selben Jahr an Leberkrebs. Einmal im Monat besuche ich ihn auf dem Friedhof. Ich bringe ihm Blumen mit und erzähle, was es Neues gibt. Und wie sehr er uns fehlt.

Babs hatte ein hübsch eingewickeltes Päckchen aus ihrer Mandarina-Duck-Tasche gezogen. Zum Vorschein kam ein Satz Geschirrtücher. Sie waren blauweiß gemustert, und auf jedem prangte ein anderer

Spruch: »Küchenwein muss sein«, las ich. Und: »Pfeffer aus der Mühle«, und: »Frisch geriebener Parmesankäse.« Und: »Wenn Olivenöl, dann extra vergine.«

Thomas und ich bedankten uns. »Endlich kann mit dem Kochen nichts mehr schief gehen«, sagte ich. (Muss dazu in aller Bescheidenheit erwähnen, dass ich ziemlich gut kochen kann.) Die Ironie prallte von Babs ab.

»Ich hab gewusst, dass sie euch gefallen«, sagte sie zufrieden. »Es sind Designerstücke.«

Peter strahlte. »Wir haben die gleichen. In Grün-Weiß.«

Sämtliche Designerstücke in unserem Haus – allesamt für die Küche – sind Geschenke von Babs und Peter. Letzte Weihnachten bekam ich einen futuristisch geschwungenen, silberglänzenden Dosenöffner. Leider ist mir entfallen, welches Genie ihn entworfen hat.

Wir stießen an. »Auf das junge Paar!«, sagte Peter. »Weiterhin Glück und Sonnenschein euch beiden.«

Ach ja, dachte ich, während Thomas mich küsste. Ach bitte. Die Vorspeisen wurden gebracht. Babs, die leer ausging, weil sie ihren Salat als Hauptgang serviert haben wollte, schielte auf meinen Teller. »Sieht lecker aus.« Es klang fast neidisch.

Ich spießte eine Ravioli auf und hielt ihr die Gabel hin. Sie schüttelte den Kopf. »Nicht für mich, danke. Hast du dir eigentlich schon mal Gedanken um deinen Cholesterinspiegel gemacht, Judith?«

»Nein. Warum? Ich bin kerngesund.«

»Wie kannst du das wissen, wenn du noch nie zum

Checkup in der Arztpraxis gewesen bist?«, wollte Babs wissen.

»Genau«, warf Peter ein. »Vorsorge ist besser als ein Schlaganfall. Am besten lässt du dir gleich morgen einen Termin geben. Da fällt mir ein … heute hatte ich einen Patienten mit Stomatitis, den ersten seit zig Jahren.« Er wiegte den Kopf hin und her und schnalzte mitfühlend mit der Zunge. Thomas und ich sahen uns fragend an.

»Mundfäule«, dolmetschte Babs und schilderte die Symptome: Bläschen im Mund, belegte, gelblich bis dunkelrot verfärbte Zunge, fauliger Mundgeruch.

Iiiiihhhh! Ein anderes Thema musste her, eins, das meine Schwester garantiert ablenkt, aber fix …

Aaaah, ein Geistesblitz!

»Hab ich dir übrigens schon erzählt, Babs, dass ich abnehmen will?«

Babs starrte erst mich an, dann meinen Teller. »DU? Meinst du das im Ernst?«

»Jawohl. Ich bin wild entschlossen. Morgen geht's los.«

Babs seufzte. »Falsch, ganz falsch.«

Oooooh! Dass ich das erleben durfte! Hätte sie küssen mögen! »Du findest also, ich brauche gar nicht abzunehmen?«, fragte ich entzückt.

Babs warf mir einen mitleidigen Blick zu. »Das hab ich nicht gesagt. Ich meinte, wenn du morgen mit einer Diät anfangen willst, ist es grundverkehrt, heute noch mal richtig zuzuschlagen. Du hättest besser einen Obsttag eingelegt, um deinen Stoffwechsel einzustimmen.«

»Hmmmm … du hast Recht. Vielleicht überleg ich mir das noch mal mit dem Abnehmen«, sagte ich.

Sie warf mir einen scharfen Blick zu, dann grinste sie. »Das war ein Trick, stimmt's? Ich kenne dich. Nichts liegt dir ferner, als Kalorien zu zählen. Du wolltest mich von der Stomatitis ablenken, hmmm?«

»Stimmt.«

»Alte Zimperliese«, sagte sie liebevoll und trank einen Schluck aus meinem Weinglas.

Noch später, im Schlafzimmer …

Wir ließen den Abend in einer Weinstube ausklingen. Peter spendierte Frankenwein im Bocksbeutel für uns Frauen; die Männer hielten sich an Mineralwasser, weil sie noch fahren mussten. Nach dem ersten Glas hatte Babs glänzende Augen und klaute sich eine von meinen Zigaretten. Ein kleiner Schwips, und sie wird richtig menschlich.

»Bald wirst du Tante«, sagte sie zu mir. Ich hatte mit einem Ohr Thomas und Peter zugehört, die sich über Fußball unterhielten. Jetzt fuhr ich zusammen. »Was? Du bist schwanger?! Und sitzt hier und schluckst Wein und rauchst?!«

Sie kicherte. »Ich bin nicht schwanger. *Noch* nicht. Aber ich hab vor einem Vierteljahr die Pille abgesetzt, also kann es jeden Moment so weit sein.«

»Wahnsinn! Herzlichen Glückwunsch! Aber … habt ihr nicht immer gesagt, ihr seid auch ohne Kinder glücklich?« Sie nahm einen letzten Zug und drückte die halb gerauchte Zigarette im Aschenbecher aus. »Sind wir ja auch. Aber wir finden beide, dass ein Kind uns *noch* glücklicher machen würde. Und ich bin jetzt immerhin fünfunddreißig, die Uhr tickt.«

»Ich freu mich so«, sagte Peter. »Ich kann's kaum noch erwarten!«

»Du bist bestimmt ein guter Vater«, sagte ich.

Er strahlte. »Meinst du? Na, ich werde mir jedenfalls Mühe geben.«

Wir stießen an.

Babs hatte schon alles organisiert. Sie würde ein halbes Jahr beruflich pausieren, dann wieder arbeiten, Teilzeit natürlich. Für Baby Jonathan oder Sibilla würde man für ein paar Stunden am Tag eine liebevolle Betreuung finden … Fixierten mich plötzlich zwei Augenpaare sehr eindringlich, oder bildete ich mir das ein?

Babs räusperte sich. »Ähm, Judith …?

»Nein«, sagte ich. »O nein. Schlagt euch das aus dem Kopf. Ich hab *meine* zwei Babys großgezogen. Das reicht.«

Peter lachte. »Na, warten wir mal ab, was Tante Judith sagt, wenn sie Klein-Jonathan oder Sibilla erst mal im Arm gehalten hat! Dann will sie den kleinen Fratz gar nicht mehr herausrücken.«

Ich erinnerte mich daran, wie Tante Babs einmal auf den drei Monate alten Frederick aufgepasst hatte, damit ich zum Friseur gehen konnte. Als ich nach zwei Stunden wiederkam, war Babs hochrot im Gesicht und drückte mir den schreienden Säugling in den Arm. »Ich habe ihm sein Fläschchen gegeben. Er hat brav sein Bäuerchen gemacht. Danach fing er an zu brüllen. Ich habe ihn frisch gewickelt, ich habe ihn umhergetragen. Ich habe vergeblich versucht, ihm Fencheltee zu verabreichen. Wie du hörst, brüllt er immer noch. Ich habe Kopfschmerzen und bin nervlich am Ende. Wenn du eine Minute später gekommen wärst, hätte ich ihn in die Tiefkühltruhe gesteckt.«

Ich wiegte Frederick hin und her. Er hörte auf zu schreien. Babs, die fest entschlossen war, nach dem Abi Medizin zu studieren, und jetzt schon unaufhörlich Diagnosen stellte, die keiner aus der Familie hören wollte, nahm die Finger aus den Ohren und sagte: »Frühkindliches Trauma durch Fremdbetreuung. Ich hab ja gleich gewusst, dass es keine gute Idee war, ihn bei mir zu lassen. Ein Kind gehört zur Mutter.«

Sprach's und floh. Es war das erste und einzige Mal, dass sie sich als Babysitterin zur Verfügung gestellt hatte.

Ich wollte meine Schwester gerade auf die Gefahr von frühkindlicher Traumatisierung durch Fremdbetreuung hinweisen, als Thomas sich zu Wort meldete: »Ich glaub nicht, dass es viel Sinn macht, sich über Kinderbetreuung die Köpfe heiß zu reden, wenn Babs noch nicht mal schwanger ist.«

Babs gab zurück, dass sie in ihrem Leben immer gern alles geregelt wisse, aber im Prinzip habe Thomas nicht Unrecht.

Also tranken wir auf Babs' baldige Empfängnis und dann auf den Kindsvater in spe, der schon einen Steiff-Teddy gekauft hatte, und dann auf eine wunderbare Schwangerschaft, und dann auf eine leichte Geburt und ein gesundes Kind. Und dann hatte ich tüchtig einen im Tee und Babs auch, und ich sagte: Mensch, du mit dickem Bauch und einem Kind an der Brust, wer hätte das je für möglich gehalten! Und Babs meinte, sie bestimmt nicht, ich wäre ihr immer ein abschreckendes Beispiel gewesen, aber letztendlich setze sich doch der Ruf der Natur durch, und mich habe sie eben viel früher gerufen. Das habe sie damals, als ich im neunten Monat vor den Traualtar getreten sei und mein Studium hingeschmissen habe, um fortan Nur-Hausfrau und Mutter zu sein, nicht verstanden. Jetzt erst sähe sie alles mit anderen Augen … obwohl sie selbstverständlich nicht daran dächte, auf berufliche Bestätigung ganz zu verzichten, aus dem Alter sei sie raus.

Das Ende vom Lied war, dass wir uns vor lauter Rührung über Babs' neuen Lebensabschnitt um den Hals fielen und Thomas taktvoll meinte, es sei schon spät, und wir müssten morgen alle früh aufstehen und sollten jetzt besser heimfahren. Gesagt, getan, und beim Zähneputzen im Bad sang ich laut: »Oh Baby, Baby ballaballa.« Als ich im Bett lag und die Augen zumachte, drehte sich das Bett wie ein Karussell. Es kam aber zum Stillstand, als ich mich an Thomas kuschelte. »O Zeichen und Wunder. Frau Dr. Barbara Herbst wird Mutter«, murmelte ich. Ich sah Babs im mit Möhrenbrei bekleckerten weißen Kittel – Stethoskop um den Hals – einen brüllenden Säugling herumtragen und musste kichern.

Thomas küsste mich aufs Ohr. »Noch ist es nicht so weit. Und du wirst Kopfweh haben morgen früh, Judith.«

Ich kicherte weiter, bis ich irgendwann eingeschlafen war.

26. August – Früh am Morgen. Zu früh

Der Tag fängt nicht gut an. Hab furchtbar Kopfweh und, als ich mir im Bad die Zähne putze, das Gefühl, beobachtet zu werden. Höre sogar eine Stimme im Kopf, die flüstert: »Wetten, dass du dich nicht traust?«

Diese Stimme kann nur von der neuen Waage kommen. Sie bekommt den Tritt, den sie verdient, und ich schreie, als ein schrecklicher Schmerz meine dicke Zehe durchzuckt. Schlucke zwei Aspirin.

Ich weckte Lisa, Frederick und Thomas, humpelte in die Küche und machte Frühstück. Würgte ein hart gekochtes Ei mit Maggi herunter: Papas Geheimrezept zur Regeneration nach einer durchzechten Nacht. Lisa und Frederick löffelten ihre Frosties und schüttelten sich, als ich, da ich noch keine Verbesserung meines Allgemeinzustandes feststellen konnte, zum Nachtisch einen Löffel Maggi pur runterschluckte. Thomas vergrub sich hinter dem *Grafenberger Echo* und verdrückte eine Nutella-Stulle. Ich schmierte ihm Schinkenbrote fürs Mittagessen, steckte Schokoriegel und zwei Äpfel dazu. Mein Kopf dröhnte und pochte immer noch, trotz Maggi und Aspirin.

»Du siehst ein bisschen blass aus, Judith«, meinte Thomas, als ich ihn zur Haustür brachte und ihm einen Kuss gab.

»Miau, miau«, meinte Frederick grinsend.

»Ich hab keinen Kater«, log ich.

»Aber Eigelb an der Backe«, sagte Lisa und lachte sich halb tot, als ich in meinem Gesicht herumwischte.

Ich sah meinen Lieben zu, wie sie ins Auto stiegen. Winkte, wie jeden Morgen. Dann kroch ich die Treppe hoch und fiel ins Bett.

Zwölf Uhr Mittag …

Papas Geheimrezept plus Nickerchen plus eiskalte Dusche haben Wunder gewirkt, hurra. Habe den daraus resultierenden Energieschub ausgenutzt und getan, was getan werden musste.

Jetzt stützte ich mich auf den Spaten und betrachtete die Grube, die ich unter dem Apfelbaum ausgehoben hatte. Sie war ziemlich flach, weil mir ein paar Wurzeln in die Quere gekommen waren. Na ja, die Gefahr, dass ein Kojote das, was ich darin versenken würde, wieder ausbuddeln würde, war gering. Ich bettete meine in Zeitungspapier gehüllte, treue Waage behutsam in ihre letzte Ruhestätte, schaufelte Erde darüber und trampelte die Erde fest. Dann schleppte ich einen Kübel mit Fuchsien herbei, um sämtliche Spuren zu verwischen. Das Grab musste unter allen Umständen anonym bleiben – Thomas und die Kinder hätten mich gnadenlos damit aufgezogen. Ich fand die Beerdigung ja selber ein bisschen peinlich, hatte es aber nicht übers Herz gebracht, das arme alte Ding in die Mülltonne zu schmeißen. Ein solches Ende hatte es nicht verdient.

»Was machst du denn da, Judith?«, fragte eine Stimme hinter mir.

Ich machte einen Satz. »Mama! Lieber Gott, hast du mich erschreckt!«

»Hast du was vergraben? Eine tote Katze vielleicht?«, erkundigte sich meine Mutter interessiert.

Ich merkte, wie eine verräterische Röte mein Gesicht überzog. »Blumenzwiebeln«, sagte ich schnell. »Gelbe und blaue Zwergiris. Bezaubernd, wenn sich im Frühling die blütenübersäten Zweige darüber wiegen …« Der krüppelige alte Apfelbaum hat noch nie Blüten getragen, geschweige denn Äpfel; ich glaube aber nicht, dass das meiner Mutter je aufgefallen ist. Sie interessiert sich nicht die Bohne fürs Gärtnern.

Doch ich hatte sie unterschätzt. »Hm«, meinte sie zweifelnd. »Ob das was wird, mit diesem Blumentopf drüber?« Ich erklärte ihr, dass der Blumentopf längst seine Winterruhe im Schuppen angetreten haben würde, wenn die Iris anfingen zu sprießen, und lockte sie mit der Aussicht auf Kaffee in die Küche. Sehr aufrecht thronte sie auf ihrem Stuhl und sah mir zu, wie ich herumhantierte.

»Fällt dir eigentlich nichts auf an mir?«, wollte sie wissen, als wir uns schließlich gegenübersaßen.

Ich musterte sie. Sie war wie immer perfekt zurechtgemacht, trug ein hübsches schilfgrünes Leinenkleid, ihre Haare …

»Ich hab's. Du warst beim Friseur. Schick, sehr schick. Neue Farbe?«

Sie nickte und schob eine goldblonde Locke hinters Ohr. »Aber das ist es nicht.«

Sie wirkte ernst, fast niedergeschlagen, was mich erstaunte, da Ratespiele meine Mutter unweigerlich in gute Laune versetzen. Ein Favorit ist: »Weißt du, wen ich heute in der Stadt getroffen habe? Drei Mal darfst du raten!« Sie strahlt, wenn ich falsch rate, was meistens der Fall ist, und kräht, nachdem sie die Spannung bis zum Äußersten geschürt hat, triumphierend: »Falsch, ganz falsch! Es war Frau Meyer, du weißt schon, aus meiner Gymnastikgruppe, und weißt du, was sie gesagt hat?«

Ich ließ meinen Blick weiter forschend über meine Mutter wandern. Ein anderes Augen-Make-up? Neue Kette, Schuhe, Ohrringe?

»Nein, nein, nein. Himmel, Judith, es sticht einem doch ins Auge. Wie kann man nur so blind sein?«

Ich griff nach einem Schokokeks, um mein Sehzentrum zu aktivieren, und ließ ihn schuldbewusst wieder fallen. Ab heute mache ich ja eisern »Brigitte«-Diät, dieser Entschluss steht, obwohl ich Babs was anderes erzählt habe. Aber wenn meine Schwester wüsste, dass ich ernsthaft abnehmen will, würde sie morgens um sechs vor meiner Tür stehen, um mich zum Joggen abzuholen. Sie würde verlangen, dass ich jeden Bissen, den ich in den Mund stecke, aufschreibe. Sie würde mich höchstpersönlich wiegen: morgens, mittags, abends ... NEINNEINNEIN. Absolute Geheimhaltung ist angesagt. Werde Babs in ein paar Wochen mit Top-Figur überraschen und Lob einheimsen. »Jetzt sag schon, Mama. Was soll mir denn an dir auffallen?«

»Meine Falten. Ich habe Bilanz gezogen und endlich der nackten Wahrheit im Spiegel ins Auge geblickt. Ich sehe aus wie ein Bratapfel.«

»Aber das ist doch nicht wahr, Mama, und das weißt du auch. Du siehst viel jünger aus, als du bist. Niemand, wirklich niemand würde auf die Idee kommen, dass du bald sechz ...«

»Sprich dieses Wort nicht aus!«

»Ach, Mama. Was ist denn bloß los mit dir? Wieso machst du dir auf einmal Gedanken wegen ein paar Fältchen?«

Sie antwortete nicht gleich. Ihre Hand schlängelte sich zu meinem Zigarettenpäckchen und bediente sich. Meine Mutter raucht nicht, genau wie Babs, aber ab und zu genehmigt sie sich eine kleine Dosis Nikotin. Sie zündete ihre Zigarette an und tat einen tiefen Lungenzug.

»Was los ist? Ich hab mich verliebt.«

»Aber das ist doch wunderbar!«, sagte ich und meinte es auch so. Mein Vater ist seit zehn Jahren tot, und ich wusste, wie sehr meine Mutter sich wieder einen Mann an ihrer Seite wünschte.

Sie betrachtete seufzend ihre rosa lackierten Fingernägel. »Er ist ein bisschen jünger ...«

»Na und? Das war Rudi auch. Und Gerhard. Und Volkmar.«

»Und du siehst ja, was dabei rausgekommen ist. Nach ein paar Wochen stand ich wieder alleine da.«

»Aber doch nicht wegen des Altersunterschieds. Der war doch sowieso verschwindend gering. Was sind schon vier, fünf Jährchen? Du hast gesagt, ihr habt euch getrennt, weil ihr nicht zusammengepasst habt.«

»Wegen des Altersunterschieds haben wir nicht zusammengepasst«, flüsterte sie, als habe sie Angst, die Nachbarn könnten hören, dass sie sich an Minderjährigen vergriffen hatte. »Damals hab ich das nicht zugeben wollen. Heute weiß ich, dass es wahr ist.«

»So ein Unsinn! Wie kommst du denn bloß darauf?«

»Das sagt mir meine Intuition«, entgegnete sie würdevoll. Die Intuition meiner Mutter ist in der Familie gefürchtet. Sie schlägt dann zu, wenn man es am wenigsten erwartet, und man kann ihr nicht mit Logik begegnen. Wenn die Intuition Mama etwas ins Ohr flüstert, ist sie taub für die Stimme der Vernunft. Früher diskutierten wir herum, Babs und ich, zogen schlagkräftige Argumente heran, beriefen uns auf wissenschaftliche Untersuchungen – umsonst. Heute wenden wir die Taktik an, die meinem Vater ein harmonisches Eheleben ermöglichte: Wir sagen GAR NICHTS.

Ich hielt also meine Klappe, anstatt einen zehnminütigen Vortrag aus dem Stegreif darüber zu halten, warum Mutters Liebesbeziehungen unmöglich allein am Altersunterschied gescheitert sein konnten. Das irritierte sie. Sie machte den Mund zu, den sie schon geöffnet hatte, um jedes Gegenargument, das ich vorbringen mochte, zu entkräften, und sah mich vorwurfsvoll an.

Ich sagte NICHTS.

Sie drückte ihre Zigarette im Aschenbecher aus und kam zur Sache: »Ich hab mich umgehört, Judith. Erkundigungen eingezogen. Es gibt heutzutage fantastische Möglichkeiten. Es ist kein Tabuthema mehr. Schauspieler, Nachrichtensprecher, Manager, Politiker … alle tun's. In Hollywood gibt es niemanden über vierzig, der es nicht schon mindestens einmal hinter sich hätte.«

???

»Ach, Kind, sei doch nicht so begriffsstutzig. Man kann der Zeit ein Schnippchen schlagen. Zehn, fünfzehn Jahre sind ohne weiteres drin.«

Ich muss wohl ziemlich dämlich aus der Wäsche geguckt haben.

»Judith? Hörst du mir eigentlich zu?«

»Ja, Mama. Aber ehrlich gesagt weiß ich nicht, worauf du hinauswillst.«

Sie räusperte sich. »Ich, ähm also, diesmal ist es mir ernst. Meine Gefühle gehen sehr tief. Ich will kein Risiko eingehen. Und deshalb habe ich mich zu einem Facelifting entschlossen.«

Mama nutzte die Tatsache, dass ich nach Luft schnappte, um zu erzählen, dass sie bereits mit Babs gesprochen und die ihr zugeraten habe.

»Du hast schon mit Babs gesprochen? Obwohl sie jünger ist als ich?«

»Also, Judith, wenn das deine einzige Sorge ist … Babs ist nun mal Ärztin und kennt sich aus. Sie will sich nach einem erstklassigen plastischen Chirurgen erkundigen, du weißt doch, dass das kein Problem für sie ist.«

Hmmhmmm. Stimmt natürlich. Ich kann erstklassigen Käsekuchen backen, und meine gratinierte Schweinelende hat Weltklasseformat, aber mit plastischen Chirurgen kenne ich mich nicht aus.

»Aber Mama … eine Operation. Was ist, wenn irgendwas schief geht?«

Mama tätschelte meine Hand. »Lieb von dir, dass du dir Gedanken um mich machst, Judith. Aber das ist gänzlich unnötig. Alles wird gut, ich weiß es einfach. Ihr werdet mich nicht wieder erkennen!«

Genau das war meine Befürchtung – dass meine Mutter eine Fremde für mich sein würde, nachdem der Chirurg ihr zehn oder fünfzehn Jahre ihres Lebens aus dem Gesicht radiert hatte. Aber das konnte ich ihr nicht sagen, sie hätte es nicht verstanden. »Was hat mein Aussehen mit meinem Innenleben zu tun?« So was in der Art würde sie fragen.

Ja, was? Kann es eben nicht erklären. Es ist eine Sache der Intuition.

Mama wehte davon. Sie war in der Stadt mit einer Freundin zum Mittagessen verabredet. Als sie weg war, fiel mir ein, dass ich immer noch keine Ahnung hatte, wer nun der Glückliche war, in den sie sich verliebt hatte. Vor lauter Aufregung hatte ich nicht daran gedacht, sie zu fragen.

Fünf Minuten später, am Telefon

Erwische Babs zwischen zwei Patienten. Sie hat auch keine Ahnung, wer Mr. X ist. Ha! Bin jetzt zwar immer noch so schlau wie vorher, muss mich aber nicht ärgern, weil meine Schwester etwas weiß, was ich nicht weiß.

»Bist du denn gar nicht neugierig?«, wollte ich wissen. »Immerhin will sie sich wegen dem Kerl liften lassen!«

Babs behauptete allen Ernstes, es stünde Mama frei, mit uns Kindern über den Mann in ihrem Leben zu sprechen – oder auch nicht, wenn ihr das lieber sei. Mama habe, genau wie jeder andere Mensch, ein Recht auf ihr Privatleben.

Könnte Babs killen, wenn sie Frau Dr. Barbara Herbst rauskehrt, die über den Dingen schwebt. Weiß aber, dass sie, wenn sie in dieser Stimmung ist, auch unter der Wasserfolter nicht zugeben würde, dass sie mindestens genauso gern Bescheid wüsste wie ich.

Ich erkundigte mich, warum Babs gestern Abend kein Sterbenswörtchen von ihrem Gespräch mit Mama verlauten hat lassen. »Weil«, sagte Frau Dr. Herbst hochnäsig, »mich die ärztliche Schweigepflicht daran gehindert hat. Ma wollte dich unter vier Augen ins Vertrauen ziehen.«

»Und du hast ihr wirklich zugeraten?«

Babs seufzte. »Sie würde es so oder so machen lassen. Du kennst sie doch. Wenn sie sich einmal etwas in den Kopf gesetzt hat, zieht sie es auch durch. Besser, ich kümmere mich darum, dass ein erstklassiger Chirurg es macht, als dass sie einem Pfuscher in die Hände fällt.«

»Aber es ist doch verrückt, nur wegen irgendeinem Typ …«

»*Du* findest es verrückt. Aber du bist zweiundzwanzig Jahre jünger als Ma und glücklich verheiratet.«

»Aber …«

»Du, ich muss Schluss machen, ein Zwölffingerdarmgeschwür wartet auf mich. Wir reden ein anderes Mal darüber, ja? Ach, und Judith …«

»Mmmh?«

»War ein schöner Abend gestern.«

»Fand ich auch«, sagte ich, aber Babs hatte schon aufgelegt.

14.00 Uhr

Fredde und Lisa sind aus der Schule zurück und hungrig wie die Wölfe. Zum Mittagessen gibt's Pellkartoffeln, Magerquark mit Frühlingszwiebeln, Dill und Petersilie. Sehr gesund und fettarm, dabei schmackhaft. Nicht ganz »Brigitte«-Diät, aber ich bin nicht mehr dazu gekommen, mich ins Kochbuch zu vertiefen.

»Uäääh!«, machte Frederick. »Was is'n das?!«

»Was *glaubst* du denn, was es ist?«

»Kartoffeln mit weißer Pampe«, sagte er angeekelt.

»Iiiih!«, machte Lisa so entsetzt, als ob ich von ihr verlangt hätte, pürierte Regenwürmer zu essen.

»Also, entweder ihr esst das jetzt oder ihr lasst es bleiben.«

Sie brieten sich Spiegeleier. Ich verzehrte eine kümmerliche Kartoffel mit zwei Klecksen Quark. Danach war ich immer noch hungrig, obwohl ich nach dem Telefonat mit Babs sämtliche Schokokekse aufgegessen hatte. Mein Gewissen zwickte, aber ich tröstete mich mit dem festen Entschluss, heute gar nichts mehr zu mir zu nehmen außer vielleicht einem Glas Wein am Abend.

Nachdem ich zum Nachtisch eine geraucht und die Küche aufgeräumt hatte, ging ich rauf in Fredericks Zimmer, um einfühlsam und pädagogisch wertvoll das Thema Rauchen abzuhandeln.

Kreisch! Was für ein Chaos!!!! Noch viel schlimmer als erwartet.

Frederick schmiss seine brennende Zigarette aus dem offenen Fenster.

»Frederick«, sagte ich. »Rauchst du etwa?«

Er war ein bisschen rot geworden. »Eigentlich nicht.«

»Und uneigentlich?«

»Manchmal.«

Ich pflügte mir einen Weg zu seinem Bett, schaufelte Wäsche, den Schulrucksack, lose Blätter und ein Ringbuch beiseite und setzte mich. Dann sprach ich über die gesundheitlichen Gefahren des Rauchens, nicht zu vergessen die Kosten, und erinnerte ihn daran, wie abfällig er sich noch vor nicht allzu langer Zeit über erwachsene Menschen geäußert hatte, die an glimmenden Nikotinschnullern lutschten.

Darauf ging er nicht ein.

»Du und Papa, ihr raucht auch«, sagte er störrisch.

»Wenn Papa und ich von einer Autobahnbrücke springen – springst du dann hinterher?«

Er legte einen Arm um meine Schulter und sagte mitleidig: »Gib's auf, Mama. Wer im Glashaus sitzt, sollte nicht mit Steinen werfen.«

Seufz. Muss die Sache mit Thomas besprechen.

Auf dem Weg zur Tür stolpere ich über eine Frisbeescheibe und lande beinahe auf dem Allerwertesten. Kann mich nicht länger beherrschen. Kreische: »Frederick! Räum deinen Saustall auf!«

»Nur die Ruhe, Mama. Erst muss ich mein Erdkundereferat zu Ende schreiben.«

Was bilde ich mir ein, heißt das im Klartext, dass ich meinen Sohn von der prompten Erledigung seiner Hausaufgaben abhalten dürfte? Zumal er nur mit Ach und Krach in die elfte Klasse versetzt wurde? Ach, soll er doch in seinem Müll ersticken.

15.30 Uhr

Ich quälte mich per Auto durch die verstopfte Innenstadt zum Josefsviertel. Das Josefsviertel war früher eine gute Wohngegend, aber seit der viel befahrene Alleenring sich hindurchzieht, haben die alten, mittlerweile etwas heruntergekommenen Mietshäuser an Beliebtheit verloren. Jetzt ist das Viertel fest in türkischer Hand und wird im Volksmund »Klein-Istanbul« genannt.

Ich liebe Klein-Istanbul. Es gibt einen erstklassig sortierten türkischen Supermarkt, mehrere Gemüsehändler, Änderungsschneidereien, Caféhäuser, Restaurants, Dönerstände. Hübsche, schwarzäugige Kinder spielen auf der Straße, aus den offenen Ladentüren dudelt türkische Musik. Die Luft ist geschwängert von knoblauchduftenden Delikatessen. Frauen in langen Röcken und Kopftüchern schieben würdevoll Kinderwagen übers Trottoir. Die meisten sind üppig, manche nach mitteleuropäischen Maßstäben dick, aber das scheint niemanden zu stören. Ich bin sicher, dass in Klein-Istanbul kein Mensch je einen Gedanken an die »Brigitte«-Diät verschwendet hat. Da fällt mir ein, dass ich Hunger habe. Und gern einen Döner essen würde. Mit extra viel Cacik und Krautsalat.

Direkt vor Kemals Gemüseladen, gleich neben dem Haus, in dem Oma wohnt, fand ich einen Parkplatz.

Kemal, der eine Statur hat wie ein Sumo-Ringer, stand mit verschränkten Armen in der Ladentür, Zigarette im Mundwinkel. Als ich ausstieg, winkte er mir zu und rief in seinem dröhnenden Bass: »Hallo, Judi! Gehst du zu Oma?«

»Hallo, Kemal! Ja klar, tu ich. Wir kommen nachher noch vorbei.«

Ich habe keinen Schlüssel zu Omas Wohnung, weil sie sich weigert, irgendjemandem einen anzuvertrauen. Als ich klingelte, ertönte sofort ohrenbetäubendes Gekläff aus der Parterrewohnung. Dann krächzte Oma aus der Gegensprechanlage: »Wer ist da?«

»Ich bin's, Oma. Judith.«

»Kennwort?«, schrie sie zurück. Sie musste schreien, um das Gekläff zu übertönen.

»Schatzi.«

»Wie?«, brüllte sie.

»SCHATZI!«, brüllte ich zurück.

Der Summer ertönte, die Haustür ging auf. Ein fettes, schlammfarbenes, haariges Etwas stürzte kläffend auf mich zu. »Wag es nicht, Schatzi!«, kreischte ich. »Aus! Platz! Sitz!« Das haarige Etwas tanzte knurrend um meine Beine herum. Die paar Zähne, die noch in seinem Maul vorhanden waren, klapperten bedrohlich. Ich blieb stehen.

»Meine Güte, Judith!«, rief Oma von der offenen Wohnungstür her. »Geh einfach weiter. Du weißt doch, dass er nur spielen will.«

Narben am linken Daumen und meiner rechten Wade zeugen von Schatzis Spielfreude. Ich spürte seine nasse, kalte Nase an meinem nackten Knöchel und bekam Gänsehaut, während ich mit zusammengebissenen Zähnen weiterging. Oma hielt mir ihre Wange zum Kuss hin. Schatzi knurrte. Ich zog ein Hundeschleckerli aus der Tasche meines Kleides und ließ es zu Boden fallen. Das Knurren hörte auf. Ich hörte Knacken und Schmatzen. Ich küsste Oma.

Wir gingen in die Küche und setzten uns an den Tisch. Oma schenkte mir einen Becher Caro Kaffee ein und schmierte Honig auf eine dick mit Butter bestrichene Scheibe Brot, die sie sodann sorgfältig in kleine Stückchen schnitt.

»Wie geht's dir, Oma?«, fragte ich.

Sie leckte das Messer ab. »Wie's einem so geht, wenn man achtzig Jahre alt ist und einsam und vergessen in seiner Wohnung herumhockt.«

Wie immer hatte ich ein schlechtes Gewissen, weil sie alt ist und sich einsam fühlt. Sie fühlt sich einsam, seit Opa gestorben ist, egal, was Mama, Babs, ich oder die wenigen Bekannten, mit denen sie sich nicht verzankt hat, versuchen dagegen zu unternehmen. Meine Großeltern hatten sich in der Wolle, seit ich zurückdenken kann – Streit war ihr Lebenselixier. War die Schlacht einmal entbrannt, schrien sie sich an, dass die Wände wackelten (Phase eins), drohten mit Scheidung (Phase zwei), um sich daraufhin kurzfristig in eisiges Schweigen zu hüllen (Phase drei). In Phase vier vertrugen sie sich wieder, ohne dass einer der beiden eine Entschuldigung über die Lippen gebracht hätte. Bis Opa wieder sein Gebiss in der Küche herumliegen ließ oder Oma die Flasche mit Jägermeister versteckte. Ich bin sicher, die häuslichen Scharmützel fehlen Oma genauso sehr wie Opa selbst.

»Kemal lässt dich grüßen«, sagte ich. »Ich hab ihm gesagt, wir kommen gleich vorbei.«

»Ach, der«, sagte sie wegwerfend und hielt dem winselnden Schatzi ein Stückchen Honigbrot hin. Schnapp, weg war es, und um ein Haar auch Omas Finger.

Tatsache ist, dass Oma sich keine netteren Nachbarn als Kemal und seine weit verzweigte Sippe wünschen könnte. »Wir gucken nach Oma, Judi, keine Sorge«, sagt Kemal immer, und ich weiß, dass es stimmt. Alle in der Nachbarschaft haben ein Auge auf sie, wenn sie mit Schatzi Gassi geht. In sämtlichen Läden wird sie wie eine Königin behandelt, jedem Wort aus ihrem Mund schenkt man ehrerbietige Aufmerksamkeit. Die schwarzäugigen Kinder auf der Straße winken ihr zu (aus sicherer Entfernung, wegen Schatzi). Als Oma einmal morgens verschlief und nicht zur üblichen Zeit gesichtet wurde, rief sofort Kemals Frau bei ihr an, um sich zu erkundigen, ob alles in Ordnung sei. »Noch nicht mal ein bisschen länger schlafen kann man, schon rücken sie einem auf die Pelle«, beschwerte sich Oma anschließend bei mir. Ihre Stimme klang mürrisch, aber sie konnte ihr Lächeln nicht ganz verbergen.

Oma hatte den letzten Bissen Honigbrot an Schatzi verfüttert und leckte sich die klebrigen Finger ab. Früher schauderte es mich bei diesem Anblick, aber das hab ich mir abgewöhnt. Oma teilt seit dreizehn Jahren Tisch und Bett mit dieser stinkenden, sabbernden, garantiert bazillenverseuchten Teppichratte, und soweit ich es beurteilen kann, hat es ihr nicht geschadet. Sie ist außerordentlich gesund für ihr Alter. Babs hat es einmal auf den Punkt gebracht: »Das kommt daher, dass jeder Krankheitserreger es sich in seinem eigenen Interesse drei Mal überlegt, bevor er sich mit Oma anlegt.«

Während Oma über ein Kreuzworträtselheft gebeugt dasaß – »König der Tiere, Schatzi, mit fünf Buchstaben ... L-o-e-w-e«, machte ich mich an die Arbeit. Ich stellte eine Maschine mit Wäsche an, saugte Staub, wischte Staub und die Böden, putzte das Wohnzimmerfenster.

Als ich fertig war, setzte ich mich mit Notizblock und Stift wieder an den Tisch und zündete mir eine Zigarette an. »Pferderasse mit sechs Buchstaben – ARABER!«, sagte Oma zufrieden. »Und du musst nicht aufschreiben, was ich brauche. Noch bin ich nicht senil.«

Wir zogen los durch den warmen Spätnachmittag Richtung Grünanlage. Oma hatte Schatzi an der Leine, ich zog die Einkaufstasche auf Rädern hinter mir her. Vorbei ging's an Kemals Laden. Die Tür stand offen. Drinnen herrschte reger Betrieb, trotzdem hatte Kemal Oma erspäht. Er winkte über die Menge hinweg. »Hallo! Hallo, Oma!«, rief er und strahlte übers ganze Gesicht. Ich winkte zurück, Oma nickte kühl. »Ich frage mich, wieso er nicht in der Lage ist, sich einen simplen Namen wie Köhler zu merken«, schnaubte sie. Ich hingegen fragte mich, wieso Kemal Frau Köhler so ins Herz geschlossen hat, dass er sie liebevoll »Oma« nennt. An ihrer Freundlichkeit und ihrem Charme kann es nicht liegen. Sie hat davon ungefähr so viel wie Schatzi, der ein älteres Ehepaar anknurrte, das unseres Weges kam. Die beiden wichen auf die Straße aus.

Nachdem Schatzi hinter einem Busch seine Geschäfte erledigt hatte, setzten Oma und ich uns auf eine Bank in der Sonne. Verstohlen musterte ich das runzlige, bebrillte Gesicht neben mir von der Seite. Ich sah keinerlei Ähnlichkeit mit meiner Mutter. Mama kommt mehr nach Opa, der zierlich war und ein fein geschnittenes Gesicht hatte. Omas Gesicht ist derb, mit blauen Augen, die misstrauisch dreinblicken, einer kurzen, breiten Nase und einem Mund, der auf Jugendbildern üppig und sinnlich wirkte. Jetzt sind die Lippen schmal, die Mundwinkel hängen nach unten. Sie ist klein und untersetzt, mit stämmigen Beinen und großen Füßen, die in schwarzen Gesundheitsschuhen stecken. Soweit ich es beurteilen kann, ist sie frei von Eitelkeit. Sie trägt Hemdblusenkleider in gedeckten Farben, im Winter mit farblich passenden Strickjacken darüber. Die weißen Haare sind zu einem Dutt aufgesteckt. An Kosmetika benutzt sie Speick-Seife, Babyshampoo und Niveacreme, an hohen Festtagen eine Spur rosa Lippenstift und ein bisschen Puder. Oma würde sich eher bei lebendigem Leib die Haut abziehen lassen, als an ein Facelifting auch nur zu denken … ich bin mir ziemlich sicher, dass sie noch nicht mal weiß, was das Wort bedeutet.

»Deine Mutter«, sagte Oma vorwurfsvoll in meine Gedanken hinein, »hat sich ja schon ewig nicht mehr blicken lassen. Und deine Schwester auch nicht.«

»Oh. Hm. Sie haben im Moment wohl ziemlich viel zu tun. Aber du siehst sie ja übermorgen, an Fredericks Geburtstag.«

»Und wer holt mich ab?«

»Thomas. Das ist doch ausgemacht. Pünktlich um halb drei wird er bei dir klingeln.«

»Schatzi muss ich aber mitbringen. Er ist nicht mehr der Jüngste. Und sehr empfindsam. Er verkraftet es nicht, wenn ich ihn allein zu Hause lasse.«

Ich betrachtete die empfindsame Teppichratte, die schnarchend zu Omas Füßen lag. Und seufzte.

Oma stand auf. »Bringen wir's hinter uns. Gleich machen die Läden zu.«

Wir kauften Klopapier, Ata, Schmierseife und ein paar Konserven und Fertiggerichte im Supermarkt. Bei Kemal, der es sich nicht nehmen ließ, Oma persönlich zu bedienen, Fladenbrot, Eier, Butter, Schafskäse, Obst und Gemüse. Oma thronte auf einem Stuhl und aß kernlose Weintrauben, die ihr Kemals Frau auf einem Tellerchen servierte, während ich meine eigenen Einkäufe erledigte. Schatzi war draußen angebunden und kläffte und jaulte die ganze Zeit. Um meinen voll beladenen Karton zum Auto zu tragen, musste ich an ihm vorbei. Ohne Vorwarnung machte er einen Satz und schnappte nach meinen Beinen. Wenn die Leine ein paar Zentimeter länger gewesen wäre …

»Mistvieh!«, schrie ich ihn an.

»Lass den Hund in Frieden, Judith!«, rief Oma von drinnen. »Er ist alles, was ich habe.«

Und was ist mit mir? Und dem Rest der Familie?

Abends …

Bin stolz auf mich: Hab das Abendessen kalt lächelnd ausfallen lassen. (Tomatensalat zählt nicht, und das Stückchen Pizza war so winzig, dass es selbst unter dem Elektronenmikroskop kaum aufgefallen wäre.)

Lisa und Frederick hatten kaum den letzten Bissen heruntergeschlungen, als sie auch schon ins Wohnzimmer verschwanden, um sich »Gute Zeiten, schlechte Zeiten« im Fernsehen reinzuziehen. Thomas und ich genehmigten uns ein zweites Glas Rotwein. (Die paar Kalorien im Rotwein sind gut angelegt, weil er eine positive Wirkung auf Herz und Gefäße hat.)

Plötzlich fiel mir auf, dass Thomas ziemlich schweigsam war. Und gegessen hatte er auch nicht viel, obwohl meine selbst gemachte Pizza mit Salami, Kapern und Mozzarella eines seiner Lieblingsgerichte ist.

»Du siehst müde aus«, sagte ich. »War viel los heute?«

»Ja und nein. Der übliche nervige Kleinkram, aber an Aufträgen kommt nichts Nennenswertes rein. Und der Chef läuft durch die Firma wie ein Huhn ohne Kopf und bringt alles durcheinander.«

Er strich sich das Haar aus der Stirn. Es hat sich im Lauf der Jahre etwas gelichtet, und an den Schläfen und am Scheitel schimmert es silbrig. »Um ehrlich zu sein, Judith, wenn ich könnte, wie ich wollte, würde ich kündigen und ganz was anderes machen.«

Das waren völlig neue Töne. »Was ganz anderes … ist das dein Ernst?«

Thomas seufzte. »Mein Chef ist ein Chaot. Der Druckerei geht es schlecht. Wie schlecht genau, weiß ich nicht, aber mein Arbeitsplatz ist alles andere als sicher. Meinst du wirklich, mein Job macht mir Spaß?«

»Ähm, nein. Ich meine, ich weiß, dass er dir unter diesen Bedingungen keinen Spaß macht, deshalb hast du ja deine Fühler bei anderen Druckereien ausgestreckt. Dass du von jetzt auf gleich kündigst, wenn du woanders eine vergleichbare Stelle bekommst, ist klar. Nur … Du hast nie gesagt, dass du mit deinem Beruf an sich nicht zufrieden bist.«

Er zündete sich eine Zigarette an. »Den anderen Druckereien im Umkreis geht es auch nicht viel besser als Jakobus. Niemand holt sich bei der gegenwärtigen Wirtschaftslage einen teuren Betriebsleiter ins Haus.«

»Im Moment vielleicht nicht. Aber irgendwann muss es ja wieder aufwärts gehen. Du musst nur Geduld haben und am Ball bleiben.«

Er lächelte schief. »Immer optimistisch, hm?«

»Natürlich bin ich optimistisch. Das Leben ist schön, alles wird gut. Daran glaub ich ganz fest.«

Thomas' Blick war in weite Fernen gerichtet. Hatte er überhaupt zugehört? Nein, hatte er nicht, denn er sagte träumerisch: »Es muss schön sein, auf einer Ranch in Montana zu leben. Man sitzt den ganzen Tag im Sattel und muss sich über nichts anderes den Kopf zerbrechen, als Rinderherden zusammenzutreiben.

Und abends sitzt man gemütlich mit den Kumpels ums Lagerfeuer, isst T-Bone-Steaks, trinkt Whiskey, erzählt von alten Zeiten und singt ›Shenandoah‹ …«

Das irritierte mich nun doch etwas. Thomas, der Tiere aller Art nicht ausstehen kann, noch nie im Sattel gesessen hat und »Hänschen klein« musikalisch nicht von »Fuchs, du hast die Gans gestohlen« unterscheiden kann, träumte von Cowboyromantik und ambitioniertem ausländischem Liedgut wie »Shenandoah«??!

Ich legte eine Hand auf seine Stirn. Sie war kühl und trocken. »Nein. Fieber hast du nicht.«

»Warum sollte ich Fieber haben?«, fragte er erstaunt. »Ach so. Wegen Montana.«

»Na ja. Du auf einem Pferd …«

»Du nimmst alles so wörtlich. Träumst du denn nie davon, alles hinter dir zu lassen und ganz neu anzufangen?«

»Nein. Nie. Selbst in meinen Träumen bin ich völlig zufrieden mit dem, was wir haben.«

Er grinste und hob sein Glas. »Na denn – Prost. Auf den guten alten Trott und alles, was wir lieben.«

Wir stießen an. »Jetzt mal Spaß beiseite. Würdest du wirklich gern etwas anderes machen? Beruflich?«

Er rieb sich die Augen. »Ach, Judith. Ich bin müde, Jakobus ist mir heute noch mehr auf den Zeiger gegangen als sonst. Lass uns über was anderes reden, ja?«

Also erzählte ich ihm von Mama und dem Facelifting.

»Wenn es sie glücklich macht …«, meinte er achselzuckend. »Sie ist alt genug, um selbst zu entscheiden, was gut für sie ist und was nicht.«

Darüber ließ sich theoretisch streiten. Schon Udo Jürgens hatte gesungen: »Sechzig und kein bisschen weise«. (Oder war es Curd Jürgens gewesen?) Aber das Thema – meiner Meinung nach allemal interessanter als Kühe in der Prärie – schien Thomas nicht zu fesseln, also meinte ich nur: »So was in der Art hat Babs auch gesagt.«

»Na also. Dann lassen wir's doch dabei.« Er gähnte.

Na gut. Ich hatte noch andere Neuigkeiten zu bieten.

»Fredde raucht heimlich«, sagte ich. »Als ich ihm ins Gewissen reden wollte, meinte er bloß, wer im Glashaus sitzt, solle nicht mit Steinen werfen. Meinst du nicht, du solltest mal unter vier Augen mit ihm sprechen? So von Mann zu Mann?«

Thomas drückte seine Zigarette im Aschenbecher aus und schüttelte den Kopf.

Armer Kerl, er ist völlig überarbeitet, gestresst und erschöpft. Muss ihn unbedingt aufbauen. Werde morgen Vitamin C und Magnesiumsprudeltabletten besorgen.

Mitten in der Nacht …

Ein zentnerschweres Gewicht lastet auf meiner Brust, ich starre in ein weit aufgerissenes Maul mit riesigen Zähnen. Aaaaaaah!

Bin schweißgebadet. Habe geträumt, ein Ungeheuer will mich verschlingen. Sah aus wie Schatzi, aber groß wie ein Säbelzahntiger. Hat geknurrt wie …

Knurrt immer noch. Ich kann nicht eine Minute länger im Bett bleiben.

Tappe die Treppe hinunter.

Finde mich kurz darauf am Küchentisch wieder. Vor mir ein Teller mit Schafskäse, Oliven und Fladenbrot.

Schlafwandle, zum ersten Mal im Leben. Bin also nicht wach, sondern träume. Kalorien, die man im Traum zu sich nimmt, zählen nicht.

27. August

Hektik, Hektik, Hektik. Muss Fredericks Geburtstag organisieren – Kaffeetrinken und Abendessen im Familienkreis. Zähle die Gäste an den Fingern ab: Also, Oma kommt, meine Mutter, Babs und Peter und meine Schwiegereltern. Jan, Thomas' Bruder, hat keine Zeit. Er ist Altenpfleger und hat diese Woche Spätschicht. Vielleicht hat er auch keine Spätschicht, sondern null Bock auf eine Familienfeier. Meine Schwiegermutter erzählte mir kürzlich am Telefon, der »Junge« (er ist 37) habe eine neue Freundin, die ihn völlig mit Beschlag belege. Jetzt ließe er sich überhaupt nicht mehr »daheim« blicken, und wie man ein Telefon bediene, um sich zu erkundigen, wie es den Eltern gehe, habe er anscheinend auch vergessen.

Ich verkniff mir die Frage, warum sie das *mir* erzählte, in einem Ton, den man nur als ausgesprochen vorwurfsvoll bezeichnen konnte, und nicht ihrem jüngsten Sohn. Stattdessen bemühte ich mich, Öl auf die Wogen zu gießen: »Ich find's schön, dass er verliebt ist. Und du und Fritz, ihr wünscht euch doch schon so lange eine liebe, nette Frau für euren Jüngsten.«

(Diese Formulierung stammt nicht von mir, sondern ist O-Ton Lilo Horn.)

Worauf Lilo in den Hörer schniefte und meinte, sie

kenne »das Mädchen« nicht einmal. Jan habe es bisher nicht für nötig befunden, sie seinen Eltern vorzustellen. Außerdem könne eine Person, die nicht darauf achte, dass ein Sohn sich um seine Eltern kümmert, nicht lieb und nett sein.

War das etwa eine Anspielung darauf, dass Thomas auch nur zu gern tote Maus spielt, wenn es um seine Eltern geht? War *ich* also auch nicht lieb und nett, auch wenn *ich* regelmäßig anrief und zu Geburtstagen etcetera einlud? Erwartete Lilo von mir, dass ich ihrem Erstgeborenen täglich die Pistole auf die Brust setzte und drohte: »Entweder du rufst jetzt deine Mutti an oder ich drücke ab?!«

So genau wollte ich es gar nicht wissen.

»Hauptsache ist doch, dass er glücklich ist«, sagte ich.

Lilo gab zurück, ihr Jan sei immer glücklich gewesen, bis er mit zwanzig ausgezogen sei und sich für teures Geld eine eigene Wohnung genommen habe. Völlig unnötig für einen Junggesellen, und man sehe ja auch, wohin es geführt habe: direkt hinein ins Lotterleben. Sie habe den Eindruck, Jan wechsle die Freundinnen häufiger als seine Zahnbürste. Muss zu meiner Schande gestehen, dass ich einen anstehenden Arzttermin vorschützte, um das Gespräch beenden zu können.

Ich schrieb eine lange, lange Einkaufsliste (ganz oben standen Vitamin C und Magnesium) und fuhr in den Supermarkt. Danach buk ich Nussecken, Käsekuchen (Fredericks Lieblingskuchen) und einen Apfelstreuselkuchen und servierte zwischendurch, als Lisa und Frederick aus der Schule kamen, Nudeln mit Fertigsoße. Als das Gebäck glücklich aus dem Ofen war und ich die verklebte Küche geputzt hatte, wischte ich mir den Schweiß von der Stirn und wollte mir gerade den wohlverdienten Kaffee kochen, als es klingelte.

Marianne stand vor der Tür, meine beste Freundin.

Wir fielen uns um den Hals. »Dass du dich mal blicken lässt! Wahnsinn! Du kommst grade richtig zum Kaffee!«, rief ich.

Marianne lachte und erzählte, dass sie sich ausnahmsweise den Nachmittag freigegeben habe. Sie sei beim Zahnarzt gewesen und endlich einmal beim Friseur, normalerweise sei sie ja so eingespannt im Geschäft, dass sie zu rein gar nichts käme. Dafür habe sie aber im letzten Quartal den Umsatz um fünfzehn Prozent steigern können, und nach der gelungenen Renovierung sähe der Laden jetzt richtig toll aus, und ich sollte vorbeikommen, sie habe ein paar Bücher da, die ich unbedingt lesen müsste.

»Das eine heißt *Mami macht Karriere, endlich!* Es ist aus der Perspektive eines kleinen Mädchens geschrieben, deren Mutter nichts anderes im Kopf hatte als Kinder und Küche. Eines Tages setzt sich die Mutter hin und schreibt ein Kinderbuch und wird über Nacht reich und berühmt. Du, das ist unheimlich witzig und dabei anrührend geschrieben. Ich hab dabei sofort an dich gedacht.«

»Hm«, machte ich. »Wieso?«

Sie lachte. »Weil das Buch sich gut liest und ich es total realistisch finde.«

Klar ist es vollkommen realistisch, wenn sich eine Hausfrau und Mutter an den Schreibtisch setzt und über Nacht zur Bestsellerautorin mutiert. Hab schließlich *Das Superweib* im Kino gesehen und das Buch gelesen, auf Empfehlung von Marianne. Kennen gelernt haben wir uns übrigens in der Schwangerschaftsgymnastik, als Frederick unterwegs war. Mariannes Tochter Sabina ist einen Monat älter. Als die Kinder klein waren, steckten Marianne und ich dauernd zusammen. Wir hatten uns immer so viel zu erzählen. Beide waren wir davon überzeugt, wie wichtig es war, ausschließlich für unsere Kinder da zu sein. Junge Mütter, die berufliche Ambitionen verwirklichten, waren uns suspekt. »Warum schaffen sie sich Kinder an, wenn sie sich doch nicht selbst darum kümmern wollen?«, fragten wir uns. Marianne hätte gern noch ein, zwei Geschwisterchen für Sabina gehabt, leider klappte es nicht. Bei uns klappte es erst auch nicht mit einem Geschwisterchen für Frederick, komisch, wenn man bedenkt, dass Frederick, als *ein Mal* das Kondom platzte ... Wo war ich stehen geblieben? Ach ja. Es dauerte also vier Jahre, bis ich endlich wieder schwanger war. Sabina und Frederick gingen inzwischen in den Kindergarten, in dieselbe Gruppe. Nachdem Lisa auf der Welt war, trafen Marianne und ich uns nicht mehr so oft wie früher. Bei mir drehte sich wieder alles um Windeln und schlaflose Nächte; Marianne hatte jetzt, da Sabina größer war, mehr Zeit für sich und neue Interessen. Aber wir waren trotzdem noch beste Freundinnen und versicherten uns gegenseitig, dass wir mit niemand anderem so gut reden könnten. Wir hatten keine Geheimnisse voreinander. Marianne wusste Bescheid, wenn bei uns mal der Haussegen schief hing; sie drückte die Daumen, als Thomas seinen Meister machte, wir feierten zusammen, als Thomas Betriebsleiter wurde. Ich war die Erste, die erfuhr, dass Mariannes Mann Stefan – für Thomas und mich in Persona eher eine schattenhafte Gestalt, da er kaum je den Mund aufmachte – sie betrog. Ich weiß noch, dass mir der Mund bei dieser Enthüllung offen stand – nie hätte ich ihm so was zugetraut. Ich meine, bevor man mit einer Frau ins Bett steigt, muss man doch mit ihr *reden*. Aber dann fiel mir ein, dass Marianne mir erzählt hatte, dass, als sie sich kennen lernten, sie ihn angebaggert hatte, nicht umgekehrt, und vielleicht war sein Seitensprung genauso selbstbewusst. Manche Männer sind ja völlig fixiert, was Frauen angeht. Man denke nur an Dieter Bohlen, der steht auf rassige, dunkelhaarige Schönheiten mit einem IQ unter siebzig und Silikonbusen. Und Franz Beckenbauers Blondinen sehen aus wie geklont, ein Wunder dass er sie auseinander halten kann. Es ist mir ein Rätsel, was den Kaiser dazu bringt, sich in die Arme von Frauen zu werfen, die genauso aussehen wie die, mit der er verheiratet ist.

Ich hielt Marianne im Arm, als sie schluchzend erzählte, Stefan habe seine Koffer gepackt und sei zu seiner Geliebten gezogen. Da waren Frederick und Sabina dreizehn. Sie gingen beide aufs Gymnasium, aber in verschiedene Klassen, und wollten schon lange nichts mehr miteinander zu tun haben.

»Die Sabina ist voll doof«, konstatierte Frederick. »Färbt sich die Haare pumucklrot und kichert rum.«

»Der Fredde ist voll doof«, hatte Sabina ihrer Mutter anvertraut. »Hat nichts im Kopf außer seinem Computer.«

Stefan und Marianne ließen sich scheiden. Sabina blieb bei ihrer Mutter. Marianne arbeitete erst halbtags in der Buchhandlung ihrer Eltern, dann zogen sich die Eltern aus dem Geschäft zurück, und Marianne stieg voll ein.

Mittlerweile tratschen wir eher am Telefon, anstatt uns zu sehen. Marianne findet es einfacher, schnell mal zum Mobiltelefon zu greifen und sich nebenher die Fußnägel zu lackieren oder zu kochen oder Bücherkisten auszuräumen, als – sagen wir mal, eine Fahrradtour miteinander zu unternehmen. Denn da kann man nur schwatzen und strampeln, alles andere bleibt liegen.

Es war also ein rarer Glücksfall für mich, Marianne mal wieder Aug in Auge gegenüberzusitzen. Gut sah sie aus. Sie trug laubfroschgrüne Caprihosen, die ihre langen Beine zur Geltung brachten, und eine ärmellose grün-weiß karierte Baumwollbluse. Die frisch gestylten, glatten Haare glänzten wie Mahagoni.

Wir aßen Nussecken (ich nahm zur Feier des Tages Kurzurlaub von der Diät), und Marianne plauderte über ihr Lieblingsthema: ihr Liebesleben. Sie war wieder solo und unheimlich gut drauf.

»Stell dir vor, der Typ wollte bei mir einziehen. Aber nicht mit mir! Kaum wohnst du mit einem Kerl zusammen, will er, dass du seine Unterhosen wäschst und ihm Gulasch mit Spätzle kochst. Nein, danke. Nie wieder!«

Gulasch mit Spätzle war Stefans Lieblingsgericht gewesen, Marianne hatte es getreulich jeden Sonntagmittag serviert.

»Apropos Gulasch ... Was macht Stefan?«

Sie zog eine Grimasse. »Hat eine Stelle in Hamburg bekommen, ist mit seiner Tussi – sie ist schwanger, auch das noch – umgezogen, und seitdem hab ich nichts mehr von ihm gehört. Na ja, was soll's. Mir ist's egal.«

»Und Sabina? Er ist immerhin ihr Vater.«

Marianne zuckte die Schultern. »Oh, sie telefonieren ab und zu miteinander, er schickt ihr Geld. Was weiß ich. Ich glucke nicht ständig hinter ihr her. Sie ist erwachsen und muss selbst wissen, was gut für sie ist und was nicht.«

Erwachsen?! Vor meinem geistigen Auge sah ich ein dünnes kleines Ding mit langen Beinen, pumucklrotem Pferdeschwanz und einer Zahnspange.

Wann war das gewesen?

Ich erwähnte Pferdeschwanz und Zahnspange. Marianne kringelte sich vor Lachen. »Da muss sie dreizehn, höchstens vierzehn gewesen sein! Meine Güte, Judith, es kann doch nicht sein, dass du sie so lange nicht mehr gesehen hast!«

»Doch. Ich glaub schon.«

»Das ist ja ein Ding. Aber wenn ich so überlege ... Frederick und Lisa hab ich auch seit Urzeiten nicht mehr zu Gesicht bekommen. Man sieht sich einfach zu wenig ... hey, ich hab eine Idee. Wie wär's, wenn ihr demnächst mal sonntags zum Mittagessen kommt, du, Thomas und die Kinder? Ich koche was Nettes, wir reden ein bisschen über alte Zeiten und so ...«

»Ja, gern! Wann?«

Marianne erklärte, sie habe ihren Terminkalender leider nicht dabei, aber sie riefe mich an, ganz bestimmt. Wie gerufen kamen Frederick und Lisa rein, setzten sich zu uns und aßen Nussecken. Marianne konnte es kaum fassen, wie groß sie geworden waren. Frederick und Lisa grinsten und kauten, dann verschwanden sie wieder. Marianne schaute auf die Uhr und sagte, leider müsse sie jetzt los. Dann kam Thomas heim, und es gab Küsschen rechts und Küsschen links. Er freute sich riesig, Marianne zu sehen; die beiden haben sich immer gut verstanden.

»Kommt nicht in Frage, jetzt abzuhauen!«, sagte Thomas. »Wir haben uns ewig nicht mehr gesehen. Jetzt trinken wir erst mal was zusammen!«

Wir killten eine Flasche Sekt. Thomas erzählte von der Druckerei. Jakobus hatte sich an Chaotentum heute selbst übertroffen, die 5-Farben-Speedmaster war kaputt, der Monteur nicht gekommen, einer der Buchbinder krank. »Am liebsten würde ich den Job hinschmeißen«, hörte ich, während ich Oliven, Schafskäse, Tomaten, Gurkenscheiben und französische Salami auf einem Teller arrangierte und aufgebackenes Fladenbrot in Streifen schnitt. »Ja, das kann ich gut verstehen!«, kam es mitleidig von Marianne.

Als sie sich schließlich verabschiedet hatte, sagte Thomas: »Marianne ist eine patente Frau und attraktiv dazu. Stefan ist ein Trottel, dass er sie hat sitzen lassen.«

»Er lebt jetzt in Hamburg, und seine Tusnelda ist schwanger. Marianne hat an jedem Finger zehn Kerle, die sich drum reißen, bei ihr einzuziehen. Sie sichert ihre Haustür mit drei Schlössern und einer Kette, damit ihr nur ja keiner der Typen zu nahe kommt. Ach ja, und sie denkt darüber nach, ob sie sich einen Rottweiler zu ihrem persönlichen Schutz anschaffen soll.«

»Puh«, sagte er. »Welche Laus ist dir denn plötzlich über die Leber gelaufen?«

»Gar keine«, sagte ich unschuldig. »Wieso?«

Würde ihm im Leben nicht auf die Nase binden, dass mich Marianne, als ich sie eben zur Tür brachte, nach einem Blick auf mein türkisfarbenes Flatterhemd gefragt hatte, ob ich schwanger sei. (Natürlich ist sie immer noch meine beste Freundin. Glaube ich zumindest.)

28. August – 6.30 Uhr

Lisa, Thomas und ich stehen mit brennenden Kerzen in der Hand in Fredericks Zimmer und singen »Happy Birthday«. Das Geburtstagskind liegt im Bett, strahlt – ungewöhnlich für diese frühe Stunde – übers ganze Gesicht und sieht aus wie zwölf. So knuddelig, dass ich mich nicht beherrschen kann und ihn abknutsche. »Viel Glück und Segen und alles, was du dir wünschst«, sage ich. Mein großer Sohn legt den Arm um mich und gibt mir einen Kuss. Ich hab ihn so lieb, dass mir beinahe die Tränen kommen. »Verkneif dir's«, sagt er erschrocken, als er meine nassen Augen sieht, und klettert aus dem Bett.

Zur Feier des Tages tische ich Spiegeleier mit Bacon auf, Fredericks Lieblingsfrühstück. Er haut rein und überlegt laut, was er mit dem Geld anfangen soll, das er außer einem Nike-Sweatshirt von Thomas und mir bekommen hat: Ein neues Netzteil für den Computer? Und ein Kühler? RAMS? (Keine Ahnung, was das ist, ist aber auch für den Computer.) Von dem Geld, das er sich von Großeltern und Uroma gewünscht hat, will er sich einen neuen Bildschirm kaufen, einen 19-Zöller.

»Meinst du, du kriegst so viel zusammen?«, fragte Thomas mit hochgezogenen Augenbrauen. Seine Eltern sind von Natur aus sparsam, Oma auch. Und meine Mutter plante eine teure Investition in ihre

Optik, es stand zu befürchten, dass sie an Frederick sparen würde.

»Für einen von Aldi bestimmt«, meinte mein Sohn optimistisch und bestätigte Lisa zum dreißigsten Mal, wie toll die Duschlotion mit Namen Alaska roch, die sie ihm geschenkt hat.

Ich brachte meine Lieben zum Auto. Wir umarmten uns innig zum Abschied, irgendwie hatten wir uns an diesem sonnigen Geburtstagsmorgen ganz besonders lieb. Frederick ließ sich von seiner kleinen Schwester küssen, er küsste sogar zurück! Und es gab überhaupt keinen Zank, wer nun vorne sitzen durfte (Ich hab längere Beine! Aber ich bin auch mal dran!). Lisa krabbelte ohne Protest auf den Rücksitz.

Während ich das Geschirr in die Spülmaschine räumte, sang ich laut: »So ein Tag, so wunderschön wie heute, der sollte niiiieee vergeh'n.«

Bin so gut drauf, könnte die ganze Welt umarmen. Gleich werde ich das Festmenü für heute Abend zubereiten, die Familie wird Augen machen! Werde ganz viele Fotos schießen und für alle Abzüge machen lassen, zur ewigen Erinnerung.

23.00 Uhr

Frederick bekam von Oma einen Pyjama geschenkt – blau, mit roten Motorrädern drauf. In Größe 164. »Ich wollte dir kein Geld schenken, Junge, das ist so unpersönlich«, sagte Oma. »Einen Schlafanzug kann man immer brauchen.« Frederick zeigte nicht einen Schimmer von Enttäuschung, er ist wirklich erwachsen geworden.

Im letzten Jahr, als Oma ihm ein Sweatshirt mit Pokémon-Aufdruck schenkte, zog er ein langes Gesicht und fragte, ob man's umtauschen könne. Oma war gekränkt. »Nein, kann man nicht. Es ist vom Dollar-Hugo, und du weißt genau, dass der Wagen nur einmal im Monat ins Viertel kommt!«

Der rollende Kramladen vom Dollar-Hugo ist etwas, dem Oma nicht widerstehen kann. Es gibt dort alles, von Nähgarn über Rheumadecken und Strickwolle bis hin zu Textilien aller Art, zu Tiefstpreisen. »Geld zurück, gnä' Frau, wenn Sie's woanders billiger kriegen!«, röhrt der geschäftstüchtige Hugo von seinem Gefährt herunter, und jeder, der etwas kauft, bekommt etwas dazugeschenkt: ein Heftchen mit Nähnadeln, ein Einwegfeuerzeug, Lollis für die Kinder. Die Qualität der Waren lässt gelegentlich zu wünschen übrig, aber niemand käme auf die Idee, sich zu beschweren. Einem fast geschenkten Gaul guckt man eben nicht ins

Maul. Hugo ist ein schwerreicher Mann: Er besitzt eine Villa im besten Viertel von Grafenberg und kurvt privat in einem gelben Rolls-Royce durch die Gegend.

Frederick bedankte sich also artig bei Oma und hätte ihr sogar einen Kuss gegeben, wenn Schatzi nicht warnend geknurrt und die Zähne gefletscht hätte. Ich war richtig stolz auf ihn.

Meine Mutter überreichte ihm eine große Tafel Milka-Keksschokolade und einen Briefumschlag, in dem sich eine Pokémon-Glückwunschkarte und ein Geldschein befanden. »Vielen Dank, Oma Margot!«, sagte er. »Ich spare auf einen neuen Bildschirm, weißt du.«

»Na, dann kommt dir das hier sicher auch recht«, dröhnte mein Schwiegervater. Lilo hängte ihrem Enkel ein Lebkuchenherz von der Grafenberger Kirmes um den Hals. »Omis kleiner Liebling«, stand in weißem Zuckerguss darauf, und an die Schnur war ein Geldschein gebunden. Lisa kreischte vor Lachen und rief. »Ein Foto, ein Foto!«

»Im Leben nicht mit diesem Horrording um den Hals!«, schrie Frederick, den seine neu erworbene männliche Gelassenheit vorübergehend im Stich gelassen hatte.

Lilos Unterlippe zitterte, ihre braunen Augen hinter der dicken Brille blickten waidwund. »Ach bitte, Freddy. Zur Erinnerung.«

Schon hatten Lilo und Fritz Aufstellung genommen: in der Mitte das Geburtstagskind, rechts Omi, links Opi. Frederick überragte beide um Haupteslänge. Ich hob den Fotoapparat ans Auge.

»So geht das aber nicht!«, sagte Oma. »Ich will auch mit aufs Bild.«

»Ich«, warf Mama ein, »möchte mit Frederick und Lisa allein fotografiert werden.«

Das Ende vom Lied: Ich knipste alle Anwesenden bis auf Schatzi, den Oma am Couchtisch festband, in allen nur möglichen Formationen. Und dann Oma allein auf dem Ohrensessel, mit Schatzi auf dem Schoß.

»Ist das hier ein Fotostudio oder ein Geburtstag?«, kam es schließlich von Fritz. »Ich hab Hunger. Und Kaffeedurst.« Frederick kam mit mir in die Küche. »Bist du sehr enttäuscht?«, fragte ich mitleidig.

»Na ja … schon. Bildschirm ade.«

»Babs und Peter sind ja auch noch da«, versuchte ich ihn zu trösten. Die beiden wurden, da sie in der Praxis unabkömmlich waren, erst zum Abendessen erwartet.

Das heiterte ihn auf. »Stimmt! Von denen hab ich mir auch Geld gewünscht!«

Beschwingt nahm er den Käsekuchen und tanzte zur Tür hinaus. Er schaffte es bis in den Flur. Dann rutschte ihm die Platte aus den Händen. Platsch! Während mein Sohn und ich noch auf die Bescherung starrten, wackelte Schatzi herbei und stürzte sich auf den Festschmaus.

Danach lief die Festlichkeit etwas aus dem Ruder. Lilo keifte Oma an, warum sie ständig diesen Ekel erregenden, gemeingefährlichen Köter im Schlepp habe, das Tier sei eine Zumutung, und der schöne Kuchen und überhaupt. Oma keifte zurück, erstens sei Schatzi ein reizender, wohlerzogener Hund und zweitens Lilo so etepetete, dass sie bestimmt noch ihre Zahnbürste desinfiziere, bevor sie damit ihre Dritten schrubbe. Außerdem habe Schatzi nicht den ganzen Kuchen geschafft, ein paar Stücke könne man noch gut wieder auf die Platte tun. Iiiih, kreischte Lilo, und Unverschämtheit, sie habe noch alle ihre eigenen Zähne im Mund, Oma solle in puncto Gebiss nicht von sich auf andere schließen.

Fritz rief: »Einschläfern ist noch zu gut für diese Töle!« und bekam einen Niesanfall, denn er ist allergisch gegen Tierhaare. Oma holte aus, und es war nur Thomas, der sich schützend vor seinen Vater warf, zu verdanken, dass es nicht zu einem Handgemenge kam. Lisa und Frederick lachten sich halb kaputt. Mama sagte: »Aber meine Lieben! Etwas mehr Selbstbeherrschung, bitte!«

»Mein Schatzi ist keine Töle!«, schrie Oma. »Ich will eine Entschuldigung, sofort.«

»Ich denke überhaupt nicht dran!«, keifte Lilo.

»Bitte!«, flehte ich. »Bitte, vertragt euch. Es ist doch Fredericks Geburtstag, und es ist noch Apfelkuchen da …« Ich wünschte, ich hätte auch auf Nussecken verweisen können, aber die hatten wir gestern leider alle aufgegessen.

Schatzi stand über den Resten des Käsekuchens, kläffte und knurrte abwechselnd. Er schien zum Eingreifen entschlossen, konnte sich aber offensichtlich nicht entscheiden, wen er zuerst beißen sollte. Plötzlich hörte er auf zu kläffen und zu knurren, ließ die Ohren hängen und fing an zu würgen.

Im Nu war der Flur verlassen. Na ja, nicht ganz: Da

waren Schatzi und der Inhalt seines Magens auf meinem schönen Laminatboden. Da war Oma, die flötete: »Ach, du armes Hundi, das Zeug ist dir nicht bekommen, jajaja, so einen zarten Magen hat mein Schatzi, aber jetzt ist dir besser, gelt …«

Ich ging in die Küche und holte Kehrschaufel und Zeitungspapier und Sagrotan und Raumspray und einen Eimer mit Wasser und drei Litern Meister Proper und den Wischmop. Als ich wiederkam, waren Oma und Schatzi ebenfalls verschwunden.

Die Stimmung am Kaffeetisch lockerte sich erst, als Thomas die Cognacflasche aus dem Schrank holte. »Wenigstens gibt's genug zu trinken«, bemerkte Fritz. Lilo stieß ihm den Ellbogen in die Rippen. »Ist doch wahr«, wehrte er sich. »Wo's zu Mittag schon nur ein Tütensüppchen gab.« Ich lud ihm das letzte Stück Kuchen auf den Teller. »Du wirst nicht verhungern, keine Angst. Heute Abend gibt's was ganz Feines. Potage Crème St. Germain, Civet de porc à l'ancienne und Melonensorbet.«

»Hauptsache, man kann es essen«, brummte mein Schwiegervater, der den Verlust des Käsekuchens immer noch nicht verwunden hatte.

»Meine Jungs«, sagte Lilo, »haben sich immer Kartoffelsalat und Würstchen zum Geburtstag gewünscht. Besonders Thommi konnte nicht genug von meinem Kartoffelsalat kriegen, stimmt's, Thommi?«

Thomas, der es hasst, Thommi genannt zu werden, nickte. Ich sah, wie er heimlich auf seine Uhr schielte. Er kann von seinen Eltern nur eine geringe Dosis vertragen, und die war bereits überschritten. Ob es Frederick mit *seinen* Eltern auch mal so gehen wird?!

Jan rief an, um zu gratulieren. »Er hat morgen frei und kommt nachmittags vorbei«, verkündete Frederick.

Prompt ließ sich Lilo das Mobiltelefon geben und verschwand in den Flur. Als sie zurückkam, machte sie ein zufriedenes Gesicht.

Kurz vor sechs kamen Babs und Peter – gerade rechtzeitig, denn die Konversation rund um den Couchtisch (Oma saß mit dem schnarchenden Schatzi auf dem Schoß im Ohrensessel) war trotz Cognac beinahe zum Erliegen gekommen. Sie überreichten dem Geburtstagskind ein T-Shirt von Nike (cool, sagte Frederick begeistert) und eine CD von Britney Spears (die er, wie er mir später erzählte, ätzend fand, gottlob aber an Lisa verkloppen konnte).

»Du hast dir ja Geld gewünscht«, sagte Babs zu ihrem Neffen. »Aber das finden wir so unpersönlich.« Frederick nickte ergeben.

Das Gespräch kam in Schwung, sowie Babs und Peter auf dem Sofa Platz genommen hatten. Niemand ist als Gesprächspartner begehrter als ein Arzt, dem man kostenlos seine gesamte Krankengeschichte erzählen darf und die der Nachbarn dazu, und hier hockten nun gleich zwei Mediziner. Lilo redete über ihr Rheuma und die Unterleibsgeschichte ihrer besten Freundin; Fritz erzählte umständlich vom Herzinfarkt, den jemand im Kegelclub erlitten hatte, und wollte wissen, ob Babs und Peter die Einnahme von Fischölkapseln zur Vorbeugung befürworteten. Gerade als er so schön in Fahrt war (»Fischöl allein kann natürlich keine Wunder wirken, ich weiß, man muss schon Selbstdisziplin aufbringen. Ich gehe jeden Tag an die frische Luft, ob's stürmt oder schneit, und ich rauche nicht und habe kein Übergewicht …«) unterbrach ihn Oma: Schatzi leide unter Rheuma, und die Tierärztin habe gesagt, er sei viel zu fett. Was Oma beunruhigte, denn er rühre sein Futter kaum an. Von Rechts wegen müsse er also ganz mager sein. Ob Peter nicht glaube, Schatzi habe ein Drüsenleiden? Bestimmt gäbe es doch Pillen dagegen, ob sie nicht mal mit Schatzi bei ihm in der Praxis vorbeikommen könne?

»Lieber nicht, Oma«, sagte Peter ohne mit der Wimper zu zucken. »Was bei Menschen hilft, könnte so einen kleinen Hund glatt umbringen.« Oma umklammerte Schatzi, als wolle der Tod ihn ihr auf der Stelle entreißen.

Frederick und Lisa hatten den Tisch fürs Abendessen gedeckt. Jetzt saßen sie auf dem Teppich und spielten Mau-Mau. Thomas hing mit glasigem Blick im Sessel, es war ihm anzusehen, dass er sich weit weg wünschte. Mama träumte vor sich hin. Es schien ein angenehmer Tagtraum zu sein, ein leichtes Lächeln spielte um ihren Mund. Hmmmm … Ich berührte sie leicht am Arm. »Hast du Lust, mir ein bisschen in der Küche zu helfen, Mama?«

Wir hantierten in der Küche herum, wobei ich überlegte, wie ich das Thema Mr. X am geschicktesten anschneiden könnte. Während ich den Weißwein öffnete, den es zur frischen Erbsensuppe (Potage Crème St. Germain) geben sollte, und Mama den Beaujolais zum Schweineragout Großmutter Art (Civet de porc à l'ancienne) entkorkte, sagte ich: »Der Mann, in den du dich, hm, verliebt hast … weiß er, ähm, weiß er von deinen Plänen?«

Sie sah mich verdutzt an. »Plänen? Welchen Plänen?«

»Na, dass du dich lif …«

»Pssscht!«, zischte sie. »Bist du wahnsinnig? Die Wände haben Ohren! Lilo hört auf zehn Kilometer eine Staubflocke husten.«

»Lilo ist beschäftigt«, kam es von der Tür her. »Sie erzählt Peter gerade von ihrer Osteoporose.«

Babs. Sie hatte sich angeschlichen. Jetzt lupfte sie den Deckel des Suppentopfes, spähte in den Backofen, wo das Ragout sich langsam erwärmte. Sie hielt dabei einen Sicherheitsabstand zum Herd, um ihr cremefarbenes Etuikleid nicht zu gefährden.

»Du kannst das Baguette schneiden, wenn du magst«, sagte ich.

»Er heißt Bender«, sagte Mama. »Dr. Bender. Ihr gebt ja doch keine Ruhe. Ich kenne euch.«

»Bender? Wer ist denn das?«, kam es von Babs, die sich gerade eine Schürze umband. Nicht auszudenken, wenn ein Krümel auf ihrem schönen Kleid gelandet wäre! »Ich hab dir doch gesagt, Professor Künzel in Göttingen ist ein ausgezeichneter Chirurg, bei ihm bist du in den besten Händen, glaub mir.«

Mama wurde rot und senkte den Blick. »Ja. Hm. Natürlich. Du hast vollkommen Recht …«

Es gefiel mir, dass Babs auf der Leitung stand und ich nicht. »Dr. Bender ist … na ja. ER heißt so. Hab ich Recht?«, flüsterte ich.

Mama verfärbte sich noch ein bisschen mehr und nickte. Babs stemmte die Ellbogen in die Hüften. »Also, ich kenn nur *einen* Dr. Bender in Grafenberg. Und der ist Gynäkologe.«

»Nie gehört«, sagte ich zu Babs. »Ich gehe seit Jahr und Tag zu Frau Dr. Schmoll.«

»Ich auch«, kam es von Babs.

Ich starrte Mama an. Früher war sie immer zum alten Dr. Zimmermann gegangen. Und jetzt …

Du liebe Güte. Welche Frau fing was mit ihrem *Gynäkologen* an? Sicher, Gynäkologen sind auch Männer, aber wie soll Erotik ins Spiel kommen, wenn dieser Mann einen begutachtet, als wäre man ein Rinderkadaver am Haken? Die Brüste abdrückt, Leberflecken zählt, jeden Schwangerschaftsstreifen, jede Cellulitedelle argwöhnisch mustert? Tatsache ist, ein Frauenarzt sieht Frauen so, wie sie von niemandem gesehen werden wollen. Man kann sich noch nicht mal in ein Spitzennegligee flüchten oder hauchen: »Liebling, mach doch das Licht aus …«

Allein der *Gedanke*, dass er mittendrin sagen könnte: »Also, Schatz, du musst unbedingt etwas gegen die Erschlaffung deiner Bauchdecke unternehmen!«, konnte einem den Spaß am Sex ein für alle Mal austreiben.

Babs blieb cool. »Du hast dich in deinen Frauenarzt verliebt, Ma?«

Sie nickte trotzig. »Ist das vielleicht verboten?«

Plötzlich war ich wütend. Ganz allgemein auf sämtliche Gynäkologen, auf deren Stuhl ich je gelitten hatte, und auf Dr. Bender im Besonderen. Tat beruflich den ganzen Tag nichts anderes, als nackte Frauen anzustarren, und nun stellte er Ansprüche im Privatleben. Eine Frau, die so alt aussah, wie sie war, konnte ihn nicht reizen. Die Falten im Gesicht mussten ausgebügelt werden, und als Nächstes war ein Ganzkörperlifting dran, klar. Und meine arme Mutter war so verblendet, dass sie dieses grausame Spiel mitspielen wollte.

»Aber Mama!«, rief ich. Weiter kam ich nicht, denn Babs fiel mir ins Wort: »Sag, Ma, wie lange seid ihr denn schon zusammen, du und Dr. Bender?«

Sie hatte diesen Röntgenblick drauf, und diesen sanften Tonfall, den ich so gut kannte. Dr. med. Barbara Herbst machte gerade eine Anamnese, und wenn sie so weit war, würde sie die Diagnose verkünden.

»Wolf Bender ist ein hervorragender Arzt und ein warmherziger, liebenswerter Mann«, sagte Mama. »Aber es ist nicht so, wie ihr denkt. Noch nicht.« Sie seufzte. »Leider.« Wolf Bender, erzählte Mama, hatte die Praxis vom alten Dr. Zimmermann übernommen. Er war Anfang fünfzig, groß, schlank, distinguiert aussehend. Mama hatte nach eigenem Bekunden fast der Schlag getroffen, als sie zur Krebsvorsorge ging und ihn zum ersten Mal sah. Sie hatte sich tödlich geniert. So ein gut aussehender Mann! Sie wäre ihm überall liebend gern begegnet, bloß nicht auf dem gynäkologischen Stuhl. Sie hatte solche Hemmungen, dass sie am liebsten die Flucht ergriffen hätte. Aber Wolf hatte eine so nette, Vertrauen erweckende Art und so schöne braune Augen, dass sie sich plötzlich nicht mehr geschämt hatte, sich von ihm untersuchen zu lassen. Sie hatte sich verliebt, Hals über Kopf, und sie war sicher, dass er sie auch anziehend fand. So was spürte man als Frau einfach, und sie hatten nachher im Behandlungszimmer (da hatte sie ihr fliederfarbenes Kostüm an, und er hatte ihr ein Kompliment gemacht) lange miteinander gesprochen, obwohl das Medizinische längst abgehandelt war. Er hatte auf ihr Krankenblatt geschaut und gesagt, dass er eine Wohnung ganz in ihrer Nähe gekauft habe, und jetzt sei er dabei, sie einzurichten. Er war neu in der Stadt, aus Braunschweig zugezogen. Mama empfahl ihm ein paar Geschäfte in Grafenberg und die besten Restaurants. In den letzten Wochen waren sie sich ein paar Mal in der Stadt begegnet, und er war stehen geblieben und hatte ein paar Worte mit ihr gewechselt. Mama war ganz sicher, dass er mehr in ihr sah als nur eine Patientin, aber das Problem war: Er war definitiv etliche Jahre jünger als sie. Und er kannte ihr Geburtsdatum, daran konnte man leider nichts ändern. Woran man aber etwas ändern konnte, war, dass sie so alt aussah, wie sie war. Ergo: Um ihn zu erobern, musste sie …

»Quatsch!«, sagte ich.

»Blödsinn!«, sagte Babs.

»Wird das heute noch was mit dem Essen?«, erkundigte sich Fritz von der Küchentür her.

Wir hatten gerade die Suppe hinter uns gebracht (»Nicht übel, Judith!«, sagte Fritz. »Gar nicht übel. Und das ist was Französisches, sagst du? Komisch. Schmeckt nach Erbsen.«), als es klingelte.

»Ich geh schon, Mama!«, rief Frederick, als ich aufstehen wollte.

»Ja, wer kann das denn sein?«, wollte Lilo wissen.

Frederick warf mir einen leicht gehetzten Blick zu. »Ich hab ein paar Leuten aus meiner Klasse gesagt, sie könnten auf 'ne Cola vorbeikommen, wenn sie Lust haben … war doch in Ordnung, oder?«

»Ja, klar«, sagte ich. »Aber was ist mit deinem Essen?«

»Hab eh keinen Hunger«, sagte er und war auch schon verschwunden.

Wir hörten Stimmen im Flur und Füße, die die Treppe rauftrampelten. Es schienen ziemlich viele Leute zu sein, die Lust gehabt hatten, mal vorbeizukommen.

»Ich wette, da sind Mädchen dabei«, kicherte Lisa und lief rot an.

Um halb zehn hämmerte ich gegen die Tür von Fredericks Zimmer, aus dem ohrenbetäubende Musik drang. Frederick steckte den Kopf heraus. »Ja?« Es klang nicht übermäßig erfreut.

»Die Familie ist im Aufbruch begriffen. Wenn du die Güte hättest, dich zu verabschieden … und um zehn ist Zapfenstreich für deine Party. Morgen ist Schule!«

PS: Ganz schön leichtsinnig von mir, am Morgen »So ein Tag, so wunderschön wie heute, der sollte niiieee vergehn« zu trällern. Nicht, dass er auf seine Art nicht wunderschön gewesen wäre … aber es betrübt mich auch überhaupt nicht, dass ich jetzt endlich ins Bett kriechen und mir die Decke über die Ohren ziehen kann.

29. August – Zu einer Zeit, die angeblich Gold im Munde haben soll

Auf dem Küchentisch lag ein Zettel in Fredericks Handschrift: *Bin schon los.*

Und das von jemandem, der freiwillig nie vor elf aufstehen würde.

Seltsam.

»Nun mach doch kein Drama draus, Judith«, sagte Thomas, der morgens seinen Kaffee trinken, sein Brot essen und die Zeitung lesen will – vorzugsweise schweigend. »Vielleicht ist er joggen gegangen. Oder er trägt Zeitungen aus.« Er tauchte hinter den Lokalteil ab. Ich war verstimmt. Was ich ihm auch erzählt hatte in letzter Zeit – dass Fredde raucht, er in aller Frühe aus dem Haus geschlichen ist, Mamas Facelifting –, alles schien ihn vollkommen kalt zu lassen. Ich hatte das Gefühl, ich hätte auf dem Frühstückstisch einen Schleiertanz hinlegen können, und Thomas hätte nicht vom Grafenberger Käseblatt aufgesehen.

Lisa rührte Kakaopulver in ihre Milch. »Vielleicht hat Fredde Blumen im Garten gepflückt. Und legt sie jetzt seiner Freundin vor die Haustür.«

Ich starrte sie an. »Freundin? Welche Freundin?«

Lisa wurde rot. »Nur so. Da kam letztens was im Fernsehen. Da war ein Junge, und der war verknallt in die Freundin von seinem besten Freund, und er wollte sie ihm abspenstig machen, und da hat er ihr morgens immer Blumen gebracht ...«

»Hm. Frederick würde vielleicht seinem Computer Blumen bringen. Aber einem Mädchen, in aller Herrgottsfrühe? Nie im Leben!«

Als Thomas und Lisa aus dem Haus waren, ging ich in Fredericks Zimmer und sammelte leere Colaflaschen, schmutzige Gläser und einen überquellenden Aschenbecher ein. Es roch nach kaltem Rauch und einem schweren Parfum. Hm, dachte ich, Lisa hat doch Recht gehabt, es waren Mädchen dabei gestern Abend. Gesehen hatten wir nichts. Als die Horde davongetrampelt war, waren wir in der Küche beschäftigt gewesen. Ich riss das Fenster auf. Auf dem Bett lag etwas, etwas Rotes ... ich kniff die Augen zusammen und erblickte ...

Kreisch! Einen BH! Auf dem Bett meines Sohnes liegt ein BH. O Gott. Frederick ist ein Transvestit. Er zieht sich heimlich Damenunterwäsche an. Was hab ich nur falsch gemacht? Wenn das Sexualleben eines jungen Mannes verkorkst ist, ist immer die Mutter schuld, das weiß jeder. Überhaupt: Was auch schief geht im Leben eines Kindes, ob es zum Taschendieb wird, Drogen nimmt, Schulprobleme hat, die Mutter ist schuld. Sie hat nicht ihr Bestes gegeben für ihr Kind, aber ich tu doch mein Bestes, ich gebe mir wirklich Mühe, und hier liegt der schlagende Beweis, dass ich versagt habe ...

Größe 70B. Von H & M. Hmhm. Da passt er nie rein. Sein Kreuz ist zu breit.

Ich muss Thomas in der Druckerei anrufen. Im Hintergrund dröhnen die Druckmaschinen, er klingt gehetzt. »Judith! Was ist denn los?«

»Ich habe auf dem Bett deines Sohnes einen roten BH gefunden. Von H & M, Größe 70B.«

»Du meine Güte, wenn das alles ist. Es wird einer von deinen sein, der irgendwie in seine Wäsche geraten ist. Wahrscheinlich steckte er im Kopfkissenbezug, als er sein Bett frisch überzogen hat.«

»Ich trage 80C, nur zu deiner Information.«

Am liebsten würde ich durch die Leitung kriechen und ihm ins Gesicht springen, doch leider ist sie zu eng.

»Du, Judith, ich hab noch was anderes zu tun, als mit dir über BH-Größen zu diskutieren. Wahrscheinlich hat einer der Jungs gestern Abend das Ding mitgebracht, als Gag. Du weißt doch, wie Jungs sind in dem Alter.«

Klick, aufgehängt. Er hat einfach aufgehängt! Magnesiummangel hin, Stress her, so geht das nicht! Muss mal in aller Ruhe mit Thomas reden …

Hm. Sein Gedanke war so dumm allerdings nicht. Ich spüre, wie ein Stein von meiner Brust rollt. Klar! Irgendwer hat seiner Schwester das Parfum und die Reizwäsche geklaut, und die Jungs haben damit Frisbee gespielt.

13.30 Uhr

Lisa und ich saßen schon am Tisch und löffelten Gemüsesuppe (vom Civet de porc à l'ancienne war leider kein Bissen übrig geblieben), als die Haustür ins Schloss fiel. »Warum geht ihr eigentlich nie zusammen von der Schule heim, wenn ihr beide sechs Stunden habt?«, fragte ich Lisa.

»Weil das peinlich wäre.«

Ehe ich noch fragen konnte, was daran peinlich sein könnte, wenn Geschwister gemeinsam den Schulweg zurücklegen, stand eine mir völlig fremde Person in der Küche. Sie duftete überwältigend nach einem schweren Parfum, das mir bekannt vorkam, war sehr groß und dünn und hatte glattes, weißblondes Haar, das ihr über die Schultern fiel. Sie trug ein zwei Nummern zu kleines, pinkfarbenes T-Shirt und ein lila-pink kariertes Röckchen, das knapp über die Hüften reichte. Die Füße steckten in silbernen Riemchensandalen.

»Hallo, Judith«, sagte die Person, ohne eine Miene zu verziehen.

Ich kniff die Augen zusammen. »Kennen wir uns?«

Frederick kam rein, übers ganze Gesicht grinsend. »Jetzt sag bloß, du erinnerst dich nicht mehr an Sabina!«

Schwupp, saß die Person, die angeblich Sabina sein sollte, am Tisch, und mein Sohn stellte beflissen einen

Teller vor sie hin und holte einen Löffel und eine Serviette aus der Schublade.

»Du hast doch nichts dagegen, wenn Sabina heute bei uns mitisst?«

»Ähm, nein, natürlich nicht. Es ist genug da … Liebe Güte, Sabina, bist du groß geworden!«

Zugegeben, nicht die intelligenteste Bemerkung.

Sabina zuckte die schmalen Schultern. »Wir haben uns lange nicht gesehen. Ich hab dich auch kaum erkannt. Du bist so dick geworden.«

Während ich noch nach Luft schnappte und Lisa hustete, weil sie sich verschluckt hatte, fischte sich Sabina ein paar Brokkoliröschen, Kohlrabi und Möhrenstückchen aus dem Suppentopf und angelte ein Brötchen aus dem Korb.

»Habt ihr Cola light da?«, fragte sie Frederick.

»Nein, nur normales. Aber Cola gibt's nur ab und zu. Normalerweise trinken wir Mineralwasser oder Saft zu den Mahlzeiten«, sagte ich kühl. *Dick* hatte sie mich genannt, dieser storchbeinige Hungerhaken!

»Okay, dann nehm ich normales Cola«, meinte Sabina, zu Frederick gewandt.

Frederick schenkte Cola für Sabina ein, für sich mixte er eine Apfelschorle.

Ich musterte die Tochter meiner besten Freundin. Sie war zurechtgemacht, als habe sie gleich einen Fototermin für ein Hochglanzmagazin: Make-up, Rouge, pinkfarbener, perfekt aufgetragener Lippenstift, blaugrauer Lidschatten, Lidstrich. Ich suchte hinter dem glatten Oval des Gesichtes, den kühlen blauen Augen, der kurzen, geraden Nase, dem vollen Mund mit den blasiert heruntergezogenen Mundwinkeln nach dem fröhlichen, lebhaften Kind, das ich gekannt hatte. Doch das gab es nicht mehr. Sabina mochte siebzehn sein, konnte aber locker für abgebrühte siebenundzwanzig durchgehen.

»Du siehst deiner Mutter gar nicht ähnlich«, sagte ich. Marianne ist von Natur aus brünett, ihr Gesicht ganz anders geschnitten, und sie hat grüne Augen.

Sabina warf die Haare zurück. »Ich komme mehr nach meinem Vater«, meinte sie gelangweilt.

Ich hatte Stefan als klein, kräftig und dunkelhaarig in Erinnerung, aber na ja, vielleicht hatte sich Sabina mit Wachstumshormonen behandeln lassen und die weißblonde Nadja-Auermann-Mähne war gefärbt und Sabinas Augen waren nur deshalb blau, weil sie farbige Kontaktlinsen trug. Die grünen Augen meines Sohnes hingen anbetend an seinem Gegenüber, das zierlich ein Brötchen zerkrümelte, ein Brokkoliröschen zum Munde führte, einen Schluck aus dem Glase nahm. O weh, das sah nicht nach einer Wiederbelebung der alten Kinderfreundschaft aus. Es hatte ihn erwischt, eindeutig.

Plötzlich fand ich es gar nicht mehr abwegig, dass er heute in aller Herrgottsfrühe Blumen gepflückt und sie vor Sabinas Haustür deponiert haben sollte …

»Ich bin fertig, Mama«, sagte Lisa, die bis jetzt den Mund nur zum Essen aufgemacht hatte. »Kann ich aufstehen?«

»Ja, sicher …«

Lisa stürzte zur Tür hinaus. Sabina stand auf. »Kommst du, Freddy?«

Freddy! Das hätte ich mal wagen sollen!

Frederick sah mit Bedauern auf seinen noch halb vollen Teller, erhob sich aber. »Wir wollen zusammen Mathe üben, Ma ... Sabina schreibt nächste Woche eine Arbeit.«

»Jetzt iss doch wenigstens fertig«, sagte ich. »Wieso warst du heute Morgen eigentlich schon so früh unterwegs?«

»Er hat mich nach Haus gebracht, damit ich mich umziehen konnte vor der Schule«, kam es seelenruhig von Sabina. »Ich hab hier gepennt.«

Frederick war rot geworden und betrachtete angelegentlich seine Fußspitzen.

Ich rang um Fassung. »Ja, und Marianne ... deine Mutter, meine ich? Was sagt die dazu?«

»Oh, ich hab angerufen und Bescheid gesagt. Das war okay.«

»Aber ich find's nicht okay, wenn wildfremde Mädchen bei meinem Sohn übernachten, ohne dass ich was davon weiß. Und Fredericks Vater findet das auch nicht okay, Sabina!«

»Sabina ist nicht wildfremd«, murmelte Frederick.

»Okay«, sagte Sabina gelassen. »Ich sag euch nächstens Bescheid, wenn ich über Nacht bleibe.«

Bin sprachlos. Mein Puls rast, mein Blutdruck muss auf mindestens hundertachtzig sein. Die Küchentür hat sich hinter Frederick und Sabina geschlossen – sehr leise. Ja, ist es denn zu fassen, dass ich mir von einer siebzehnjährigen Göre auf der Nase rumtanzen lasse? Sofort werde ich nach oben gehen und Klartext reden: Ich bin nicht prüde, verklemmt oder sonst was.

Ich bin voll und ganz der Meinung, dass junge Menschen, auch wenn es sich bei einem davon um meinen Sohn handelt, das Recht auf ein erfülltes Sexualleben haben … aber dieser storchbeinige Hungerhaken kann sich doch nicht einfach hier in unserem Haus einnisten! O Gott.

Ob das Gör die Pille nimmt? Und Frederick Kondome? Was ist, wenn sie schwanger wird? Sie wird Frederick die Zukunft versauen. Und was, wenn sie Aids hat? Oh, Hilfe! Muss sofort Thomas anrufen. Und Marianne.

Die Tür geht auf, Sabina steckt ihren Kopf herein. »Ach, Judith, hast du übrigens meinen BH gesehen? Ich hab ihn heute Morgen in der Eile nicht gefunden.«

Hab Sabina das rote Ding, das ich in die Schublade mit den Küchenhandtüchern gesteckt hatte, wortlos in die Hand gedrückt. Jetzt wäre die Gelegenheit für ein Gespräch unter vier Augen günstig gewesen, ABER: Wie hätte ich dagestanden? Wie eine verklemmte, alte Zimtzicke. Und das bin ich nicht, man kann über alles mit mir reden, nur dass Sabina nicht mit mir reden wollte, sondern, ihren roten BH an einem Finger hin- und herschwingend, von dannen ging.

Ich schloss mich mit Zigaretten, Aschenbecher und dem Mobiltelefon auf dem Gästeklo ein, rief Thomas an und schilderte ihm im Flüsterton die Situation. Im Hintergrund dröhnten die Maschinen. »Du musst lauter reden, Judith! Ich verstehe dich ganz schlecht!«

Ich wiederholte alles etwas lauter, wobei ich mit einem Ohr auf Schritte im Flur lauschte.

»Ich finde«, schrie Thomas über den Maschinenlärm hinweg, »dass du die Sache dramatisierst. Die beiden kennen sich seit ihrer Geburt! Ich glaube, du interpretierst Sodom und Gomorrha in eine Sandkastenfreundschaft.«

»Ja, und der BH?«, schrillte ich.

»Warum redest du nicht mal mit Marianne, hin? Ich muss jetzt wirklich Schluss machen, der Papiervertreter wartet.«

Marianne verkündete, sie habe überhaupt keine Zeit, der Laden sei voll mit Kundschaft. »Das ist mir scheißegal!«, keifte ich. »Geh halt mit deinem Telefon irgendwohin, wo's ruhig ist!«

»Liebe Güte, was ist denn mit dir los?« Ich hörte eine Tür zuschlagen. »Ich bin im Büro. Schieß los.«

Ich holte tief Luft und begann mein Kreuzverhör. »Weißt du, dass Sabina heute bei Frederick übernachtet hat?«

»Ja, klar. Sie hat angerufen und Bescheid gesagt.«

»Marianne«, sagte ich sehr ruhig. »Thomas und ich wussten von nichts.«

»Na ja, für mich kam's auch total überraschend, dass sie was mit eurem Frederick hat. Ist aber irgendwie süß, oder?«

»Machst du dir denn gar keine Sorgen? Dass deine siebzehnjährige Tochter schwanger werden könnte, zum Beispiel? Und findest du es nicht ein bisschen viel verlangt, dass ich es süß finden soll, wenn Frederick und deine Tochter in unserem Hause … und wir wissen nichts davon? Frederick hat Sabina heute Mittag zum Essen mitgebracht, und ich bin aus allen Wolken gefallen!«

»Hm-hm, ich verstehe … Frederick hatte wohl noch nie eine Freundin. Das ist alles sehr neu und verwirrend für dich … Es ist ja für viele Mütter ein Problem, wenn der Sohn sich abnabelt. Du, ich hab ein tolles Buch da, einen Ratgeber für Mütter, *Ödipus und Iokaste – ein gordischer Knoten?* Ich geb's Sabina für dich mit.«

»Marianne … du kannst doch unmöglich so cool sein, wie du tust, oder?«

»Cool? Ich bin nicht cool, ich bin realistisch. Und ich hab dir gesagt, dass ich nicht hinter Sabina herglucke. Sie ist alt genug, um auf sich selbst aufzupassen, alt genug, um selbst zu entscheiden, was sie will und was nicht. Übrigens nimmt sie die Pille, seit sie fünfzehn ist. Ich werde sie nicht gängeln, nur weil du Probleme damit hast, dass dein Sohn erwachsen geworden ist.«

»Ich hatte keine Probleme mit meinem Sohn, ehe deine Tochter hier aufgekreuzt ist!«

»Aha-aha, da haben wir's doch!«

»Gar nichts haben wir! Hör bloß mit diesem Psycho-Scheiß auf!«

Einen Moment herrschte Stille am anderen Ende der Leitung. Dann sagte Marianne, so gaaanz ruhig, als rede sie mit einem Idioten: »Ich mag mich nicht mit dir streiten, Judith, schon gar nicht über so eine Lappalie. Wenn es dir nicht recht ist, dass Sabina sich bei euch aufhält, sag's ihr. Das ist kein Problem. Dann kommt Frederick eben zu uns, fertig.«

»Ich mag mich auch nicht mit dir streiten. Ich werde mit Thomas über die Sache sprechen.«

»Tu das. Du wirst sehen, *er* sieht die Sache wesentlich weniger emotional als du.«

Bin beinahe sicher, dass Marianne nicht mehr meine beste Freundin ist.

Hocke auf dem Klodeckel und qualme vor mich hin. Bin ich zu emotional? Oder schlicht verklemmt? Oder reagiere ich nur so, weil ich Sabina nicht leiden kann? Warum kann ich sie nicht leiden? Weil Frederick in sie verliebt ist? Ach, Quatsch. Ich bin doch nicht Lilo, die in Tränen ausbrach, als Thomas und ich verkündeten, dass wir heiraten wollten. »Ach, ach«, schniefte sie. »Dass ich meinen Jungen so früh verlieren muss!«

Tatsache ist: Gina von nebenan wäre eine nette Freundin für Frederick gewesen. Immer freundlich, natürlich, hübsch auf eine frische, unspektakuläre Art.

Was findet Frederick, dessen Dasein bis gestern noch ausschließlich um seinen Computer zu kreisen schien, bloß an diesem superblonden Sexy-Hexy, das in Parfum badet und rote Unterwäsche trägt?

Schon klar.

Seufz.

Hätte so was nie von meinem Sohn gedacht. Habe nicht ernsthaft erwartet, dass er sich in ein Mädchen vergucken wird, das aussieht wie Frankensteins Braut. Aber … letztendlich sind es doch die inneren Werte, die bei einem Menschen zählen!

WAS TUN?

Wenn ich Sabina rausschmeiße, sie bei Frederick

madig mache, wird er nur noch mehr an ihr kleben. Nichts schmiedet junges Glück enger zusammen, als wenn die Eltern dagegen sind. Siehe Romeo und Julia … Will ihn nicht aus dem Haus treiben, will nicht, dass er nur noch in Mariannes Wohnung rumhängt und womöglich darüber herzieht, wie spießig seine Mutter ist.

Es gibt keine absolute Wahrheit. Alles ist subjektiv. Wenn ich ein Problem habe, heißt das noch lange nicht, dass Frederick und Sabina, Thomas und Marianne auch eins haben müssen. Ich werde mich um Gelassenheit und Toleranz bemühen, die Dinge auf mich zukommen lassen. Hmhm. Frage mich, was Babs wohl sagen würde. Und Mama. Habe aber momentan nicht den Nerv, es herauszufinden.

Das Gästeklo hatte sich mittlerweile in eine Räucherkammer verwandelt. Ich öffnete das Fenster und sah Jan auf die Haustür zusteuern. Er trug Jeans und ein weißes T-Shirt; in einer Hand hielt er einen Strauß mit Dahlien, in der anderen eine kleine Plastiktüte.

»Hallo, Judith!«, sagte er.

»Hallo!« Hastig zog ich den Kopf zurück, den ich einer Schildkröte nicht unähnlich aus dem Fenster gesteckt hatte.

Wir küssten uns zur Begrüßung auf die Wange. Obwohl ich nicht klein bin, musste sich Jan ziemlich tief zu mir herunterbücken. Er ist noch ein Stück größer als Thomas, hat aber den gleichen schlanken Körperbau. Aber da hört die Ähnlichkeit auch schon auf: Jan hat einen dichten Schopf kupfriger, gelockter Haare und blaue Augen. Er ist immer leicht gebräunt, und Nasenrücken und Wangenknochen sind mit Sommersprossen gesprenkelt. Thomas ähnelt Lilo, nur sein Lachen ist anders, zum Glück, denn wenn Lilo lächelt, sieht es immer aus, als habe sie was Saures im Mund. In Jans Gesicht sind weder Lilo noch Fritz zu erkennen. »Unser Kuckuckskind«, sagt meine Schwiegermutter gern. »Aber die Größe hat er von meinem Schwiegervater, der war eine richtige pommersche Eiche, und von meinem Vater, der spuckte auch allen Leuten auf den Kopf.«

Lilo und Fritz könnten in unserer Familie nur noch Lisa auf den Kopf spucken, und das nicht mehr lange, wenn sie so weiterwächst.

»Gut schaust du aus, Judith!«, sagte Jan warm. Oooh, das ging mir runter wie Honig, zumal er das nicht einfach so dahingesagt, sondern vorher *hingesehen* hatte. Ich mag Thomas' digitale Neuanschaffung im Bad aus guten Gründen bis auf weiteres ignorieren, aber ich passe immer noch durch jede Tür. Und ich habe schöne, dichte, dunkelblonde Haare und schräg geschnittene graue Augen mit langen Wimpern. Mein Gesicht kann sich sehen lassen. Und die weißen 7/8-Baumwollhosen und das rosa Oversize-T-Shirt auch.

Ich strahlte Jan an, er strahlte zurück. Sein Lächeln ist anders als das von Thomas, aber nichtsdestotrotz unwiderstehlich. Die alten Leute im Heim lieben ihn, besonders die Damen, sagt Lilo, die ehrenamtlich einmal die Woche dort Besuche macht.

Jan überreichte mir die Blumen. Er bringt mir immer etwas mit, wenn er vorbeikommt. Manchmal Blumen oder Pralinen, öfter irgendeinen witzigen Schnickschnack, eine Vogelfeder oder einen hübsch geformten Stein, den er bei einem Spaziergang entdeckt hat. Jan ist viel draußen, er sagt, er braucht die Natur als Ausgleich. Ich weiß, dass er seinen Beruf liebt, aber vieles von dem, was er tagtäglich sieht und hört, muss ihm an die Nieren gehen, obwohl er nie darüber spricht.

Frederick und Sabina waren ausgeflogen. Sie mussten sich unbemerkt davongemacht haben, während ich telefoniert hatte.

»Schade«, meinte Jan und zog einen Umschlag aus seiner Tüte. »Falls ich ihn nicht mehr sehen sollte, gib ihm das, Judith, ja? Ich hab mir gedacht, Geld kann er am besten brauchen.«

»Er wird entzückt sein!«, antwortete ich lachend.

Für Lisa hatte er ein kleines, weißes Schäfchen aus Plüsch an einem Schlüsselring mitgebracht. Lisa war glücklich. Bei allen Mädchen in ihrer Klasse baumelte ein halber Zoo am Schulrucksack, sie hatte bis jetzt erst zwei besessen: einen Teddy und einen Raben.

Wir tranken Tee auf der Terrasse und knabberten Schokokekse dazu. Die Sonne schien von einem strahlend blauen Himmel herunter. Es war warm, aber nicht heiß; die Stimmung war so friedvoll, dass ich Sabina nicht aufs Tapet bringen mochte. Außerdem waren Jan und ich nicht so vertraut miteinander, dass wir uns je gegenseitig das Herz ausgeschüttet hätten. Jan ist kein Familienmensch, er lebt sein eigenes Leben, von dem wir wenig mitbekommen. Thomas kann mit seinem Bruder nicht viel anfangen, Jan scheint es umgekehrt genauso zu gehen. Sie klopfen sich zur Begrüßung und zum Abschied auf den Rücken, tauschen ein paar Fußballergebnisse aus und ein paar Frotzeleien: »Na, steht die Druckerei noch?« »Na, was machen die Oldies?«, und das war's auch schon. Aber einmal, ich war erst ein paar Monate mit Thomas zusammen, gingen wir zu dritt auf einen Faschingsball. Thomas hatte sich als Matrose verkleidet, ich als Engel (langes, weißes Nachthemd, selbst gebastelte goldene Flügel, die mit Klettband an meinem Gewand befestigt waren, Goldflitter in den Haaren, goldener Lippenstift), Jan als Pirat. Wir tankten ganz schön an der Sektbar und stürzten uns dann in den Trubel. Das heißt, Thomas war irgendwann verschwunden, und Jan und ich tanzten, und nach einiger Zeit gingen wir raus, um frische Luft zu schnappen, und er küsste mich, dass mir Hören und Sehen verging. Danach drehte sich die Welt vor meinen Augen. Es musste am Sekt liegen, den ich nicht gewöhnt war. »Bringst du mich nach Hause?«, fragte ich. Hand in Hand gingen wir durch die kalte Februarnacht zum Haus meiner Eltern. Jan drehte mir diskret den Rücken zu, als ich in einem Vorgarten hinter einen Busch kübelte. Ich wäre am liebsten in den Boden versunken, so schämte ich mich, aber er strich mir nur das gelockte Engelshaar aus der Stirn (Ich hatte den ganzen Nachmittag mit Papilloten im Haar zugebracht, um diesen Effekt zu erzielen) und reichte mir ein Päckchen Tempotücher. Er war neunzehn, ich zwanzig.

Lang, lang ist's her. Nach ein paar Jahren war mir die Sache nicht mehr ganz so peinlich. Übrigens haben weder Thomas, noch Jan oder ich je über diesen Abend gesprochen. Ich weiß nicht, was Thomas auf diesem Faschingsball getrieben hat. Und er hat mich nie gefragt, warum ich ohne ihn heimgegangen bin. Oder mit wem.

Lisa hatte Jan ihre anderen Plüschtierchen gezeigt und von der Schule erzählt. Als eine Freundin vorbeikam, verzogen sich die beiden kichernd in Lisas Zimmer.

Frederick tauchte mit Sabina im Schlepp auf, die jetzt ultrakurze, enge Shorts und ein bauchfreies Top trug. Fasziniert hörte ich, wie charmant und reizend sie mit Jan plauderte – über die Schule. Sie sei ja äußerst schwach in Mathe, aber Frederick gebe ihr Nachhilfe, sie kapiere jetzt alles viel besser. Worauf mein Sohn den Arm um sie legte – besitzergreifend, wie ich fand – und ihr ein Küsschen gab. Von da an war das Einzige, was Sabina zum Gespräch beitrug, ein liebliches Lächeln. Jan und Frederick redeten über Computer und Sport; Sport und Computer. Wenn man die Augen zumachte, war alles wie immer. Ich holte Cola und noch mehr Schokokekse.

Als ich Jan zur Tür brachte – er wurde von seinen Eltern zum Abendessen erwartet –, fragte ich: »Und? Wie findest du Fredericks Freundin?«

Er grinste. »Wie ich sie finde, ist doch nicht so wichtig. Viel wichtiger ist doch, wie er sie findet.«

23.00 Uhr

Hocke am Küchentisch. Bin völlig fertig und total verheult. Sehe bestimmt grauenhaft aus, nur gut, dass alle schlafen und mich keiner sieht. Hatte furchtbaren Krach mit Thomas, heule gleich wieder los, wenn ich nur dran denke. Ich schenke mir ein Glas Rotwein ein. Komme mir vor wie eine haltlose Alkoholikerin. Gieße den Rotwein zurück in die Flasche und koche mir Kamillentee.

Wir hatten auf der Terrasse gegessen, weil der Abend so mild war. Sabina war mit von der Partie, und sie wickelte Thomas um den kleinen Finger. Sie trug Jeans und einen Baumwollpulli (ich vermute, dass sie Fredericks Zimmer mittlerweile in einen begehbaren Kleiderschrank verwandelt hat), hatte die Haare zu einem Pferdeschwanz gebunden, ein paar Lagen Makeup abgekratzt und sah nicht mehr aus wie ein abgebrühtes Sexy-Hexy, sondern wie – ich sage es wirklich ungern – eine sehr junge Nadja Auermann. Thomas redete so ungezwungen und herzlich mit ihr, als sei sie elf und ginge in unserem Haus ein und aus wie früher. Lisa schlang – wie schon mittags – stumm ihr Essen in sich rein und verschwand nach oben. Ich ging ihr nach, in der Gewissheit, am Tisch nicht vermisst zu werden.

»Du kannst Sabina nicht leiden, stimmt's?«

Sie kniff die Lippen zusammen. »Stimmt. Ich kapier einfach nicht, was Fredde an ihr findet. Kannst du sie nicht vielleicht rausschmeißen?«

Ich schüttelte den Kopf. »Du würdest auch nicht wollen, dass ich *deinen* Freund rausschmeiße, oder?«

»*Ich* würde mir jemanden aussuchen, der nett ist!«

Ich legte den Arm um ihre Schultern. »Manchmal hat man das Gefühl, jemanden nicht zu mögen. Wenn man ihn dann näher kennen lernt, stellt man fest, dass man sich in ihm getäuscht hat. Und der- oder diejenige ist *doch* nett.« Lisa sah mich mitleidig an. »Sabina nicht. Wirst du schon noch merken.«

Als Frederick und Sabina nach oben gegangen waren, vorgeblich, um Mathe zu üben, sagte ich zu Thomas: »Lisa mag Sabina nicht. Ich frage mich, warum.«

Er seufzte. »Warum fragst du sie nicht selbst, wenn es dich interessiert?«

»Interessiert es *dich* nicht?«

»Nein. Das sind doch Weiberquerelen. Lisa ist zwölf, da kann ich noch irgendwie verstehen, dass sie Vorurteile hat. Aber du bist ja genauso schlimm, nein schlimmer, schließlich bist du achtunddreißig. Sabina ist ein nettes Mädchen, soweit ich das nach diesem Abendessen beurteilen kann. Warum gibst du ihr nicht einfach eine Chance?«

Er hatte leise gesprochen, damit seine Stimme nicht ins obere Stockwerk dringen konnte. Genauso leise zischte ich zurück: »Ich habe mit keinem Wort gesagt, dass ich sie nicht mag!«

»Man sieht's dir aber an. Du könntest genauso gut mit einem Schild um den Hals rumlaufen«, schoss er zurück.

Darüber ging ich hinweg. »*Du* findest es also völlig in Ordnung, dass die Freundin deines Sohnes hier schläft, dass sie mit uns isst, dass sie hier WOHNT, verdammt noch mal?!«

»Wir leben im 21. Jahrhundert, Judith! Das, was du glaubst, dass sie miteinander tun, tun sie, auch wenn Sabina nicht hier übernachten darf. Wir waren auch mal jung. Wir hatten keine eigene Wohnung, und wir haben auch Möglichkeiten gefunden. Also, was soll diese Heuchelei?«

»Wir waren nicht sooo jung. Ich war zwanzig, du dreiundzwanzig!«

»Na und? Es war für uns beide nicht das erste Mal.«

Warum hatte ich ihm bloß erzählt, dass mein erstes Mal an einem Samstagnachmittag in meinem Zimmer auf dem Flokatiteppich stattfand, als meine Eltern zum Kegeln waren? Ich war sechzehn und hatte Babs zehn Mark in die Hand gedrückt, damit sie ins Kino ging.

»Außerdem«, fuhr Thomas fort, »ist Sabina nicht irgendwer, sie ist die Tochter deiner Freundin. Marianne macht keinen Aufstand, sie sieht die Dinge, wie sie nun mal sind. Warum kannst du das nicht auch?«

Ich platzte.

Ich warf ihm alles Mögliche an den Kopf, und es war mir ganz egal, dass meine Stimme sich über den Flüsterton erhob. Er interessiere sich nicht die Bohne für mich, seine Kinder, das Familienleben, zeterte ich. Er sei nur mit sich selbst beschäftigt und mit dieser Scheißdruckerei.

»Scheißdruckerei?«, fauchte Thomas. »Ja, allerdings. Und deine Komplimente gebe ich zurück, liebe Judith. Du interessierst dich nicht die Bohne für meine Probleme, die auch die deinen sind, nebenbei gesagt. Wir leben von dem Geld, das *ich* nach Hause bringe! Ich schufte den ganzen Tag wie ein Blöder, habe nur Ärger und ständig Angst, dass Jakobus über die Wupper geht und ich mit ihm. Wenn ich heimkomme, möchte ich ein bisschen Ruhe und Frieden, Verständnis für die Probleme, mit denen ich zu kämpfen habe. Ich möchte nicht noch mit irgendwelchem Kikikram belastet werden. Ist es zu viel verlangt, wenn ich von dir erwarte, dass du häusliche Angelegenheiten selbstständig regelst?«

»Aber wir sind verheiratet!«, schrie ich. »Wir sind eine Familie! Ich bin nicht deine Assistentin, an die du alle unangenehmen Aufgaben delegieren kannst! Ich hab auch mal Probleme, und ich möchte ernst genommen werden und in Ruhe mit dir darüber sprechen können!«

»Dann tu's doch, anstatt so laut zu keifen, dass dich die ganze Nachbarschaft hören kann!«

Ich klappte den Mund zu, ganz erschrocken über mich selber. Ich war wirklich ziemlich laut geworden. Dabei stritten Thomas und ich uns selten. Wir waren eines der wenigen Paare in unserem Bekanntenkreis, bei denen nicht in regelmäßigen Abständen die Fetzen flogen. Bei Licht betrachtet, eines der wenigen Paare, die nach so langer Zeit noch zusammen waren. Bei den meisten anderen kriselte es heftig, oder sie standen kurz vor der Scheidung, wenn sie nicht schon geschieden waren.

»Ich geh jetzt schlafen«, sagte Thomas.

Es war gerade mal neun Uhr.

Als ich ins Schlafzimmer komme, ist das Licht aus. Ich setze mich auf die Kante von Thomas' Bett.

»Thomas?«

»Mmmh?« Er hat wirklich schon geschlafen. Wie kann er schlafen, wenn wir uns gestritten haben? Das hat er noch nie gemacht. Wenn wir uns gezankt haben, dann nie, ohne uns vor dem Schlafengehen wieder zu versöhnen!

»Es tut mir Leid«, sage ich, und das stimmt auch, ich hätte nicht so explodieren sollen. Obwohl ... in der Sache tut es mir nicht ganz so Leid. Es ist wahr, dass Thomas neuerdings derjenige ist, der Probleme hat und haben darf, und ich nicht.

»Schon gut«, murmelt Thomas schlaftrunken. »Schlaf gut.« Die Szene läuft nicht so ab, wie ich mir das vorgestellt habe. Warum sagt er nicht: »Mir tut's auch Leid«, wie sich das gehört, und warum kann er nicht so weit aus dem Schlaf auftauchen, dass er mich in den Arm nimmt und küsst? Na gut. Dann küsse ich ihn auch nicht.

Tue es doch.

Ich kann den Gedanken nicht ertragen, dass wir uns nicht wirklich versöhnt haben.

30. August

Der Tag fängt gut an: Frederick taucht allein zum Frühstück auf. Keine Spur von Sabina, und Thomas und Lisa sind auch noch nicht unten.

Die beste Gelegenheit also für ein vertrautes Gespräch zwischen Mutter und Sohn am Frühstückstisch.

Ich: Ähmm … Wie lange seid ihr denn eigentlich schon zusammen, du und Sabina?

F: Och … so richtig seit meinem Geburtstag.

Ich: Öhm. Sag mal, Frederick … hm, also ich weiß nicht so recht, wie ich's sagen soll …

Sohn wirft mir einen misstrauischen Blick zu.

Ich: Ihr hattet doch Sexualkundeunterricht in der sechsten Klasse. In der dritten Grundschulklasse auch schon mal, ich erinnere mich noch. Und da habt ihr doch bestimmt über Verhütung gesprochen …

Sohn läuft feuerrot an.

F: Mama!

Ich: Na ja … man kann doch über so was mal miteinander reden, oder?

F: Nein, kann man nicht. Ich bin nicht blöd, und Sabina auch nicht.

Ich: ja, sicher, ich meine … ähm, das hab ich auch nicht damit sagen wollen. Man macht sich als Mutter nur so seine Gedanken. Ihr seid noch jung, und Sabina ist deine erste Freundin, und ich, äh, könnte mir vorstellen, dass man in eurer Situation in die Versuchung kommen könnte, erst zu handeln und sich hinterher Gedanken zu machen. Und dann könnte es möglicherweise zu spät sein. Und, äh, die Situation an sich ist für Eltern gewöhnungsbedürftig. Ich meine, wenn Kinder erwachsen werden und Beziehungen zum anderen Geschlecht eingehen …

Sohn wirft einen gehetzten Blick auf die Uhr.

F: Also, Mama, ich muss jetzt los.

Ich: Aber du hast deine Cornflakes ja kaum angerührt … und außerdem nimmt Papa dich doch im Auto mit.

F: Nicht nötig, ich geh zu Fuß, ich hole Sabina ab.

Sohn steht auf, gerade als Thomas und Lisa hereinkommen.

F: Tschüss allerseits!

Sohn stürzt davon, als wären tausend Teufel hinter ihm her.

Thomas: Na. Da hat's aber jemand eilig heute Morgen!

Stürze hinterher und stelle Sohn im Flur, als er sich gerade Rucksack und Jacke schnappt.

Ich: So Leid's mir tut, Frederick, aber ich hab noch was auf dem Herzen …

Sohn gibt gequältes Stöhnen von sich.

Ich: Das ist jetzt alles sehr aufregend für dich … ich meine, deine Beziehung zu Sabina und so …

F: Mama!

Ich: Ich meine bloß, du bist verliebt, ihr verbringt viel Zeit miteinander …

F: Mama!!!

Ich: Was ich damit sagen will ... also, ich bitte dich nur, dass die Schule nicht unter deinen, hm, privaten Aktivitäten leidet. Das ist alles.

F: Oh, Mama. Du bist echt peinlich heute Morgen.

Weg ist er. Bin ich wirklich peinlich?

Also, ehrlich gesagt ...

... würde ich mich jetzt am liebsten in einem geräumigen Mauseloch verkriechen.

»Was war denn los?«, erkundigt sich Thomas, als ich zurück in die Küche komme.

Ich freue mich über sein Interesse, aber der Zeitpunkt ist denkbar schlecht gewählt. Da sitzt Lisa und spitzt die Ohren.

»Ich hab Frederick nur noch mal viel Glück gewünscht. Er schreibt heute eine Deutscharbeit«, improvisiere ich.

»Nein«, sagt Lisa. »Die schreibt er erst nächsten Dienstag.«

»So? Na, egal«, resigniere ich.

Thomas entfaltet das *Grafenberger Echo*.

2. September

Am Samstag verschwand Frederick übers Wochenende zu Sabina. Thomas, Lisa und ich machten bei strahlendem Sonnenschein eine Radtour mit Usch und Wolfgang, die nebenan wohnen. Sind nett, die beiden, und Uschs Eier von glücklichen Hühnern sind einsame Klasse. Gina kam nicht mit. »Sie ist bei ihrem Freund«, erklärte Usch, als wir den Radweg Richtung Wiesensee entlangstrampelten. »Ein netter Junge ist das. Höflich, nett, ziemlich schüchtern. Er engagiert sich bei den Pfadfindern.«

»Dass es so was noch gibt«, seufzte ich. »Machst du dir, hm, Gedanken?«

»Gedanken? Ach so, du meinst wegen Sex. Nein. Gina hat sich Britney Spears zum Vorbild genommen. Sie will bis zu ihrer Hochzeit Jungfrau bleiben.«

Wünschte, Sabina hätte sich auch Britney Spears zum Vorbild genommen.

Ach was.

Was ich mir wirklich wünsche, ist, dass Gina ihren Pfadfinder sausen lässt und Frederick Sabina. Was ist gegen eine zarte, unschuldige Nachbarschaftsromanze einzuwenden?

Absolut nichts.

Am Abend waren wir zu einer Geburtstagsparty eingeladen. Sonntag schliefen wir lange, frühstückten ausgiebig, dann machten Thomas und ich einen langen Spaziergang. »Wollen wir noch mal reden? Wegen ...«, fragte ich im Gehen.

Thomas legte den Arm um meine Schultern. »Nee, schon gut. Ich bin nicht mehr sauer, wirklich nicht.«

Ich hätte vielleicht zur Sprache bringen können, dass auch ich Grund gehabt hatte, sauer zu sein. Aber ich tat's nicht. Der Tag war wunderschön, alles war gut.

Und jetzt ist Montag, seufz. Und ich hab einen Termin beim Augenarzt. Würde am liebsten absagen, muss aber hin, es hilft alles nichts. Habe Blinzelfalten, weil ich ständig die Augen zusammenkneife. Habe trotzdem gestern beim Spaziergang Heuballen auf der Wiese für Schafe gehalten. Thomas hat sich scheckig gelacht.

»Sie sind kurzsichtig, Frau Horn«, sagte der gut aussehende junge Augenarzt, der ein kleines goldenes Kreuz an einer Kette um den Hals trug. »Es wundert mich ehrlich gesagt, dass Sie nicht schon viel früher zu mir gekommen sind. Fahren Sie eigentlich Auto?«

»Seit zwanzig Jahren. Unfallfrei.«

»Ein Wunder!«, grinste der Mensch. Ich hatte trotz Termin zwei Stunden in seinem Wartezimmer verbracht, zum Lesen gab's nur »Lydia«, ein Magazin für die christliche Frau.

Noch nicht mal Kochrezepte waren drin.

»Ja, und jetzt?«, wollte ich wissen.

»Verschreibe ich Ihnen eine Brille, was denn sonst.«

»Eine Brille?!« Ich war entsetzt. (Jajaja, ich *weiß*.

Aber man darf doch wenigstens auf ein Wunder *hoffen*, oder?)

»Sollen wir's mit Kontaktlinsen versuchen? Probehalber?«, fragte er mitleidig.

Wir versuchten's mit Kontaktlinsen, probehalber. In einem Nebenraum erklärte mir die Helferin geduldig, wie man die Dinger einsetzt. Ich saß vor dem Spiegel und machte alles so, wie sie gesagt hatte. Und dann …

… lag ich auf dem Boden und ein rundes, bebrilltes Gesicht beugte sich mit besorgtem Ausdruck über mich.

Was soll ich sagen? Ich gehöre zu den Menschen, die es nicht ertragen können, ihre Hornhaut zu berühren. Kaum war mein Finger samt Linse mit diesem Körperteil in Kontakt gekommen, wurde ich ohnmächtig.

»So was gibt's«, meinte der eilig herbeigetrommelte Augenarzt. »Mit Brille wär das nicht passiert.« Um seine Mundwinkel zuckte es.

Ich nahm mein Rezept entgegen und begab mich zum Optiker, wo ich die nächsten zwei Stunden damit zubrachte, ein Gestell auszusuchen, das möglichst unauffällig war. »Aber Sie haben ein Brillengesicht«, sagte die junge Optikerin, die ein buntes Horngestell favorisierte, enttäuscht. »Sie können ruhig was Ausgefallenes tragen.«

»Vielleicht in zehn Jahren. Wenn ich mich an das Ding auf meiner Nase gewöhnt habe.«

»Dann brauchen Sie Gleitsichtgläser.«

Was immer das war, ich brachte nicht die Energie auf, mich schon jetzt damit auseinander zu setzen.

Als ich nach Hause kam, rief ich als Erstes Babs an, um ihr die Ohren voll zu jaulen. Ich hatte Glück: Frau Dr. Herbst hatte gerade ihr mittägliches Müsli mit frischen Früchten zu sich genommen und legte nun für eine Stunde (bei einer Tasse grünem Tee) die Beine auf dem Sofa hoch, bevor es zurück in die Praxis ging.

»Mein letzter Wille, Frau mit Brille. Das hat Papa immer gesagt, weißt du noch?«

»Das war doch nur Spaß«, sagte Babs. »Du tust, als wollten sie dir ein Gebiss verpassen, haha!«

»Haha! Du hast gut reden! Du hast Augen wie ein Luchs.«

»Irgendwann wird's auch mich treffen. Sind die vierzig einmal überschritten, braucht jeder eine Lesebrille. Die einen früher, die anderen später.«

»Eine Lesebrille ist was anderes. Die muss man nicht ständig tragen. Und sie sieht irgendwie intellektuell aus.«

Sie seufzte. »Oh, Judith. Es gibt so schöne Gestelle heutzutage. Ich bin sicher, du wirst umwerfend mit dem Ding aussehen.«

»Mit dem *Ding*, aha, auch du äußerst dich verächtlich über Sehhilfen.«

»Wenn du solche Probleme mit der Vorstellung hast, eine Brille zu tragen … warum nimmst du dann nicht einfach Kontaktlinsen?«

»Die Optikerin hat gesagt, ich hab ein Brillengesicht«, sagte ich mürrisch.

»So? Na, dann ist doch alles in Butter. Übrigens … ich glaube, ich bin schwanger!« Sie stieß einen glücklichen Seufzer aus.

»Was?! Wirklich? Das ist ja toll!«

»Hm, also, ich weiß es noch nicht *ganz* genau. Aber meine Mens wäre heute fällig gewesen, und ich *fühle* mich schwanger. Ich habe das deutliche Gefühl, dass ich nicht mehr allein in meinem Körper bin ...«

Ich räusperte mich. »Nicht, dass ich unken will ... aber der Tag ist noch nicht vorbei.«

Aber Babs hatte nicht zugehört. »Ich warte jetzt noch zwei, drei Tage, dann mache ich einen Test. Peter meint, ich mache es unnötig spannend, ich könnte genauso gut heute schon testen, aber ich finde ein bisschen Spannung aufregend. Peter ist so süß. Stell dir vor, als ich ihm heute Morgen gesagt hab, dass ich überfällig bin, ist er in der Mittagspause zum Karstadt gerannt. Eben hat er mir einen Strampler überreicht. Gelb mit weißen Entchen drauf. So was von niedlich!«

Ihre Freude war rührend. Nostalgie überkam mich. Ich wünschte mir beinah, selbst noch alles zum ersten Mal vor mir zu haben. Den sich rundenden Bauch, die Erwartung, den Geburtsvorbereitungskurs, die Einrichtung des Kinderzimmers. Meine Eltern hatten uns damals für Frederick eine Korbwiege mit duftigweißer Garnitur geschenkt, und das Zimmer hatten wir hellblau gestrichen, weil ich in der Zeitschrift »Eltern«, die ich gleich in der siebten Schwangerschaftswoche abonniert hatte, gelesen hatte, dass blaue Wände Babys besser schlafen lassen. (Bei Frederick nutzte es leider nichts, er machte die ersten anderthalb Jahre die Nacht zum Tage.)

Ach, und noch mal das Glück zu erleben, endlich das eigene Baby im Arm zu halten, zum allerersten

Mal, die Fingerchen zu zählen und die Zehen, an dem weichen, faltigen Hals zu schnuppern und den unverwechselbaren, süßen Babyduft einzuatmen.

22.00 Uhr

Ich liege gerade gemütlich in der Badewanne, in einem betörend duftenden Mandelölbad, als Thomas mit dem Mobiltelefon reinkommt.

»Babs ist dran.«

Oh.

Habe ein ungutes Gefühl. Babs ruft normalerweise nie so spät an. O nein. Babs' Periode hat eingesetzt. Sie klingt, als habe sie Schnupfen, ich weiß, dass sie geweint hat. Aber jetzt ist sie sehr tapfer.

»Ich wollt's dir nur sagen. Weil wir doch drüber geredet haben heute.«

»Ach, es tut mir so Leid«, sage ich hilflos.

»Mir auch. Ich gehe jetzt zu einem Spezialisten und lasse mich durchchecken. Und Peter auch.«

»Aber es ist doch noch nicht lange her, dass du die Pille abgesetzt hast«, wende ich ein. »Ihr könnt euch doch noch ein bisschen Zeit lassen ...«

»Ich bin fünfunddreißig«, sagt Babs, als steuere sie schnurstracks auf die Menopause hin. Und fügt düster hinzu: »Fünf Minuten vor zwölf.«

Bin sehr dankbar, dass ich nie durchmachen musste, was Babs jetzt durchmacht. Als Lisa zur Welt kam, war ich sechsundzwanzig – noch sehr weit weg von fünf Minuten vor zwölf.

3. September – 8.00 Uhr

Bin gerade unter der Dusche hervorgekommen. Stehe in mein dottergelbes Lieblingsriesenbadetuch gewickelt vor dem Waschbecken und riskiere einen Blick auf die Waage. Soll ich draufsteigen? Natürlich ohne Badetuch, und die Finger- und Fußnägel müsste ich mir auch noch vorher schneiden, jedes Gramm weniger kann entscheidend sein. Ich lasse das Badetuch fallen und riskiere einen Blick auf Busen, Bauch und Schenkel.

Oh. Hm. Sieht so aus, als wär es mit ein paar Gramm nicht getan.

Hmmmm.

Habe schon gefrühstückt, könnte also guten Gewissens ein Kilo vom Ergebnis abziehen. War auch noch nicht auf der Toilette, macht sicher ein Pfund aus. Ach, und meine Periode müsste ich nächste Woche kriegen, hmhm, zwei Kilo Abzug wegen zyklusbedingter Wassereinlagerungen sind sicher drin. Also, dreieinhalb Kilo weniger als angezeigt könnte ich rechnen; dreidreiviertel, wenn man Finger- und Fußnägel großzügig einkalkuliert (und ich mir noch Beine und Achseln rasiere und ein bisschen an meinem Pony herumschnippele). Theoretisch müsste ich auch schon abgenommen haben, jedenfalls, wenn aus dem Kurzurlaub von meiner Diät nicht ein längerer Erholungsaufenthalt geworden wäre.

Andererseits: *So viel* hab ich auch nicht gegessen …

Als ich gerade eine Zehenspitze vorsichtig auf der Waage platziere, klingelt das Telefon.

Hurra!

Schnappe mir das Badetuch und flitze die Treppe runter.

Im ersten Moment wusste ich nicht, wer dran war. Eine männliche Bassstimme dröhnte aufgeregt aus der Leitung: »Judi? Judi? Bist du da?«

Er musste es noch einmal wiederholen, bis ich geschaltet hatte.

»Kemal?«

»Ja, Kemal. Du musst kommen, Judi, es ist was passiert, aber nicht mit Oma, keine Angst. Oma ist hier, im Laden. Du kommst schnell, ja?«

Schon hatte er aufgelegt. O Gott, dachte ich voller Panik. Oma wird doch nichts angestellt haben? Oder hat Schatzi etwa jemanden gebissen? Einen anderen Hund zerfleischt? Eine Katze?

Kemal tigerte rauchend vor dem Laden hin und her. Als er mich herankeuchen sah (ich hatte in einer Querstraße parken müssen, weil vor dem Laden nichts frei gewesen war), warf er die Zigarette weg. »Da bist du! Jetzt wird alles gut.« Er packte meine Hand mit festem Griff.

»Oh, Kemal, du hast mich zu Tode erschreckt. Was ist denn bloß los?«

Schatzi war tot. Er hatte auf der anderen Straßenseite seinen Erzfeind, einen Neufundländer erspäht. Ich kannte den Hund, er gehörte Kemals Nichte, war groß wie ein Kalb und genauso sanft. Niemand wusste, warum Schatzi regelmäßig fast durchdrehte, wenn er seiner ansichtig wurde. Der sanfte Riese wiederum pflegte die Kläff- und Knurrattacken des Giftzwergs mit Gleichmut über sich ergehen zu lassen; er wandte den Kopf zur Seite und tapste weiter seines Weges.

An diesem Morgen hatte sich Schatzi nicht mit Gebell aufgehalten, er wollte dem Feind ans Fell. Er machte einen Satz, die Leine glitt Oma aus den Fingern. Schatzi wetzte über die Straße. Ein Kleinbus überrollte ihn. Kemal, der gerade die Ständer vor dem Laden mit Gemüsekisten bestückte, hatte es gesehen.

»Auto hat nicht gebremst, Judi. Ist ohne Anhalten weiter. Oma hat geschrien. Oh, hat sie geschrien …«

Kemal lief zu Schatzi. Der Hund war tot. Er wickelte das Tier in einen Sack und trug es in den Keller, während seine Frau Fatima Oma über die Straße in den Laden führte.

»Sie hatte aufgehört zu schreien, Judi, war ganz weiß im Gesicht und starr wie Stein. Sie hat nicht gefragt, ob Hund noch lebt. Sie wusste, er war tot.«

Kemal friemelte mit zitternden Fingern sein Zigarettenpäckchen aus der Hemdtasche und steckte sich eine an. »War kein so netter Hund, Omas Hund«, sagte er. »Aber …« Wir sahen uns an. »Sie hat ihn geliebt«, flüsterte ich.

Kemal nickte.

Oma saß auf ihrem gewohnten Stuhl. Aber nicht kerzengerade wie üblich, sondern zusammengesunken, mit gesenktem Kopf. Sie wirkte geschrumpft und trotz ihrer stämmigen Gestalt irgendwie zerbrechlich. Fatima stand neben ihr, streichelte ihre Schultern und redete sanft auf Türkisch auf sie ein.

Ich ging vor dem Stuhl in die Hocke und nahm Omas Hände in meine. Sie waren eiskalt.

»Ach, Oma. Es tut mir so Leid.«

Oma sagte nichts. Ich wusste nicht, ob sie meine Anwesenheit überhaupt zur Kenntnis genommen hatte. Kemals Nichte trug ein Tischchen herein, das sie neben den Stuhl stellte. Dann brachte sie ein Tablett mit einer Teekanne, Bechern, Zucker und einem Teller mit Gebäck. Schweigend schenkte sie den Tee ein, rührte kräftig Zucker hinein und hielt Oma den Becher hin.

»Trinken Sie. Das wird Ihnen gut tun.«

Oma presste die Lippen zusammen und schüttelte den Kopf. Dann sagte sie, ohne aufzusehen: »Was wird jetzt mit ihm? Mit meinem Schatzi? Willst du ihn in die Mülltonne schmeißen, Judith?«

Was tat man mit einem toten Hund? Man schmiss ihn nicht in die Mülltonne, das war herzlos, es traf mich, dass Oma mir so was zutraute. Außerdem war es unhygienisch. Also: Sollte ich Schatzis sterbliche Überreste zur Tierärztin bringen? Sicher wusste sie, was zu tun war.

Kemal war hinzugetreten: »Willst du, dass wir Hundchen im Hof begraben, Oma? Ganz hinten, an der Mauer wär guter Platz.«

»Ja«, sagte Oma.

»Ähm, Kemal«, flüsterte ich. »Das wird nicht gehen. Was wird der Hausbesitzer sagen?«

Er legte eine Hand auf meine Schulter. »Kein Problem. Haus gehört Familie.«

»Oh. Das hab ich nicht gewusst. Immer schon?«

»Seit letztem Jahr.«

Mir fiel ein, dass im letzten Jahr die alte Dame, die eine Vierzimmerflucht im ersten Stock bewohnt hatte, gestorben war. Eine türkische Familie mit drei Kindern war eingezogen.

»Die machen Krach für sechs, diese Kinder«, hatte sich Oma beschwert, um hinzuzufügen: »Aber wenigstens hört man jetzt, dass Leben über einem ist. Die alte Hüttermann …«(Sie war drei Jahre jünger gewesen als Oma und hatte ihre Tage in einem Lehnstuhl am Fenster sitzend verbracht.) »… war schon tot, bevor sie's wusste.«

Kemal schloss eigens den Laden, um Schatzi würdig unter die Erde zu bringen. Während Oma auf dem aus dem Laden importierten Klappstuhl saß und zuschaute, hob er eine tiefe Grube aus und legte die Orangenkiste, in der Schatzi ruhte (sie war Gott sei Dank zu) hinein. Die Trauergemeinde bestand aus Fatima, mir, der Nichte, die, wie ich erfuhr, Kismet hieß, und ihrem ungefähr dreijährigen Sohn Ali. Der Kleine legte einen Strauß Gänseblümchen ins offene Grab. Oma bestand darauf, eine Hand voll Erde auf den Sarg zu werfen. Sie war sehr blass, aber sie weinte nicht. Ich sah, wie sich ihre Lippen bewegten, und schaute zur

Seite. Was Oma in diesem Moment sagte, ging nur sie und Schatzi etwas an.

Es war vorbei. Oma und ich saßen im Wohnzimmer. Ich hatte Caro Kaffee gekocht, aber Oma trank ihn nicht. Ich hatte sie mit nach Hause nehmen wollen, aber sie lehnte ab. »Ich mag nicht mit zu euch. Ich will jetzt allein sein«, sagte sie.

Kemal hatte sie untergehakt und sie das Treppchen zum Hintereingang hinaufgeführt, dann in die Wohnung. Oma bewegte sich langsam und unsicher, einmal stolperte sie, obwohl er sie festhielt, und wäre beinahe gefallen.

»Wir schau'n nach ihr, Judi«, sagte Kemal zum Abschied. »Sie hat Schock und ist traurig, aber morgen ist alles wieder besser.«

Ich drückte seine Hand. »Danke. Danke für alles, Kemal.« Er nickte nur ein bisschen verlegen. »Man muss sich kümmern um Nachbarn, nicht?«

Und um Großmütter, auch wenn sie es eilig haben, einen loszuwerden. Der Gedanke, Oma jetzt mit ihrem Kummer allein zu lassen, war mir schrecklich. »Soll ich Mama Bescheid sagen? Oder Babs? Möchtest du, dass sie kommen? Oder möchtest du hin? Ich kann dich schnell vorbeifahren, kein Problem.«

»Nein«, sagte Oma. »Tu mir den Gefallen, Judith, und fahr heim. Ach, und bevor du gehst …« Sie deutete auf den Hundekorb unter dem Couchtisch, auf den zerkauten Büffelhautknochen, der daneben lag.

»Nimm das mit runter, und schmeiß es in die Mülltonne. Und die Leine auch, sie hängt im Flur. Er braucht das alles jetzt nicht mehr.«

Einen Moment sah es so aus, als ob sie weinen würde, ich wünschte es mir sogar, damit ich sie in den Arm nehmen und trösten konnte. Wenigstens hätte ich dann doch etwas *tun* können.

Der Hundekorb war rundum angenagt, ein muffiger Geruch stieg von ihm auf. Ich zögerte. »Soll ich … soll ich wirklich alles wegwerfen? Was ist, wenn du … na ja, vielleicht hättest du gern irgendwann einen anderen Hund?«

Sie schüttelte nur den Kopf. Ich wusste, was sie dachte: Kein anderer Hund würde je Schatzi ersetzen können.

Ich küsste Oma und ertappte mich dabei, wie ich ein Ohr nach einem drohenden Knurren spitzte. Die Macht der Gewohnheit. Aber Schatzi würde nie mehr knurren, außer im Hundehimmel. Wie ich ihn kannte, würde er es auch dort nicht lassen können. Ich wünschte, ich hätte ihn mögen können, wenigstens ein bisschen, damit Oma nicht so allein um ihn trauern musste.

Oma wedelte mich mit scheuchenden Handbewegungen hinaus. »Und nimm auch Fress- und Wassernapf aus der Küche mit!«, rief sie mir hinterher, als ich mit dem Korb beladen zur Wohnzimmertür hinausstolperte.

Ob sie wenigstens weinen würde, wenn ich weg war? Ich bezweifelte es.

Zu Hause rief ich gleich Mama an. Sie versprach, am

Nachmittag bei Oma vorbeizufahren. »Aber ich bin nicht sicher, ob sie mir überhaupt die Tür aufmacht«, meinte sie. »Wenn sie allein sein will, will sie allein sein. Du weißt doch, wie stur sie ist. Sie ist Zeit ihres Lebens mit dem Kopf durch die Wand gerannt.« Es klang bitter.

»Sie freut sich bestimmt«, sagte ich lahm. »Auch wenn sie's nie zugeben würde.«

Mama schnaubte. »Sie freut sich nie, mich zu sehen. Sie freut sich überhaupt nie über irgendetwas oder irgendjemanden. Ist dir das schon mal aufgefallen? Dieser eklige Köter war das einzige Lebewesen, das vor ihren Augen Gnade gefunden hat.«

Ich seufzte innerlich. »Das kann man so nicht sagen. Sie kann es nur nicht so zeigen …«

»Ach, Blödsinn. Aber ich will mir nicht nachsagen lassen, dass ich mich nicht um meine Mutter kümmere. Auch wenn sie mich schon ein paar Mal rausgeekelt hat.«

»Das hat sie getan? Wirklich?«

»Ja. Sie war so unfreundlich, dass ich es vorgezogen habe, zu gehen.«

Das konnte man so oder so interpretieren. Aber Tatsache war, dass Mama und Oma nie miteinander ausgekommen waren. Sie waren einfach zu verschieden. Genau genommen, waren alle Menschen zu verschieden, als dass Oma mit ihnen hätte auskommen können. Bis auf Opa. Das heißt: Seine Verschiedenheit hatte zu ihrer irgendwie gepasst.

Ich weiß, dass ich das kuddelmuddelig ausgedrückt habe. Aber auch so diplomatisch, wie ich kann.

Babs erwischte ich wie üblich zwischen zwei Patienten, sie war in Eile. Ich hatte den Verdacht, dass sie bei diesem Thema auch in Eile gewesen wäre, wenn kein Grund dazu bestanden hätte.

»Am besten fährst du ins Tierheim und suchst einen Hund aus, zur Abwechslung mal einen netten, freundlichen. Das ist für Oma die einzig richtige Therapie, glaub mir.«

»Aber sie *will* keinen neuen Hund. Das Risiko geh ich nicht ein. Hinterher hab ich das Viech selbst am Hals.«

»Dann nimm sie halt mit ins Tierheim. Wenn sie all die herrenlosen Tierchen sieht, die sie mit flehenden Augen anschauen, kann sie nicht widerstehen.«

»Ich denk drüber nach«, sagte ich erschöpft.

War gelogen. Ich wusste hundertprozentig, dass Oma sich nicht erweichen lassen würde. Sie musste mit diesem Schicksalsschlag auf ihre eigene Art fertig werden.

Thomas und die Kinder waren auch für einen neuen Hund. »Ich fahr mit ins Tierheim«, sagte Lisa mit glänzenden Augen. »Am besten suchen wir ZWEI Hunde aus. Einen für Oma, einen für uns.«

Frederick, der unter dem Tisch Händchen mit Sabina hielt, verdrehte die Augen.

»Kommt nicht in Frage«, sagten Thomas und ich wie aus einem Mund.

»Ich bin hochgradig allergisch gegen Tierhaare«, bemerkte Sabina. »Ich bekomme sofort ganz scheußliche Pusteln am ganzen Körper.«

So ein Hund, dachte ich, ist eigentlich doch was Nettes. Treu, ein Schutz vor Einbrechern. Mehr positive Eigenschaften wollten mir auf die Schnelle nicht einfallen. Aber es lohnte sich definitiv, noch mal in aller Ruhe über dieses Thema nachzudenken.

Vor dem Schlafengehen, im Bad

Aus Fredericks Zimmer wummert immer noch Technokrach in unverminderter Lautstärke, obwohl ich eben gegen seine Zimmertür gehämmert und »LEISER!« gebrüllt habe. Jetzt höre ich noch mal jemanden hämmern, die Musik wird abgestellt, aha, Gott sei Dank hat Thomas ein Machtwort gesprochen.

Auf dem Boden liegen nasse Handtücher, grrrr, schon wieder, alle naslang hab ich eine Waschmaschine mit Handtüchern laufen. Nicht nur Sabina steht andauernd unter der Dusche, nein, auch Frederick, mein Sohn, den ich seit Kleinkindertagen alle paar Tage unter die Dusche *prügeln* musste. Das hat sich radikal geändert, im Grunde müsste ich Sabina dankbar sein, aber … Bin doch keine Waschmamsell, die den ganzen Tag nichts Besseres zu tun hat, als nasse Badetücher vom nassen Boden aufzuklauben und in die Waschmaschine zu stecken!

Sabina war vor mir im Bad, ich *rieche* es. Weiß jetzt, wie ihr Parfum heißt, weil der Flakon auf *meinem* Regal steht: Opium benutzt sie. OPIUM! Dieses Zeug ist absolut out, kann nicht verstehen, wieso sich das noch nicht bis zu Miss Trendy rumgesprochen hat. Sie tut doch sonst alles, um hiphopmega-in zu sein: Obwohl es heute wirklich kühl war und regnete, lief sie im bauchfreien Top rum. Ihr Bauchnabel ist neuerdings gepierct, ein silberner Ring hängt dran, wie bei einer Konservendose. Würde gern mal feste dran ziehen. Oh, morgen mache ich sie zur Schnecke wegen ihrer Schlamperei im Bad, darauf kann sie Gift nehmen. Bin es leid, hinter ihr aufzuräumen. Könnte es natürlich auch jetzt tun (sie zur Schnecke machen, meine ich), aber dann ist an Schlaf nicht zu denken, weil mein Blutdruck in die Höhe schießen wird, und ich brauche meinen Schlaf. Morgen bin ich ruhiger, ich werde sie nicht ankeifen, was ich jetzt unweigerlich täte, und dann würde Sabina zu Marianne sagen: »Judith ist nicht nur dick, sie ist total *krass*. Du kannst dir gar nicht vorstellen, was sie für einen *Stress* gemacht hat, nur wegen ein paar blöden Handtüchern ...«

Seufz.

Schmeiße die Handtücher in den Wäschekorb. Muss meine Nerven schonen, sie haben es nötig.

Eben rief ich bei Oma an. Sie beschwerte sich, dass Fatima am Nachmittag vor ihrer Tür gestanden und ihr so süßes, klebriges Kuchenzeug vorbeigebracht hatte. »Hat sie denn nichts Besseres zu tun, als an anderer Leute Türen zu klingeln?«

Kemal hatte angerufen. Und jetzt ich. Es ginge zu wie im Taubenschlag. Sie sei nicht mehr die Jüngste und könne nicht ständig zur Tür oder ans Telefon gehen. »Nur, dass du's weißt, Judith.«

Sie hängte auf.

Habe böse Gedanken. Warum macht sie so ein Theater wegen dieses miesen kleinen Köters? Warum kann sie nicht weinen wie andere Leute, und dann zur Tagesordnung übergehen? Warum, verdammt noch mal, kann ich sie nicht mit einem neuen Hund glücklich machen?

Und warum muss immer *ich* mich um alles kümmern?

Babs hat keine Zeit.

Mama hat keine Lust.

Sie ist am Nachmittag doch nicht zu Oma gegangen, obwohl sie's versprochen hatte.

4. September

Ich klingelte und klingelte, aber Oma machte nicht auf. Sie musste daheim sein, sie war immer daheim um diese Zeit, da trank sie Caro Kaffee und aß ein Honigbrot; das heißt, Schatzi fraß das Honigbrot …

Was, wenn sie gefallen war und aus eigener Kraft nicht mehr aufstehen konnte? Was, wenn sie einen Schlaganfall oder Herzinfarkt erlitten hatte … was, wenn sie tot war? Ich erschrak vor meinen eigenen Gedanken. Oma war nicht mehr die Jüngste, wohl wahr, aber sie war immer der Inbegriff unverwüstlicher Robustheit für mich gewesen. Nicht nur für mich, sondern für die ganze Familie. Niemand konnte sich daran erinnern, dass sie je krank im Bett gelegen hatte. Hinfälligkeit, Krankheit und Tod hatten keinen Platz in Omas Leben. Aber als ich da stand und wie eine Verrückte auf den Klingelknopf drückte, sah ich sie zusammengesunken auf dem Stuhl in Kemals Laden sitzen, sah sie unsicher an Kemals Arm das Hintertreppchen hinaufgehen, sah sie stolpern und beinahe fallen. Vielleicht war Schatzi eine Art Schutzgeist gewesen, der ihr Kraft gegeben hatte, und jetzt, wo er nicht mehr da war, musste man das Schlimmste befürchten …

»DU SPINNST JUDITH!«, sagte ich laut und klingelte bei der türkischen Familie im ersten Stock. Nichts rührte sich. In meiner Verzweiflung schellte ich bei dem älteren Ehepaar obendrüber, und endlich, endlich schepperte eine weibliche Stimme aus der Gegensprechanlage: »Ja?«

»Mein Name ist Horn, ich bin die Enkelin von Frau Köhler. Würden Sie mir bitte die Haustür aufmachen?«

Sie fragte nicht weiter nach, sondern betätigte den Türsummer. Leichtsinnig, dachte ich, als ich ins Haus ging, ich könnte eine Trickdiebin sein oder eine Einbrecherin.

Ich wollte gerade an Omas Tür hämmern, als sie sich öffnete. Nur einen Spalt breit. Omas misstrauisches Gesicht lugte heraus. Ich hörte laute Stimmen und Musik im Hintergrund. Der Fernseher lief auf vollen Touren.

»Oma! Hast du mein Klingeln nicht gehört?«

»Der Fernseher läuft«, sagte sie mürrisch. »Und eine alte Frau ist kein D-Zug.«

»Darf ich reinkommen?«

Oma gab die Tür frei. Sie schlurfte – sie tat es wirklich, ich hatte sie nie schlurfen sehen, nie! – in ihren Dr.-Scholl-Pantoletten vor mir her ins Wohnzimmer. Ich schnappte mir die Fernbedienung. Blubb. Stille breitete sich aus.

Oma setzte sich in ihren Lieblingssessel. Sie trug das blaue Hemdblusenkleid von gestern. Ihr Haarknoten sah aus, als hätte sie damit geschlafen. Sie erschien mir noch kleiner als gestern, und, so unwahrscheinlich es klingt, dünner.

»Hast du schon was gegessen heute, Oma?«

Sie stülpte die Unterlippe vor wie ein trotziges Kind. »Es ist nichts im Kühlschrank.«

Sie griff nach der Fernbedienung. Blubb. Ein einsamer Cowboy galoppierte über die Prärie, verfolgt von einer Horde Indianer. Die Musik war so laut, dass sie mir beinahe die Ohren wegpustete.

Ich ging in die Küche. Im Eisschrank fand sich, wie ich erwartet hatte, genügend Essbares. Ich briet Eier mit Schinken und servierte sie zusammen mit ein paar sauren Gurken und Butterbrot und einem Glas Apfelsaft auf einem Tablett.

»Lass dir's schmecken, Oma. Du musst doch Hunger haben.«

»Ich mag lieber Rühreier«, sagte sie und schob wieder die Unterlippe vor.

»Spiegeleier magst du auch. Ich hab sie genau so gemacht, wie du sie am liebsten hast: von beiden Seiten gebraten.«

Widerwillig griff sie nach dem Besteck. Ihre Hände zitterten. Ich konnte nicht hinsehen. Also konzentrierte ich mich auf den Bildschirm. Der Cowboy war von den Indianern erschossen worden. Eine der Rothäute machte sich daran, ihn zu skalpieren.

Sie aß nicht viel. Na ja, dachte ich, wenn sie einen Tag mal wenig isst, ist das nicht so schlimm. Ich bestand aber darauf, dass sie den Saft trank, trinken war wichtiger als essen. Kurzum: Ich führte mich auf wie eine Krankenschwester – oder ein Kindermädchen? Noch ein Gäbelchen … noch ein Schlückchen für Judith.

Ich hätte heulen mögen.

Begleitet vom Dröhnen des Fernsehers saugte ich Staub, putzte, wienerte Bad und Küche. Stellte eine

Maschine mit Wäsche an, bügelte einen Korb Wäsche weg. Ich bügelte sogar die Geschirrtücher.

Als ich fertig war, stellte ich den Fernseher aus. Oma blinzelte mich an wie eine Eule.

»Zeit einkaufen zu gehen«, sagte ich.

Sie schüttelte den Kopf. »Geh du allein, Judith.«

»Aber ich weiß doch gar nicht, was du brauchst«, schmeichelte ich. »Allein bin ich aufgeschmissen. Und die Sonne scheint, wir können uns eine Eiswaffel kaufen. Oder magst du anschließend im Café Kuchen essen? Ich lade dich ein. Bestimmt haben sie frischen Pflaumenkuchen …«

»Nein«, sagte Oma. »Geh einkaufen, oder lass es bleiben. Ich bleibe hier.«

Am liebsten hätte ich sie an der Hand hinter mir hergeschleift, um sie aus dem Haus zu bringen, so klammerte ich mich an die Hoffnung, dass allein der Akt des Spazierengehens durchs Viertel die Normalität wieder herstellen würde.

»Ich verstehe ja, dass du traurig bist wegen Schatzi«, platzte ich heraus. »Aber du kannst dich doch deswegen nicht in deiner Wohnung vergraben.« Davon wird er auch nicht mehr lebendig, lag mir auf der Zunge, aber ich bremste mich Gott sei Dank rechtzeitig.

»Mit dem Hund hat das gar nichts zu tun. Ich bin nicht mehr die Jüngste. Das Gehen fällt mir schwer.«

»Du warst immer gut zu Fuß. Du redest dir da was ein …« Blubb. Der Fernseher dröhnte.

Ich sah nach, was fehlte, schnappte mir den Einkaufswagen und ging zu Kemal, um ihm mein Herz auszuschütten. Er war überzeugt, dass Oma einfach Zeit brauchte, um über Schatzis Tod hinwegzukommen.

»Sie ist traurig«, sagte er. »Mach dir keine Sorgen, Judi. In ein paar Tagen geht es ihr besser.«

»Und wenn sie nicht ans Telefon geht? Die Tür nicht aufmacht?«

Er zwinkerte mir zu. »Ich hab einen Schlüssel. Ich geh einfach rein. Ist mir egal, wenn sie schimpft.«

Ein Stein fiel mir vom Herzen. Kemal hatte Recht, natürlich hatte er Recht. Oma war zäh, sie würde sich wieder fangen. Sie hatte nie im Leben zu Depressionen geneigt. Nichts und niemand hatte sie je unterkriegen können.

18.00 Uhr

Thomas' Auto war da, als ich in die Garage fuhr. Thomas stand auf dem Bürgersteig und schien unser Zuhause zu betrachten, das weiß verputzt hinter dem weißen Lattenzaun und dem wohlgepflegten Vorgärtchen lag. Ich schlich mich von hinten an und legte die Hände über seine Augen. »Kuckuck!«

Er riss meine Hände weg und wirbelte zu mir herum. »Judith! Gott, hast du mich erschreckt!«

Er war schneeweiß im Gesicht und starrte mich an, als wäre ich ein Gespenst.

Ich wünschte, ich könnte behaupten, in diesem Moment wäre eine furchtbare Ahnung in mir aufgekeimt: Dass etwas passiert war. Etwas Schlimmes.

Aber ich ahnte nichts. Ich sagte so was wie »Huuu, sorry, du bist aber schreckhaft heute«, legte meinen Arm um seine Hüfte und wollte wissen, was es an unserem Haus denn heute so Interessantes zu sehen gäbe.

»Ich habe mich gefragt, wie lange wir es uns wohl noch leisten können, hier zu wohnen«, sagte Thomas ruhig. »Jakobus hat heute Konkurs angemeldet.«

Wammm. In meiner Brust ist etwas explodiert. Schrapnellsplitter durchbohren sämtliche Organe im Umkreis, so jedenfalls fühlt es sich an. Meine Knie geben nach, gut, dass ich mich an Thomas festhalten kann. »Sag das noch mal«, krächze ich, als ich wieder Luft genug zum Sprechen habe.

Mit ausdrucksloser Stimme wiederholte Thomas, was er eben gesagt hatte. Und fügte hinzu, dass es eine Betriebsversammlung gegeben hatte, in der Jakobus die Belegschaft in Kenntnis setzte. Erst gab es einen Aufruhr. Der Betriebsratsvorsitzende hatte getobt und Jakobus Unfähigkeit vorgeworfen; die Sekretärin war in Tränen ausgebrochen.

»Leute!«, rief Jakobus. »Noch ist Polen nicht verloren! Jeder Auftrag zählt. Wenn hier das Chaos ausbricht, macht der Konkursverwalter gleich den Laden dicht. Also geht zurück an euren Arbeitsplatz, macht euren Job.«

»Und? Haben sie's getan?«, fragte ich.

»Sicher. Wenn du deinen Job machst wie sonst auch, hast du nicht mehr so viel Angst. Alles ist wie immer, die Katastrophe existiert nicht wirklich. Du klammerst dich an jedes Telefonat mit einem Kunden, an jeden Bogen Papier, der aus der Maschine kommt.«

Ich nickte. »Lass uns ein Stück laufen. Ich kann jetzt noch nicht reingehen.«

Ich klammerte mich wie ein Kind an seine Hand. Wir gingen am Haus von Usch und Wolfgang vorbei. Es sieht aus wie unseres, denn es ist ein Fertighaus vom selben Hersteller, nur dass die Fassade hellgelb gestrichen ist, und sie haben keinen Lattenzaun, sondern eine akkurat geschnittene Hecke. Buchs? Hainbuche? Ich hab's vergessen. Egal. Hinter dem Haus (von der Straße aus nicht zu sehen) steht der Hühnerstall, er hat einen großen eingezäunten Auslauf, wo die Hennen im Staub baden und Würmchen picken können, damit sie glücklich sind.

Auch egal.

Nicht egal war, dass das Haus von Usch und Wolfgang bereits abbezahlt war. Sie hatten viel Eigenkapital aus einer Erbschaft gehabt und arbeiten beide: Er ist Pflegedienstleiter in dem Altenheim, in dem auch Jan beschäftigt ist; sie medizinisch-technische Assistentin.

Unser Haus war noch nicht abbezahlt. Jeden Monat floss eine Menge Geld in den Rachen der Bank. Thomas verdiente gut, aber so gut auch wieder nicht. Wir hatten nicht allzu viel Eigenkapital gehabt, als wir anfingen zu bauen.

Von meinen Eltern hatten wir einen kleinen Zuschuss bekommen, von Thomas' Eltern auch. Er reichte mal gerade für die Doppelgarage.

Wir sind nicht reich, noch nicht mal wohlhabend, aber wir müssen auch nicht jeden Pfennig zwei Mal umdrehen. Wir sind zufrieden mit dem, was wir haben, können aber kaum Reserven zurücklegen. Fünftausend haben wir auf der hohen Kante. Gerade mal fünftausend.

»Und jetzt?«, fragte ich Thomas.

Er zuckte die Achseln. »Vom Gericht wird ein Konkursverwalter eingesetzt. Er wird in den nächsten Tagen aufkreuzen und sämtliche Geschäfte übernehmen. Jakobus hat gar nichts mehr zu sagen.«

»Ja, und was ist mit der Druckerei? Und den Mitarbeitern? Was wird *passieren*?«

Wieder zuckte er die Achseln. »Legst du Wert auf meine persönliche Meinung?«

»*Natürlich* lege ich Wert auf deine persönliche Meinung! Herrgott, Thomas, ich verstehe nicht, wie du so ruhig sein kannst. Die Firma ist pleite, und du tust so, als ginge dich das überhaupt nichts an!«

»Es geht mich auch nichts mehr an. Ich kann absolut nichts tun. Der Konkursverwalter wird versuchen, einen Käufer für die Druckerei zu finden. Wenn er keinen findet, wird er alles getrennt verscherbeln, die Gebäude, die Maschinen, um die Gläubiger zufrieden zu stellen. Denke ich jedenfalls mal. Ich weiß nicht, wie hoch die Schulden sind, und ich weiß auch nicht, was die ganze Chose wert ist. Ich weiß nur eins: Mit der Druckerei ist es aus und vorbei. Es ist nur eine Frage der Zeit, bis die Kündigung auf meinem Schreibtisch liegt.«

Die Kündigung. Arbeitslos, dachte ich, Thomas wird arbeitslos. Und was wird aus uns?

Ruhig bleiben, Judith, sagte ich mir. Du bist bis jetzt ruhig geblieben, na ja, nicht wirklich, aber du hast dich zusammengerissen, du hast nicht geheult und geschrien, bravo, jetzt reiß dich noch mehr zusammen, denk nach ... »Wenn der Konkursverwalter einen Käufer findet ... das bedeutet doch, dass die Druckerei weitergeführt wird, oder? Und dann werden sie dich als Betriebsleiter behalten. Du bist Setzermeister, du koordinierst den gesamten Innendienst, du sorgst dafür, dass sämtliche Aufträge reibungslos abgewickelt werden. Der neue Besitzer wird doch jemanden brauchen, der diese Arbeit macht.«

Er schnaubte. »Welcher neue Besitzer? Die Auftragslage ist schlicht beschissen, die Maschinen sind veraltet. Alle anderen Druckereien im Umkreis haben auch zu kämpfen. Keiner wird sich diesen Laden ans Bein binden, das glaub mal nur.«

Als ich protestieren wollte, hob er abwehrend die Hand. »Herumdiskutieren hat keinen Zweck. Du hast mich nach meinem persönlichen Eindruck gefragt, Judith. Und der ist, dass ich mich schnellstmöglich nach einem neuen Job umsehen muss.«

Ein kleiner Silberstreif zeigte sich am Horizont: Thomas' ruhige Entschlossenheit machte mir Mut. Die Lage war ernst, aber nicht hoffnungslos. Thomas würde zum Arbeitsamt gehen. Er würde sämtliche Druckereien im Umkreis abklappern. Ach was, nicht nur im Umkreis. Wir waren noch jung genug, um mobil zu sein. Er würde sich in ganz Deutschland bewerben. Irgendwo würde doch jemand einen fähigen Betriebsleiter einstellen wollen?

Ich drückte seine Hand. »Du findest einen Job. Wenn nicht in Grafenberg oder Umgebung, dann woanders. Deutschland ist groß, du hast doch erst neulich gesagt, manchmal träumst du davon, noch mal ganz neu anzufangen. Wir schaffen das schon!«

Thomas sagte nichts. Ich wusste, sein Herz hing an Grafenberg. Montana – oder Leipzig oder Bad Rappenau oder was auch immer – waren weit weg. Wir haben unser ganzes Leben hier verbracht. Es ist eine hübsche Stadt, sogar eine Universitätsstadt, nicht zu groß, nicht zu klein. Sehr lebendig, mit schönen Geschäften und einem vielfältigen kulturellen Angebot.

Ich würde nicht gern von hier weggehen. Bis auf Tante Minchen leben alle Menschen, die mir wichtig sind, in Grafenberg. Hier bin ich zu Hause, hier kenne ich mich aus. Ich weiß, wo man in der Stadt am besten einen Parkplatz kriegt, wo es das beste Brot gibt, die zartesten Schnitzel, die süße Sojasoße von Kikkoman, die Thomas und Frederick so gern mögen. In den Läden sagt man freundlich: »Guten Tag, Frau Horn!« zu mir; der Blumenhändler auf dem Wochenmarkt reserviert jeden Freitag einen Arm voll mit Blumen der Saison für mich. Im Moment sind es Astern …

Alles und alle sind mir vertraut. Ärzte, Friseur, die nette Verkäuferin bei Peek & Cloppenburg, die mich immer so gut berät. Ach, und ich liebe unser Haus. Erst letztens habe ich die Küche frisch gestrichen, in einem zarten Primelgelb. Und die Kinder … es wäre furchtbar für sie, ihr gewohntes Umfeld aufgeben zu müssen.

Aber wenn es sein muss, muss es sein.

Ach.

Ich wünsche mir so sehr, dass wir bleiben können.

3.00 Uhr morgens ...

Schrecke aus einem furchtbaren Traum auf. Mein Herz klopft wie verrückt, mein Nachthemd klebt am Körper. Ich hab geträumt, dass Thomas in die Küche kam, als ich gerade Kartoffeln fürs Mittagessen schälte. Er trug Levis, ein kariertes Flanellhemd, Cowboystiefel und einen Stetson. »So long, Judith«, sagte er. »Ich wandere aus. Hab bei den Cartwrights auf der Ponderosa einen Job als Vormann gekriegt. Ich werde versuchen, euch ab und zu ein paar Dollars zu mailen ...«

Ich will schreien, bringe aber keinen Laut heraus. Will auf ihn zustürzen, ihn festhalten, kann mich aber nicht rühren. Er tippt an den Rand seines Cowboyhuts und geht breitbeinig davon ...

... und plötzlich ist die Küche verschwunden. Wir stehen in einer weiten Graslandschaft. Ein Pferd trottet auf uns zu. Thomas schwingt sich in den Sattel und galoppiert davon, der untergehenden Sonne entgegen.

Ich wache weinend auf. Rolle mich auf Thomas' Seite des Betts.

ER IST NICHT DA!

Ich springe aus dem Bett, laufe zum Bad. Dort ist er nicht. Ich rase die Treppe hinunter. Die Wohnzimmertür steht offen, der Fernseher läuft. Thomas liegt schlafend auf dem Sofa. Ich nehme ihn in die Arme. Er fühlt sich warm an und fest. Er ist hier, bei mir, und das ist das Einzige, was zählt.

5. September

Ich drehe mich auf die andere Seite, öffne ein Auge – mein Blick fällt auf den Wecker. Halb acht. Halb acht?! Oh, Mistmistmist, ich hab verschlafen, muss vergessen haben, den Wecker zu stellen …

Um viertel vor acht müssen die Kinder in der Schule sein, Thomas fängt um acht an …

Ich scheuche alle aus den Betten. Während oben vier Leute in ihre Kleider springen (ja, Sabina hat hier geschlafen), schmiere ich schnell Brote für Frederick, Thomas und Lisa, weil keine Zeit mehr fürs Frühstück bleibt. (Nein, für Sabina schmiere ich keine Brote. Sie würde sie sowieso nicht essen, weil sie morgens ausschließlich Milchkaffee zu sich nimmt.)

Zwanzig vor acht, o Wunder, sind alle aus dem Haus.

Um zehn vor acht habe ich Kaffee gekocht und genieße meinen ersten Marmeladetoast.

Um acht stecke ich mir eine Zigarette an und greife zum *Grafenberger Echo*. Wie immer, schlage ich als Erstes den Lokalteil auf.

NEIN!

Gleich auf der ersten Seite springt mir das Schafsgesicht von Jakobus ins Auge. Die runden, blassblauen Augen sehen ernst, aber gefasst in die Kamera. Die lange Nase ist gut getroffen, ebenso der Tuff kringeliger weißer Haare hinter der Stirnglatze.

»GRAFENBERGER TRADITIONS-DRUCKEREI JAKOBUS MELDET KONKURS AN«

lautet die fette Überschrift.

Der Artikel ist ziemlich kurz. Der geschäftsführende Inhaber Benno Jakobus bestätigte, dass er den schweren Gang zum Amtsgericht hatte antreten müssen. Schlechte Auftragslage durch Mangel an Industrie im heimischen Raum, blablabla, insgesamt schlechte Wirtschaftslage, blablabla. Ein Opfer der allgemeinen Ausblutung des Mittelstands durch eine verfehlte Regierungspolitik sei er, blabla.

Hmhm. Sehe das arme mittelständische Opfer in Marbella im 6-Sterne-Golfhotel den Schläger schwingen. Höre seine Gattin, die ich anlässlich der Betriebsfeier zum hundertzwanzigjährigen Firmen-Jubiläum im vergangenen Jahr kennen lernte – Kostümchen von Escada, Schühchen von Ferragamo, Täschchen von Prada – sagen: »Gräm dich nicht, Benno, die Firma hat immer mehr Ärger gemacht, als sie wert war. Nur gut, dass ich nie auch nur einen Pfennig der Millionen, die ich von meinem Papa geerbt habe, reingesteckt habe. Ich weiß, du bist ein bisschen sentimental, weil der Betrieb 121 Jahre im Besitz der Familie war – aber Tatsache ist, du hättest die Klitsche gleich nach dem Tod meines Vaters verkaufen sollen. Sie hat dich nur vom Golfspielen abgehalten, ich hab's immer gesagt, aber du wolltest ja partout weiter den Geschäftsmann spielen.«

»Selbstverständlich«, wurde Jakobus weiter zitiert, »werden der Konkursverwalter und ich unser Möglichstes tun, damit das Unternehmen und vor allem sämtliche Arbeitsplätze erhalten werden können.«

Zum Konkursverwalter, las ich weiter, sei Rechtsanwalt Dr. Kremer von der Kanzlei Schmittgen, Schäfer und Kremer aus Grafenberg bestellt worden.

Ich drückte die Zigarette im Aschenbecher aus und zündete mir gleich eine neue an. Die Kinder, dachte ich. Wir hätten es ihnen gestern Abend noch sagen müssen. Aber Thomas war dagegen gewesen. »Es hat doch keinen Sinn, gleich Panik zu verbreiten. Noch hab ich meinen Job. Und wenn alles gut geht, sowieso bald einen neuen. In der Mittagspause werde ich rumtelefonieren, mich bei sämtlichen Druckereien in Erinnerung bringen, bei denen ich mich beworben habe. Und beim Arbeitsamt rufe ich auch an und vereinbare einen Termin. Und heute Abend schreib ich noch eine Bewerbung. In Göttingen sitzt die Dewa, großer Laden. Bei denen hab ich's noch nicht versucht. Bis Göttingen ist es nur eine Stunde Fahrt, das wäre zu schaffen. Dann bräuchten wir nicht wegzuziehen.«

Ich war mit einem gewissen Maß an Zuversicht schlafen gegangen gestern Abend. Nach der Zeitungslektüre war meine Ruhe dahin. KONKURS, so stand es schwarz auf weiß im »Echo«. Jeder konnte es lesen. Würde einer von Lisas oder Fredericks Klassenkameraden sagen: »Sag mal, dein Vater arbeitet doch bei Jakobus. Meine Mutter sagt, in der Zeitung steht, die Druckerei ist pleite. Da gehen bald die Lichter aus, und dein Vater kann Arbeitslosengeld beantragen ...«

Nein. Unsinn. Das ist um zwei Ecken gedacht. Solche Schlussfolgerungen wird niemand ziehen (Jakobus und der Konkursverwalter werden alles tun, damit die Arbeitsplätze erhalten werden können, steht auch schwarz auf weiß in der Zeitung!), und wenn doch, wird niemand so taktlos sein, sie Lisa und Frederick in der Schule um die Ohren zu knallen.

Fünf nach acht. Das Telefon klingelte.

Es war Babs. »WAS lese ich da in der Zeitung? Jakobus ist pleite? Ja, warum sagt einem denn keiner was? Ich bin deine Schwester, verdammt noch mal!«

»Thomas weiß es auch erst seit gestern. Wir hatten doch keine Ahnung, dass es heute schon in der Zeitung stehen würde.«

Babs seufzte. »So ein Mist. Aber Jakobus scheint noch ganz zuversichtlich zu sein, dem Artikel nach zu urteilen. Es soll ja irgendwie weitergehen, und die Arbeitsplätze sollen auch erhalten bleiben ...«

»Ja«, sagte ich. »Man muss abwarten.«

»Mensch, Judith, es tut mir so Leid ... aber Thomas muss doch gewusst haben, wie wackelig Jakobus dasteht. Warum hat er sich denn nicht schon längst um einen neuen Job gekümmert?«

»Hat er ja. Nur hat er bis jetzt noch keinen gefunden. Den anderen Druckereien geht's auch nicht sehr viel besser. Es gibt zu wenig Industrie in unsrer Gegend und zu viele Druckereien, die sich um Aufträge zanken.«

Was für einen Sinn hätte es gehabt, wenn ich Jakobus' Chaotentum angeführt hätte, sein mangelndes Engagement? Er war Geschäftsführer und Außendienstler in einer Person, aber viele Aufträge brachte er nicht vom Golfclub nach Hause.

»Wird schon werden«, meinte Babs.

»Klar«.

Wir beruhigten uns gegenseitig. Nein, es hatte keinen Sinn, sich jetzt verrückt zu machen. Abwarten, was sich ergab, dabei gleichzeitig nach einem Job suchen, um auf der sicheren Seite zu sein, das war es, was Thomas jetzt tun musste.

»Wenn alle Stricke reißen, ist das Arbeitsamt ja auch noch da. Und wenn er absolut keinen Job findet, kann er sich umschulen lassen. Er ist doch erst einundvierzig.«

Es klingelte an der Haustür.

»Du, ich muss Schluss machen«, sagte ich. »Es hat geklingelt.«

»Das wird Ma sein ...«

Sie war es tatsächlich, in einem Zustand fortgeschrittener Auflösung, den man ihr aber nicht ansah. Wie immer war sie schick angezogen und perfekt geschminkt.

Aber als sie mich umarmte, merkte ich, dass sie zitterte.

»Ach, Kind. Das ist ja furchtbar. Ich mache mir solche schrecklichen Sorgen!«

Sie hatte Tränen in den Augen. Ich durfte sie nicht noch zusätzlich mit meinen eigenen Ängsten belasten.

»Thomas findet schon einen neuen Job. Mach dir keine Gedanken«, sagte ich so zuversichtlich, wie ich konnte.

Es war das Richtige gewesen. Sie nickte, die Erleichterung war ihr deutlich anzusehen. »Ihr schafft das schon. Ihr seid ja noch jung, und ihr seid zu zweit.

Aber es ist doch eine schreckliche Belastung für mich. Ich werde keine Nacht mehr ruhig schlafen können, bis ich weiß, dass bei euch wieder alles in Ordnung ist.«

Jetzt hatte ich ein schlechtes Gewissen, weil Thomas und ich schuld daran waren, dass sie nicht mehr ruhig schlafen konnte.

Ich schenkte ihr Kaffee ein. Sie klaute eine von meinen Zigaretten. Ein Weilchen rauchten wir schweigend vor uns hin. Dann sagte sie: »Sonntag gehe ich in die Klinik. Am Montag werde ich operiert.«

»Oh, Mama. Willst du dir das wirklich antun? Wegen eines Mannes, von dem du noch nicht mal weißt, ob er, hm, deine Gefühle erwidert?«

»Ich hab lange darüber nachgedacht und bin zu dem Schluss gekommen, dass ich es nicht nur wegen Wolf machen lasse. Ich *weiß* einfach, dass ich mich insgesamt besser fühlen werde, wenn mein Gesicht so jugendlich aussieht, wie ich mich fühle.«

Es war eine Sache der Intuition, ich ahnte es, und bohrte nicht weiter nach.

Sie würde sich in Göttingen operieren lassen, in der Privatklinik von Professor Künzel, den Babs empfohlen hatte.

»Dann kannst du am Sonntag ja noch bei Tante Minchen vorbeischauen«, sagte ich.

»Ich glaube nicht, dass ich das im Moment verkraften kann. Der letzte Besuch war doch sehr deprimierend.«

Ja, das war er wohl gewesen. Tante Minchen war nach mehreren Schlaganfällen halbseitig gelähmt und saß im Rollstuhl. Sie hatte uns erkannt und sich über unsere Geschenke gefreut, dann aber driftete sie in die Vergangenheit ab. Mama war auf einmal ihre längst verstorbene Schwester Bertha; Babs und mich sprach sie abwechselnd mit »Lieschen« an, wer immer das gewesen sein mochte. Sie erkundigte sich nach dem »Kleenen«, das war mein Vater – ihr Bruder –, der elf Jahre jünger gewesen war als sie, und war traurig, dass er nicht mitgekommen war, um sie zu besuchen Als wir uns verabschiedeten, sagte sie: »Ach, es ist nicht schön, alt zu werden. Sogar der eigene Bruder vergisst einen.«

Ich fragte Mama, ob ich sie am Sonntag nach Göttingen fahren sollte. Nein, nicht nötig, sie sei ja selbst motorisiert.

»Wir besuchen dich«, sagte ich. »Es ist ja nicht so weit.«

Aber sie wollte nicht, dass man sie mit einem Verband sah oder mit Schwellungen und Blutergüssen. Sie wollte uns mit einem makellosen, magisch verjüngten Gesicht überraschen. Ungefähr zwei Wochen würde sie in der Klinik bleiben und dann zwei Wochen Urlaub auf einer Wellness-Farm dranhängen.

»Yoga. Ayurveda-Anwendungen. Gesunde Vollwertkost. Massagen, Maniküre, Pediküre. Ich kann's kaum erwarten, mich mal richtig verwöhnen zu lassen. Warum auch nicht. Ich finde, ich hab ein bisschen Luxus verdient. Im letzten Jahr war ich bloß zwei Wochen auf Mallorca, mit Helga.«

Helga war ihre beste Freundin, auch verwitwet, auch gut situiert.

»Was sagt Helga eigentlich dazu, dass du dich liften lassen willst?«

Mama lachte. »Sie ist begeistert! Sie sagt, im nächsten Jahr will sie's auch machen lassen.«

»Du bist also das Versuchskaninchen, hm?«

»Sagen wir mal: Ich leiste Pionierarbeit.«

»Hm. Und was sagt Helga zu Herrn Dr. Bender?«

»Das hab ich doch Helga nicht erzählt! Sie würde es sofort überall herumtratschen. Und wer weiß, ob sie nicht versuchen würde, sich an ihn ranzumachen.«

»Aber Mama! Das würde sie doch nicht tun. Sie ist deine beste Freundin, seit über dreißig Jahren.«

Mama fand mich naiv. »Das hat überhaupt nichts mit Freundschaft zu tun, Judith. Frauen sind von Natur aus Rivalinnen. Im Krieg und in der Liebe ist alles erlaubt, du kennst doch den alten Spruch.«

Mama gehört eben einer anderen Generation an.

Sie rüstete zum Aufbruch. Sie hatte eine Menge zu erledigen und wollte auch noch bei Oma vorbeischauen, um sich zu verabschieden. Gestern, sagte sie, sei sie einfach nicht dazu gekommen. »Sie weiß natürlich nichts. Offiziell – auch für Lilo und Fritz! – fahre ich in Kur, wegen meinem Rücken. Babs weiß Bescheid.«

Wir umarmten uns. Ich hielt sie sehr fest und prägte mir ihr liebvertrautes Gesicht ein. Wer wusste, ob ich sie noch erkennen würde nach dem Lifting und zwei Wochen Wellnessurlaub.

»Pass auf dich auf, Mama«, sagte ich.

»Und du auf dich, Judith-Kind. Ich denke jede Minute an euch.«

Sie hatte mir Adresse und Telefonnummer des Krankenhauses aufgeschrieben und einen Prospekt der Wellness-Farm in die Hand gedrückt. Das Etablissement nannte sich »Haus Heiderose« und befand sich in der Nähe von Schneverdingen in der Lüneburger Heide.

Sie küsste mich. »Und macht mir keinen Kummer, hört ihr?« Es klang wie eine Beschwörung.

Kaum war Mama gegangen, rief Lilo an. Sie weinte am Telefon und wollte Thomas sprechen. »Er ist im Betrieb«, sagte ich.

»Im Betrieb? Aber da ist doch KONKURS!«

»Erst mal geht alles seinen gewohnten Gang«, erklärte ich. »Man muss abwarten.«

Es sei so furchtbar, schluchzte Lilo, am Morgen harmlos die Zeitung aufzuschlagen und eine solche Schreckensnachricht lesen zu müssen. Sie habe keinen Bissen mehr herunterbringen können, solche Angst habe sie um Thommi. Fritz müsse sie gleich erst mal zum Arzt fahren, sie brauche dringend etwas zur Beruhigung.

Dann war Fritz am Apparat. Er klang vorwurfsvoll. Wieso Thomas denn seinen eigenen Eltern nichts gesagt habe? Es sei eine Schande, es aus der Zeitung erfahren zu müssen.

Ich erklärte ihm, dass wir es auch erst seit gestern wüssten und keine Ahnung gehabt hätten, dass es heute schon in der Zeitung stehen würde.

»Trotzdem! Thomas muss doch was geahnt haben. Warum spricht er nicht mit seinen Eltern darüber? Ich fahre jetzt gleich mal in die Druckerei und rede ein Wörtchen mit ihm!«

Nur mit Mühe konnte ich ihn von seinem Vorhaben abbringen. Dass er anrufen würde, war allerdings nicht zu vermeiden. »Ich werde ihm sagen, dass er gleich nach Feierabend seinen Hintern ins Haus seiner Eltern bewegen soll, darauf kannst du dich verlassen, Judith. Wir haben ein Recht darauf, umfassend informiert zu werden.«

Klick. Aufgehängt.

Ich muss jetzt duschen und mich anziehen, dachte ich. Dann geht's mir besser. Ich *kann* mich nicht im Bademantel unter die Kuscheldecke auf dem Sofa verkriechen und heulen, auch wenn ich das gern täte. Ich darf jetzt nicht die Nerven verlieren. Ich muss ganz ruhig bleiben. Thomas und den Kindern zuliebe.

Krieche auf dem Zahnfleisch die Treppe rauf. Auf halbem Weg fange ich an zu heulen. Wünsche mich weit weg. Ins »Haus Heiderose« in den Whirlpool. Oder auf eine Liege in der Sonne, und irgendein Mensch mit sanften Händen knetet alle meine Sorgen weg.

5. September – Immer noch. Und es ist noch nicht mal Mittag

Nimmt dieser Tag denn nie ein Ende? Besser noch, warum geht nicht jemand hin und streicht ihn aus dem Kalender? Gestern (jedenfalls bis Thomas mit der Schreckensnachricht heimkam), war die Welt noch in Ordnung – wenn man vom Damoklesschwert in Form der schlechten Geschäftslage bei Jakobus absieht. (Hierzu muss ich anmerken, dass man sich – so unwahrscheinlich es klingt – an ein Damoklesschwert gewöhnen kann. Man weiß, es ist da, aber so lange es einen nicht tatsächlich trifft, rechnet man nicht *ernsthaft* damit, dass es wirklich herabsausen könnte.)

Und von Oma und Schatzis Dahinscheiden muss man auch absehen, und von Sabina. Wobei Sabina das kleinere Problem ist im Moment. Wenn die Sache mit den Handtüchern auf dem Badezimmerboden nicht wäre und die Parfumflasche auf *meiner* Ablage, könnte ich, wenn ich die Augen zumachen würde, wenn ich sie sehe, beinahe vergessen, dass es sie gibt, zumal ich Fredericks Zimmer seit dem bewussten Morgen danach nicht mehr betreten habe. Bleibt also noch Besorgnis wegen Mamas Lifting und der Tatsache, dass Babs unglücklich ist, weil sie sich ein Kind wünscht, bisher aber noch nicht schwanger geworden ist.

(Ach ja, und ich hab ein paar Kilo zu viel auf den

Rippen und benötige eine Sehhilfe – Heute sage ich: NA UND? Würde noch ein paar Speckröllchen mehr in Kauf nehmen und mit zwei Brillen auf der Nase rumlaufen, wenn dadurch unser Leben wieder ins Lot käme.)

Stand der Dinge gestern: Kein Grund vorhanden, in Jubelschreie auszubrechen, aber alles noch im grünen Bereich, denn: »Das Leben ist nun mal kein Zuckerschlecken«, hat Papa immer gesagt.

Ich denke, das Leben ist ein Riesenrad: Mal bist du oben, mal irgendwo auf halber Höhe, mal ganz unten.

Wir sind abgestürzt, und ich habe Angst.

Und rot geheulte Augen und eine Brille auf der Nase, denn ich war beim Optiker. Sitze im Auto, biege in unsere Straße ein. Sehe die Welt um mich herum mit großer Klarheit (was man für den satten Preis auch wohl erwarten darf!), bin aber zu angespannt, um es genießen zu können: Noch einer von Papas Lieblingssprüchen (sein Vorrat war unerschöpflich) spukt mir im Kopf herum: »Ein Unglück kommt selten allein.«

Das Telefon schrillt, als ich die Haustür aufschließe. Wamm. Wieder explodiert etwas in meiner Brust. Ich lasse die Einkaufstüten in der Tür stehen (war auch bei Aldi, habe gespart wie ein Weltmeister), und stürze zur Mobilstation im Wohnzimmer. Da ist das verdammte Ding natürlich nicht, wo ist es – ah, Küche. Hab es in der Küche liegen lassen.

Der Anrufer ist hartnäckig. Irgendwas ist passiert, ich weiß es.

»Judith! Endlich!« Es war Mamas Stimme, sie klang zittrig. »Ich bin im Elisabeth-Krankenhaus.«

Mein Herz rutscht mir in die Kniekehlen.

»Mama! Hattest du einen Unfall? Bist du verletzt?«

»Nein! Es ist Oma. Nichts Lebensbedrohliches – nicht, dass du losrast wie eine Verrückte und ich mir noch mehr Sorgen machen muss! Es geht ihr den Umständen entsprechend gut. Aber setz dich ins Auto und komm her.«

Klick.

Oma. Achdumeinegüteichhabsgeahnt, irgendwie hab ich's im Gefühl gehabt.

»Judith?« Usch stand im Türrahmen und hatte meine Einkaufstüten in der Hand. »Ist was passiert? Die Haustür stand offen, und die Tüten lagen da ...«

»Ja«, sagte ich. »Ich muss zum Krankenhaus. Meine Oma ...« Ich stand da wie ein Depp und hielt mich am Telefon fest, weil ich so zitterte.

Usch stellte die Tüten auf die Ablage, denn auf dem Tisch standen immer noch die Reste meines Frühstücks. Die Zeitung war noch beim Lokalteil aufgeschlagen, Jakobus' Gesicht prangte oben rechts, daneben die fette Schlagzeile »GRAFENBERGER TRADITIONSDRUCKEREI JAKOBUS MELDET KONKURS AN«.

Usch legte einen Arm um meine Schultern. »Ach, Judith, das Ganze tut mir so Leid. Und jetzt musst du dir auch noch Sorgen um deine Oma machen. Komm, ich fahr dich schnell zum Krankenhaus.«

Das war bei Licht betrachtet das einzig Konstruktive, das heute irgendjemand zu mir gesagt hatte.

Wer weiß, wo ich gelandet wäre, wenn ich mich selbst ans Steuer hätte setzen müssen – um den nächsten

Alleebaum gewickelt? Usch war Gott sei Dank die Ruhe selbst, sie fuhr zügig und sicher.

»Wieso bist du heute Morgen eigentlich zu Hause?«, wollte ich wissen.

»Ich habe ein paar Tage Urlaub«, sagte sie und lächelte mich an. »Wir wollen die Küche und das Wohnzimmer streichen. Und den Hühnerstall vergrößern. Wir wollen zusätzlich zu den Weißen Leghorns noch ein paar Rhodeländer anschaffen. Möchtest du eins haben?«

»Ich? Ein Huhn? Wo soll ich das denn unterbringen?«

Vor meinem geistigen Auge erschien eine Henne, die auf der Sofalehne hockte und mich mit schief gelegtem Kopf beäugte.

Usch grinste. »In unserem Hühnerstall natürlich. Du bezahlst das Huhn und einen Sack Futter im Jahr und kriegst dafür sieben Eier in der Woche kostenlos. Das kommt dich billiger, als bei mir Eier für dreißig Pfennig das Stück zu kaufen.«

»Ich überleg's mir.« Es tat gut, über Hühner nachzudenken: *Ich wollt, ich hätt ein Huhn, ich hält nicht viel zu tun, kassierte täglich nur ein Ei und sonntags auch mal zwei, lala …*

Am liebsten hätte ich den Rest des Tages in der Geborgenheit von Uschs Vectra Combi verbracht. Wir hätten Kochrezepte austauschen können, und dann hätte sie mir erzählt, in welcher Farbe sie Wohnzimmer und Küche streichen wollte; ich hätte ihr erzählt, dass ich demnächst das Gästeklo blass lavendelfarben anmalen würde. Aber wir schwiegen die restliche Fahrt über, und auch das war gut. Uschs Auto war ein sicherer Hort, in dem Katastrophen nicht vorkamen.

Als ich vor dem Eingang des Krankenhauses ausstieg, fragte Usch: »Soll ich mit reingehen?«

Ich war gerührt. Wie lieb von ihr, dabei waren wir gar nicht eng befreundet. Usch und Wolfgang hatten das Haus erst vor drei Jahren gekauft, als die Familie, die gleichzeitig mit uns gebaut hatte, weggezogen war. Usch war unsere Nachbarin, eine nette Bekannte, mehr nicht. Ich kaufte meine Eier bei ihr, wir hielten Schwätzchen am Gartenzaun, ab und zu unternahmen wir etwas zusammen: eine Fahrradtour, eine Wanderung mit anschließendem Grillen im Garten. Aber ich hatte mit Usch nie so vertraut gesprochen wie mit Marianne. Ich hatte viele Bekannte, das bleibt nicht aus, wenn man sein ganzes Leben in derselben Stadt verbringt. Aber seit der Schulzeit (da waren Kirsten Schäfer und ich ein Herz und eine Seele gewesen), hatte niemand meinem Herzen näher gestanden als Marianne. An diesem Gefühl hatte sich auch nichts geändert, als unsere Freundschaft sich weitgehend auf die Telefonebene verlagert hatte.

Und jetzt fiel mir ein, dass Marianne und ich seit dem denkwürdigen Telefonat, das ich vom Gästeklo aus geführt hatte, keinen Kontakt mehr miteinander gehabt hatten.

Ich versicherte Usch, dass es nicht nötig sei, mit reinzugehen. Meine Mutter sei da, sie würde mich später heimfahren, kein Problem.

»Haben die Kinder einen Schlüssel dabei? Falls es länger dauert?«, fragte Usch.

»Normalerweise schon. Wenn sie ihn nicht vergessen haben.«

Ich gab Usch meinen Hausschlüssel, zur Sicherheit.

»Ich sag ihnen auf alle Fälle Bescheid, was los ist, falls du noch nicht zurück sein solltest … Mach dir keine Gedanken, ja? Und, Judith … die Brille steht dir wirklich gut!«

Meine Hände waren eiskalt und ich hatte ein flaues Gefühl in der Magengegend, als ich das Krankenhaus betrat.

Aber ich war auch zutiefst dankbar, dass jemand wie Usch meine Nachbarin war.

Oma lag auf der Inneren, hatte man mir am Empfang gesagt. Als ich aus dem Lift stieg, sah ich Mama den Gang entlangtigern, wobei sie immer wieder auf ihre Armbanduhr sah.

»Endlich!«, rief sie, als sie mich sah. Seit ihrem Anruf waren gerade mal zwanzig Minuten vergangen. Rekordzeit, wenn man bedenkt, dass das Krankenhaus am anderen Ende der Stadt liegt.

Ich umarmte sie. »Was ist mit Oma?«

»Sie hat ein bisschen was gegessen, Kartoffelbrei, Spinat und Fleischkäse. Jetzt schläft sie. Sie hat nur ein paar Prellungen. Aber, oh, Judith … ach, ich bin fix und fertig. Dass ausgerechnet ich sie so finden musste … Und wo warst du überhaupt den ganzen Morgen, ich hab schon x-mal versucht, dich zu erreichen.«

»Beim Optiker.« Ich deutete auf meine Nase.

»Eine Brille. Ach Gott. Aber das hätte doch auch noch bis morgen Zeit gehabt.«

Sie kämpfte mit den Tränen. Ich legte den Arm um sie und führte sie zu einer Sitzgruppe, die ich am Ende des Gangs erspäht hatte.

Oma hatte nicht aufgemacht, als Mama klingelte. Na gut, dachte Mama, sie wird einkaufen sein oder spazieren, ich rufe später bei ihr an. Sie wollte gerade gehen, als ein großer, dicker Mann mit einem buschigen Schnauzbart sie ansprach: »Du willst zu Oma?«

Mama war befremdet, von einem wildfremden Menschen geduzt zu werden, aber sie erkannte am Akzent, dass es sich um einen ausländischen Mitbürger handelte, der der deutschen Sprache nicht ganz mächtig war.

»Ich will zu Frau Köhler«, gab sie zurück. »Ich bin ihre Tochter.«

Ein Lächeln strahlte im Gesicht des Fremden auf. Er streckte die Hand aus: »Ich bin Kemal«, stellte er sich vor. »Ich habe Schlüssel.«

Als er Mamas ungläubigen Blick sah, fügte er hinzu, dass er der Vermieter sei.

Sie fanden Oma im Wohnzimmer. Sie lag auf dem Bauch, das Gesicht zur Seite gedreht. Der Fernseher dröhnte. Mama war vor Schreck wie erstarrt.

Kemal lief zu Oma und drehte sie behutsam auf den Rücken, klopfte ihr sanft auf die Wange, sprach auf Türkisch – jedenfalls vermutete Mama, dass es türkisch war – auf sie ein.

Mama fing an zu weinen. »Ist sie tot?«

»Frau, mach Fernseher aus!«, rief Kemal. »Und ruf Krankenwagen!«

Als der Krankenwagen kam, war Oma wieder bei Bewusstsein. Kemal hatte sie aufs Sofa gelegt und mit einer Wolldecke zugedeckt. Ihr tat nichts weh, und sie konnte sich nicht erinnern, was passiert war. »Du bist hingefallen«, sagte Mama.

»Das müsste ich doch wissen«, sagte Oma. »Du warst ohnmächtig.«

Kemal, der auf der Kante des Ohrensessels hockte, nickte.

Im Krankenhaus stellte man fest, dass Oma glimpflich davongekommen war: Sie hatte nur ein paar blaue Flecken. Babs war da gewesen, sagte Mama, sie hatte mit dem Dienst habenden Arzt gesprochen. Man wollte Oma ein paar Tage dabehalten und sie gründlich durchchecken, um herauszufinden, was die Ursache für den Sturz und die Bewusstlosigkeit gewesen war. Vielleicht hatte sie einen leichten Schlaganfall erlitten. Oder einen Schwächeanfall, sie sei etwas ausgetrocknet. Offensichtlich hat sie zu wenig Flüssigkeit zu sich genommen. »Wo ist Babs jetzt?«, fragte ich. Mama putzte sich die Nase. »Sie musste zurück in die Praxis. Sie will später noch mal vorbeischauen. Ach, Judith. Es ist so furchtbar. Ich mache mir solche Sorgen!«

»Ja. Ich auch. Lass uns zu ihr gehen.«

Als wir ins Zimmer kamen, war Oma wach. Sie sah blass aus, ihr Gesicht wirkte eingefallen.

»Ach. Ihr seid's.« Es klang nicht begeistert. Mama

sah aus, als wollte sie auf dem Absatz kehrtmachen. Dann riss sie sich zusammen, zauberte ein Lächeln aufs Gesicht und tätschelte Omas Hand. »Schön, dass es dir besser geht!«

Oma zog ihre Hand weg. »Mir ist's nie schlecht gegangen.«

Mama zog sich einen Stuhl heran.

Ich setzte mich auf die Bettkante. »Du machst ja Sachen«, sagte ich.

»Ich mag nicht im Bett liegen«, sagte Oma gereizt. »Ich will heim.«

»Du bist im Krankenhaus«, artikulierte Mama langsam und deutlich. »Du bist in deiner Wohnung hingefallen und hast ein paar blaue Flecken. Du musst ein paar Tage hier bleiben, zur Beobachtung.«

»Unsinn. Ich bin nicht gefallen. Das wüsste ich doch. Paul soll mich abholen kommen. Ich muss das Mittagessen richten.«

Mama und ich sahen uns an. Opa hatte Paul geheißen.

Oma berichtete nun, was sie kochen wollte: Pellkartoffeln und Sahnehering, zum Nachtisch Schokoladenpudding. Sie hätte uns nicht erzählen müssen, dass dies Opas Leibgericht gewesen war, wir erinnerten uns gut. Mitten im Satz (»Ich nehm nur Pudding von Dr. Oetker, die anderen tau …«) fielen ihr die Augen zu. Kurz darauf verriet ein sanftes Schnarchen, dass sie eingeschlafen war.

Auf Zehenspitzen schlichen wir aus dem Zimmer. Draußen auf dem Gang kam uns Babs entgegen. Sie hatte die blonden Haare zu einem Mozartzopf im Nacken gebunden, trug weiße Hosen und ein weißes Shirt, darüber einen blauen Blazer. Ein wehender weißer Kittel statt des Blazers und ein Gefolge von Unterlingen im Schlepp, und man hätte sie für die Chefärztin der Inneren halten können. Sie strahlte Selbstsicherheit und Kompetenz aus.

»Wie geht's ihr?«, erkundigte sie sich.

»Sie schläft. Schon wieder. Ist das normal?«, wollte Mama wissen.

»Als sie wach war, hat sie von Opa geredet. So, als ob er noch am Leben wäre. Sie wollte heim, um für ihn Mittagessen zu kochen«, sagte ich. »Und sie erinnert sich überhaupt nicht an den Sturz.«

Babs nickte. »Sie ist ein bisschen durcheinander. Der Sturz war ein Schock, und sie ist aus ihrer vertrauten Umgebung gerissen worden. Man muss natürlich abwarten, was die Untersuchungen ergeben, aber ich glaube nicht, dass etwas Schlimmes dabei herauskommen wird.«

»Und wenn doch?«, rutschte mir heraus.

Babs warf mir einen scharfen Blick zu. »Genau darüber will ich mit euch reden.«

Wir begaben uns in die Caféteria im 1. Stock. Babs holte sich ein belegtes Baguettebrötchen und ein Glas Milch – es war ihre Mittagspause –, Mama und ich Kaffee. Er war lauwarm und schmeckte bitter.

»Ich persönlich«, sagte Babs, »glaube, dass Oma sich erholen wird. Sie ist, auf Deutsch gesagt, ein zäher Brocken.«

Mama und ich nickten.

»Aber«, fuhr Babs fort, »wenn sich herausstellen

sollte, dass sie nicht mehr in der Lage ist, sich allein zu versorgen, müssen wir etwas unternehmen.«

»Genau«, sagte Mama. »Allerdings kann ich euch erst mal keine große Hilfe sein. Ihr wisst, ich bin die nächsten vier Wochen, hm, verreist.«

Babs trank einen Schluck Milch. »Es gibt verschiedene Möglichkeiten, Oma zu unterstützen. Wir könnten einen ambulanten Pflegedienst engagieren, der ihr hilft, den Alltag in ihrer Wohnung zu bewältigen ...« Sie biss in ihr Brötchen. »Gott, das ist ja aus Gummi!«, murrte sie.

»Oma würde niemand Fremdes um sich haben wollen«, sagte Mama.

Babs zuckte die Schultern. »Wir reden nur von *Möglichkeiten*. Wie ihr wisst, zahlt die gesetzliche Pflegeversicherung Zuschüsse, wenn eine pflegebedürftige Person in ihrer Wohnung versorgt werden muss. Es gibt drei Pflegestufen ...«

»Babs ...«, wandte Mama ein.

»Pflegestufe 1 bedeutet schwer pflegebedürftig. Stufe 2 schwerst pflegebedürftig, und Stufe 3 ...«

»Babs!«, rief Mama. »Hör auf! Ich kann das nicht hören!«

»Aber ...«

»Pflegebedürftig! Pflegeversicherung! Als Nächstes steckst du Oma ins Heim!«, sagte Mama. Ihre Augen füllten sich mit Tränen. »Und das kommt nicht in Frage, hörst du! Wenn sich wirklich herausstellen sollte, dass Oma nicht mehr allein zurechtkommt, springt die Familie ein. Das ist doch selbstverständlich, Judith, oder?«

»Es kommt darauf an, wie man es organisieren kann«, sagte ich vorsichtig. »Wollen wir nicht erst mal abwarten, wie sich Oma erholt?«

»Eine gute Idee«, meinte Mama. »Wenn man weiß, dass die Familie zusammenhält, wenn Not am Mann ist, braucht man nicht jetzt schon die Pferde scheu zu machen.«

Babs seufzte. »Ihr wollt den Kopf also in den Sand stecken, ja?«

»Davon kann keine Rede sein. Wir haben die Problematik durchleuchtet und eine Strategie für den Notfall entwickelt. Mehr können wir im Augenblick nicht tun.«

Babs zuckte die Schultern. »Ich sehe das anders. Aber gut. Warten wir ab.«

Ich sagte nichts. Ich hatte auf einmal höllische Kopfschmerzen und steckte nur zu gern meinen Schädel in den Sand. Mein Gehirn war völlig ausgefüllt mit einem Riesenproblem; für etwas, das *vielleicht* eins werden würde, war momentan kein Platz.

Wir kauften im Krankenhauslädchen Zeitschriften, ein Kreuzworträtselheft, Blumen und Schokolade und schauten noch mal bei Oma vorbei. Sie war wach, der Fernseher im Zimmer lief mit voller Lautstärke. Glücklicherweise war das zweite Bett nicht belegt.

Oma akzeptierte unsere Gaben mit einem Nicken und starrte dann wieder auf den Bildschirm.

Babs fuhr mich nach Hause. Es war kurz nach halb zwei, um zwei würden die Kinder heimkommen. Tiefkühlpizza, dachte ich durch meine hämmernden Kopfschmerzen hindurch, ich schiebe ein paar Pizzen in den Ofen. Ich hoffte, dass Sabina nicht da sein würde, damit ich nicht zusehen musste, wie sie an Fredericks Pizza herumpickte wie ein anorektisches Huhn. (»Nein, für mich nichts, Judith. Ich hab keinen Hunger. Es ist mir ein Rätsel, wie du es schaffst, immer so viel zu essen.«)

Positiv betrachtet, reißt ein anorektisches Huhn namens Sabina, das außer Milchkaffee, Cola, ein bisschen Gemüse und Brotkrusten kaum etwas zu sich nimmt, jedenfalls kein Loch in meine Haushaltskasse.

»Du solltest mal zum Arbeitsamt gehen, Judith«, sagte Babs.

»Zum Arbeitsamt? Ich?«

Babs nickte. »Überleg doch mal. Gesetzt den Fall, die Druckerei wird dichtgemacht, Thomas verliert seinen Job und bekommt nicht gleich einen neuen … könnt ihr mit rund 75 Prozent des letzten Nettolohns auskommen?«

Ich rechnete an den Fingern, verlor den Überblick und gab auf.

»Wenn wir müssen«, sagte ich zaghaft.

»Ich an deiner Stelle würde versuchen, einen Aushilfsjob zu finden. Nur für alle Fälle.«

»Hm. Und wie soll das gehen? Ich hab ein vor siebzehn Jahren abgebrochenes Studium vorzuweisen, mehr nicht.«

Babs schaute mich mitleidig von der Seite an. »Mach

dich nicht selber schlecht. Du hast Familienarbeit geleistet. Ist das vielleicht nichts?«

»Ich glaube nicht, dass es auf dem Arbeitsmarkt viel zählt.«

»Wenn es sich irgendwie machen ließe, würde ich dir einen Job in der Praxis anbieten, ich traue dir ohne weiteres zu, dass du dich einarbeitest. Aber im Moment ist das nicht drin. Das Ultraschallgerät, das Peter unbedingt haben wollte, hat ganz schön reingehauen. Und die neuen Praxismöbel sind auch noch nicht abbezahlt.«

Ich nickte. »Schon okay. Und ein Glück für eure drei Damen vom Fach. Die bekämen Schreikrämpfe, wenn sie sich mit mir rumschlagen müssten. Ich hab doch keinen Schimmer von der Materie. Genau genommen, hab ich von nichts einen Schimmer.«

»Quatsch! Jeder kann irgendetwas. Am besten setzt du dich mal in aller Ruhe hin und machst eine Checkliste: Was kann ich, was kann ich nicht. Wo liegen meine Stärken, wo meine Schwächen? Welche Art von Tätigkeit würde mir Spaß machen, was kommt überhaupt nicht in Frage?«

Seufz. Als ob das was bringen würde. Aber Babs meint es gut, ich darf sie nicht enttäuschen.

»Ja. Ja, mach ich.«

Babs lächelte mir aufmunternd zu. »Nun guck nicht so traurig. Alles wird gut, du wirst schon sehen.«

Ich war ein bisschen getröstet. »Das sagt Nina Ruge in ›Leute heute‹ auch immer.«

»Na also. Kopf hoch?«

Ich nickte. »Kopf hoch.«

Wenn ich nicht bald eine Hand voll Aspirin einwerfen kann, habe ich keinen Kopf mehr, den ich hoch tragen könnte.

Kurz vor Mitternacht …

Liege wach im Bett und stiere auf die Leuchtziffern vom Wecker. Thomas neben mir schläft tief und fest, er hat zu viel Rotwein getrunken. Ich hätte auch gern zu viel Rotwein getrunken, traute mich aber nicht wegen der Kopfwehtabletten.

Gleich, gleich ist's geschafft, der Tag ist vorbei, dann kann ich endlich einschlafen, ganz bestimmt. Ich lasse den Tag Revue passieren.

Was ist heute noch passiert, außer, dass Thomas mit der Hiobsbotschaft herausrückte, dass Jakobus die Löhne für August (fällig am 1.9.) nicht zahlen konnte und wir somit auf unsere Reserven zurückgreifen müssen, bis Konkursausfallgeld vom Arbeitsamt gezahlt wird?

Die gute Nachricht: Sabina glänzte durch Abwesenheit im Hause Horn.

Die schlechte Nachricht: Irgendein Aas aus seiner Klasse hat Frederick gesteckt, was in der Zeitung stand (bringe das Wort, das mit K anfängt und mit onkurs aufhört, heute nicht mehr über die Lippen). Frederick zählte zwei und zwei zusammen und erkundigte sich über der Pizza Speciale, ob Papa jetzt arbeitslos würde? Lisa, die eben noch bemerkt hatte, wenn schon Brille, hätte ich mir so ein cooles Glitzerteil wie Anastacia zulegen sollen (Wer ist Anasdings, fragte ich, und erfuhr, dass es sich um eine amerikanische Pop-Sängerin handelte), machte große, erschrockene Augen. Ich fing an zu erklären und zu beruhigen und muss wesentlich überzeugender geklungen haben, als ich mich fühlte, denn als ich fertig war, schienen die beiden fürs Erste beruhigt. »Papa hat schon einen neuen Job in Aussicht«, waren die Zauberworte gewesen. Es stimmte vielleicht sogar.

Würde zu gern Thomas anrufen, um nachzufragen. Doch ich beherrsche mich, um ihn nicht nervös zu machen. Schufte den ganzen Nachmittag im Garten, um mich abzulenken.

Thomas kam erst, als Frederick, Lisa und ich schon beim Abendessen saßen. Er stellte kommentarlos eine Tupperdose mit Kartoffelsalat auf den Tisch. Das erklärte, warum er so spät kam: Er war also tatsächlich nach Feierabend bei seinen Eltern gewesen. Die Kinder bombardierten ihn gleich mit Fragen. Thomas erklärte und beruhigte: Er habe mehrere Jobangebote und einen Termin beim Arbeitsamt. »Nun macht euch mal keine Sorgen. Eh ihr's euch verseht, können wir feiern. Ich lad euch ganz groß zum Essen ein, versprochen!«

»Zum Italiener?«, fragte Lisa strahlend.

»Nee, lieber ins ›Schnitzelhaus‹«, meinte Frederick.

»Wenn's so weit ist, losen wir, okay?«, sagte Thomas. Er lächelte dabei, aber das Lächeln erreichte seine Augen nicht. Ach, dachte ich, ach, armer Thomas … von einer Feier beim Italiener oder im »Schnitzelhaus« sind wir noch weit entfernt.

Als die Kinder im Wohnzimmer verschwunden waren, um »Gute Zeiten, schlechte Zeiten« zu gucken, sagte ich: »Du hast Absagen bekommen, stimmt's?«

Er nickte. Die Maske der Zuversicht fiel von ihm ab, er sah zehn Jahre älter aus. »Es ist hoffnungslos. Ich hab mir die Finger wund telefoniert. Niemand sucht einen Betriebsleiter. Ich hab dann gefragt, ob sie einen Setzermeister brauchen. Fehlanzeige. Niente. Absolut nichts in Grafenberg und Umgebung. Morgen hab ich einen Termin beim Arbeitsamt.«

Ich drückte seine Hand. »Nimm's nicht so schwer. Dann gehen wir eben weg von Grafenberg.«

Er seufzte. »Schau'n wir mal.«

»Wie war's bei deinen Eltern?«

Er verzog das Gesicht. »Vater hat gesagt, er habe ja immer gewusst, dass das mit Jakobus nicht gut gehen könnte, ich hätte gar nicht erst bei diesem Bruder Leichtfuß anfangen sollen damals. Ich fuhr ihm tüchtig über den Mund, weil er just derjenige war, der sagte, Jakobus, das sei was Solides, die Firma sei schon so lange im Familienbesitz. Und dann gab ein Wort das andere, und irgendwann bin ich dann gegangen.«

»Und Lilo?«

»Kam gar nicht zu Wort, weil Vater gleich loslamentierte. Ich hab dann noch im Auto gesessen und eine geraucht, weil ich zu wütend war, um gleich loszufahren. Hätte die Kiste bestimmt gegen den nächsten Laternenpfahl gesetzt. Mutter kam raus und drückte mir das Tupperdings in die Hand. Sagte so was wie: ›Wir müssen jetzt alle stark sein, und ich rede mit deinem

Vater.‹ Na toll. Als ob das irgendwas an der beschissenen Situation ändern würde.«

Ich stand auf, ging um den Tisch herum und nahm ihn fest in die Arme.

10. September

Fühle mich mies. Hänge durch, hab zu nichts Lust, denke schon am Morgen: Herr, lass endlich Abend werden, damit ich ins Bett gehen kann und nicht mehr so tun muss, als sei die Welt in Ordnung. Genau das tu ich nämlich, um Thomas nicht noch mehr runterzuziehen und den Kindern keine Angst zu machen. Kann noch nicht mal Babs mein Herz ausschütten, habe Angst, dass ich anfange zu heulen und nicht mehr aufhören kann. Reiße mich also zusammen, versuche positiv zu denken, und erledige mein Tagewerk, denn: »Hilf dir selbst, dann hilft dir Gott«, sagte Papa. Noch so ein Spruch aus seinem unerschöpflichen Fundus, ich klammere mich daran wie an eine Rettungsleine. Habe bis jetzt allerdings nicht die Energie aufgebracht, die von Babs empfohlene Checkliste aufzustellen. Und beim Arbeitsamt war ich auch noch nicht.

Dafür hab ich jeden Tag Oma im Krankenhaus besucht und bin Arm in Arm mit ihr die Krankenhausflure entlanggewandert. Kemal und Fatima schauten auch vorbei, sie brachten Obstsalat mit und einen Strauß Dahlien.

Heute Morgen wurde Oma entlassen, Babs und ich haben sie heimgefahren. Organisch ist sie gesund. Sie ist auch geistig klar, hat nie wieder von Opa gesprochen, als sei er noch am Leben. Aber wir machen uns trotzdem Sorgen: Oma hatte für ihr Alter Ohren wie ein Luchs, jetzt fragt sie zwei Mal nach, ehe sie versteht, was wir sagen. Sie hat abgenommen, das dunkelgrüne Hemdblusenkleid, das wir ihr von zu Hause mitgebracht hatten, ist ihr zu weit. Ihr Gang ist schleppend. Sie hat die beunruhigende Gewohnheit angenommen, dazusitzen und ins Leere zu starren. (Wenn der Fernseher nicht läuft. Wenn er eingeschaltet ist, starrt sie wie hypnotisiert auf den Bildschirm.)

Bevor wir Oma abholten, hatten Babs und ich die Wohnung auf Hochglanz gebracht und eingekauft. Kemal hatte uns kernlose Trauben mitgegeben und eine Karte, auf der stand: *Herzlich willkommen zu Hause, Oma!*

Babs hatte sich extra den Vormittag freigenommen, damit wir noch mit Oma zu Mittag essen konnten. Ich kochte ihr Leibgericht: Kartoffelsuppe mit Würstchen, einen großen Topf, damit es noch für den nächsten Tag reichte, dazu gab es Kemals wunderbares Fladenbrot. Oma aß fast nichts.

»Wir machen uns Sorgen um dich«, sagte Babs. »Wir haben kein gutes Gefühl dabei, dass du mutterseelenallein hier in der Wohnung bist …«

Sie wollte noch mehr sagen, aber Oma unterbrach sie: »Ich sitze seit Jahren mutterseelenallein in meiner Wohnung, und keinen hat's gestört. Habt ihr nichts Besseres zu tun, als hier herumzuglucken? Ich bin eine alte Frau und will meine Ruhe.«

Babs und ich wechselten einen Blick. Ja, Oma bellte noch, aber ihrem Ton fehlte der Biss. Ihre Stimme hatte müde und kraftlos geklungen – alt.

Jeden Tag werden entweder Babs oder ich bei Oma vorbeischauen, immer abwechselnd. Wir haben uns ihre beiden Ersatzschlüssel vom Schlüsselbrett im Flur unter den Nagel gerissen, bis jetzt hat sie es noch nicht gemerkt. Auch Kemal und seine Familie werden ein Auge auf sie haben.

Aber wir haben kein gutes Gefühl.

Mama rief eben an, als Babs und ich noch einen Kaffee bei mir in der Küche tranken. Es gehe ihr den Umständen entsprechend gut, teilte sie uns mit. Und nein, sie wolle wirklich nicht, dass wir sie besuchen. Sie war sehr erleichtert zu hören, dass Oma gesund und wieder in ihrer Wohnung war, und versprach, sich telefonisch bei ihr zu melden.

Unsere Sorgen um Oma haben Babs und ich verschwiegen. Mama ist weit weg vom Schuss. Was für einen Sinn hätte es, wenn sie sich auch Sorgen macht?

In der Traditions-Druckerei Jakobus schwingt jetzt der Konkursverwalter Dr. Kremer das Zepter. Jakobus ist von der Bildfläche verschwunden. Sämtliche Aufträge sollen abgewickelt werden, sagt Dr. Kremer. Es gibt nicht mehr viel abzuwickeln, sagt Thomas. Und er sagt auch, dass alle Mitarbeiter Angst haben, weil sie sich an fünf Fingern abzählen können, dass im Betrieb schon sehr bald die Lichter ausgehen.

Alle sind auf Jobsuche. Der Fahrer hat schon einen gefunden, einer der Buchbinder und zwei Offsetdrucker auch. Dem Betriebsleiter hat das Arbeitsamt bisher nicht helfen können – aber Thomas sagt, die Suche läuft deutschlandweit.

5. Oktober

Die Lichter sind ausgegangen. Die großen Maschinen in der Halle stehen still. Die Belegschaft wurde entlassen. Irgendjemand – vielleicht Jakobus selbst – hat das antike Firmenschild aus Bronze neben der Eingangstür mitgehen lassen. Mehrere Fensterscheiben wurden eingeworfen. Ein Kinderstreich, oder hat einer der ehemaligen Mitarbeiter seiner Wut und Enttäuschung Ausdruck verliehen?

Nach eingehender Prüfung (so stand es im *Grafenberger Echo zu* lesen), sei der Konkursverwalter zu dem Schluss gekommen, dass leider keine Möglichkeit bestehe, die Firma zu erhalten. Es werde zu einer Zwangsversteigerung kommen.

Auf Deutsch: Alles kommt unter den Hammer. Wenn mir etwas dran läge, könnte ich einen Bürostuhl ersteigern und ihn mir als Andenken an die Wand nageln.

Bis auf die Sekretärin, die nächstes Jahr in Rente geht, Buchbinder Nr. 2, der Mitte fünfzig ist, einen der Offset-Montierer, der ein offensichtliches Alkoholproblem hat, das von Jakobus geduldet wurde, einer Buchhalterin, die schwanger ist, und dem Betriebsleiter Thomas Horn haben alle Mitarbeiter einen neuen Arbeitsplatz gefunden.

Thomas ist am Boden zerstört. Er hat sich bei der

Dewa in Göttingen vorgestellt, die zwar keinen Betriebsleiter suchte, aber einen Setzer. Was er zu hören bekam? Dass er leider, leider nach zehn Jahren als Betriebsleiter keine Ahnung mehr habe von modernen Satzcomputern. Da sei eine neue Generation von Setzern herangewachsen, sie würden einem jüngeren, entsprechend qualifizierten Bewerber den Vorzug geben.

Auch als Betriebsleiter hat er bis jetzt schlechte Karten gehabt: Er hat sich in Dresden vorgestellt, in Heidelberg, in Mannheim, in Frankfurt und in Bamberg. Jedes Mal machte ein anderer Bewerber das Rennen.

Während Frederick in der Schule ist, verkriecht sich Thomas im Zimmer seines Sohnes und durchforstet das Internet nach Stellenangeboten. Glaube ich zumindest. Er spricht nicht mehr mit mir darüber. Er spricht überhaupt kaum noch, weder mit mir noch mit den Kindern. Es ist, als wohne man mit einem Gespenst zusammen, einem mageren Gespenst, denn Thomas hat in den letzten Wochen über zehn Pfund abgenommen. Nach dem Mittagessen geht er aus dem Haus. Er unternimmt lange Spaziergänge, um »den Kopf klar zu bekommen«. Am Anfang bat ich noch, mitkommen zu dürfen, ich bat ihn, an seinen Gedanken teilhaben zu dürfen. »Bitte nicht. Ich will allein sein«, war die Antwort.

Er hat eine Mauer des Schweigens und der Verzweiflung um sich herum errichtet. Nicht nur ich pralle daran ab, sondern auch Babs und Peter, Jan, seine Eltern. Er lässt niemanden an sich heran. Er tut mir so Leid. Aber ich tu mir auch Leid, und die Kinder tun mir Leid, sie verbringen so wenig Zeit wie möglich daheim: Lisa besucht ihre Freundinnen; Frederick verschwindet zu Sabina. Ich kann es ihnen nicht verübeln. Die Atmosphäre im Hause Horn ist trist. Meine Versuche, Optimismus zu verbreiten, fallen ziemlich kläglich aus, denn ich fühle mich elend. Sehe allerdings nicht so aus, denn egal, wie schlecht es mir geht, essen kann ich immer.

Mama hat so weit alles gut überstanden, sie weilt jetzt im Haus »Heiderose« in Schneverdingen und will noch eine Woche länger bleiben, als ursprünglich geplant, weil es ihr dort so gut gefällt. Wenn wir miteinander telefonieren, ist sie immer sehr lieb und verständnisvoll. Sie versucht, mich von meinem Kummer über Thomas' Verschlossenheit (denn das ist irgendwie das Schlimmste, dass er mich ausschließt, dass er alles mit sich allein abmachen will, als ob es mich gar nicht gäbe) abzulenken, indem sie Anekdötchen von den anderen Gästen erzählt, über Ayurveda-Diät, Tai Qi und Yoga berichtet, und dass sie sich wie ein neuer Mensch fühlt. »Es wird schon werden, Judith-Kind«, tröstet sie mich zum Abschied. »Du darfst das nicht persönlich nehmen. Männer können über ihre Probleme nun mal nicht reden, das ist so.«

In den letzten Tagen habe ich angefangen, mich zu fragen, ob mein Vater wohl so früh gestorben ist, weil er alle Probleme in sich hineingefressen hat.

Babs hat Thomas ein pflanzliches Antidepressivum aus Johanniskraut und Kava-Kava verordnet, das er nicht einnimmt. Natürlich nimmt er so was nicht, ich hab's ihr gleich gesagt, er schluckt ja noch nicht mal

Aspirin, wenn er Kopfweh hat. Langsam reißt ihr der Geduldsfaden. »Er lässt sich hängen«, sagte sie gestern zu mir. Sie war auf einen Sprung vorbeigekommen, als Thomas bei strömendem Regen einen seiner endlosen Spaziergänge unternahm. »Es ist kein Wunder, dass ihn niemand einstellt. Er verbreitet eine absolut negative Atmosphäre um sich.«

»Wie kannst du so was sagen! Es ist doch kein Wunder, dass er so deprimiert ist. Er bekommt überall nur Absagen!«

»Hat er sich um eine Umschulung gekümmert? Um berufliche Weiterbildung, all so was?«

»Dafür ist immer noch Zeit«, murmelte ich.

Bei Babs hört sich immer alles so einfach an, sie hat für jede Eventualität im Leben gleich einen Generalplan zur Hand. Es klappt nicht mit der Jobsuche? Husch, weiterbilden, umschulen, ein tolles Karnickel aus dem Hut hervorzaubern. Das Schlimme ist, ich bin überzeugt, dass sie unter denselben Umständen bereits einen kapitalen Belgischen Riesen mit einem Lebendgewicht von zehn Kilogramm herbeigehext hätte.

»Ja, und du?«, wollte Babs jetzt wissen.

»Ich?«

»Oh, Judith. Du warst also immer noch nicht beim Arbeitsamt. Hast du dir wenigstens mal die Stellenanzeigen in der Zeitung angeschaut?«

»Ja, hab ich. Da ist eine Reinigungsfirma, die sucht ständig Putzfrauen für gewerbliche Objekte. Und so ein Call-Center, die haben auch dauernd was drin, und da hab ich sogar angerufen.«

»Na also!«, sagte Babs und strahlte mich an.

»Man sucht kontaktfreudige, durchsetzungsfähige Damen, die Telefonmarketing machen. Klinkenputzen an der Strippe, um Eisschränke an Eskimos zu verkaufen. Das ist nichts für mich, wirklich nicht. Ich würde mir zutrauen, Wasser in der Wüste zu verscherbeln, das ist aber auch schon alles.« Sie seufzte. Ich sah sie im Geist eine Eskimometropole beackern und eine fünfstellige Provision einstreichen. »Du hättest es wenigstens versuchen können, aber na ja. Wann gehst du zum Arbeitsamt?«

»Mein Vertrauen ins Arbeitsamt ist erschüttert. Wenn sie schon nichts für Thomas tun können, wie denn dann für mich?«

»DU lässt dich AUCH hängen, Judith. Das ist absolut tödlich. Du musst positiv denken!«

Das machte mich so wütend, dass ich ihr am liebsten eine geknallt hätte. »Ich soll also positiv denken, ja? Dann verrat mir mal, wie man das macht unter diesen Umständen. Und verrat mir auch bitte mal, wie ich arbeiten gehen soll, wenn hier alles an mir hängt und ich mich zusätzlich noch jeden Tag um Oma kümmern muss. Denn DU drückst dich drum, du schaust mal kurz am Wochenende rein und damit hat es sich ...«

»Ich schaffe es zeitlich einfach nicht«, unterbrach Babs. »Die Praxis ...«

»Ja, ja. Ich weiß. Also fahre ICH jeden Tag hin, ich putze, ich kaufe ein, ich koche, weil sie sonst nur trocken Brot oder gar nichts essen würde! Ich sorge dafür, dass sie wenigstens einmal am Tag eine warme Mahlzeit zu sich nimmt! Und ich will dir noch was sagen, Frau Doktor: Oma vernachlässigt sich total. Sie wäscht sich nicht ordentlich. Sie läuft immer im selben Kleid rum …«

Babs machte erschrockene Augen. »Aber … aber … ich war doch am Wochenende da, Samstag und Sonntag. Da war alles in Ordnung!«

»Weil ICH am Freitag darauf bestanden habe, dass sie duscht, und ich hab ihr frische Sachen zum Anziehen rausgelegt. Du machst es dir einfach, weißt du. Du bist beruflich eingespannt, basta, und alle Arbeit und Verantwortung bleibt an mir hängen.«

Babs senkte beschämt den Blick. Sollte sie ruhig zerknirscht sein. »Tut mir Leid. Ich hab nicht gewusst, dass es so schlimm ist. Du hast nie was gesagt …«

»Ja. Stimmt. Ich hab immer gedacht: Ach, morgen ist's besser, morgen hat sie sich wieder gefangen. Aber sie fängt sich nicht. Sie hängt vor dem Fernseher. Es ist ungeheuer mühsam, sie zu irgendeiner anderen Aktivität zu bewegen. Im Grunde kann ich ihr nichts recht machen.«

»Ich kann ihr auch nichts recht machen«, sagte Babs leise. »So kann das nicht weitergehen. Ich kümmere mich drum, versprochen.«

»Mobiler Hilfsdienst?«

Sie nickte.

Ich habe Babs nicht die ganze Wahrheit gesagt. Ich meine, es ist schon wahr, dass ich jeden Tag gehofft habe, morgen geht es besser mit Oma, morgen ist sie wieder ganz die Alte. Aber die Hoffnung schwand mehr und mehr, und ich habe trotzdem nichts gesagt. Bin brav jeden Tag hingefahren, habe Stunden bei ihr zugebracht. Nicht, weil ich so ein guter Mensch bin. Sondern vor allem deshalb, weil es mich von meiner eigenen Misere ablenkt, wenn ich mich um Oma kümmere. Und weil ich so guten Gewissens vor mir selbst behaupten kann, gar keine Zeit zu haben, mich um einen Job zu bemühen. Tatsache ist: Ich kann den Gedanken nicht ertragen, mich als Reinigungskraft zu verdingen, um letztendlich fast nichts zu verdienen. (Ich weiß, wovon ich rede, weil ich nämlich bei diesem Reinigungsdienst angerufen habe.) Ich *könnte* natürlich auch in einem Privathaushalt arbeiten oder an der Tankstelle Nachtdienst schieben oder Burger braten bei McDonald's, kann mich aber von dem luxuriösen Wunsch (noch) nicht befreien, dass Arbeit Spaß machen sollte. Selbst wenn man wenig verdient. Oder gerade dann.

Mein schlechtes Gewissen bedrückt mich. Nicht, dass ein solcher 10-Stunden-Job uns sehr viel reicher machen würde. Aber ich könnte einen Beitrag leisten und Thomas wenigstens ein bisschen von der Verantwortung fürs Familieneinkommen abnehmen.

Wenn er in vier Wochen immer noch nichts gefunden hat … also, ich könnte auch Zeitungen austragen …

Das Schicksal meint es nicht gut mit uns, ich kann es nicht anders ausdrücken. Es scheint Ewigkeiten her, dass wir mit Babs und Peter im »Schlosskeller« unseren siebzehnten Hochzeitstag gefeiert haben und glücklich waren. Wo ist das Glück jetzt, noch nicht mal zwei Monate später? Thomas und ich leben wie zwei Fremde nebeneinander her. (Ganz im Vertrauen: Ich weiß noch, wie man S-e-x *schreibt,* aber das ist auch alles. Allerdings ist das im Moment meine geringste Sorge.)

Ich versuche ja, positiv zu denken, schließlich ist Thomas noch nicht so lange auf Arbeitssuche, und er hat Konkursausfallgeld bekommen und Arbeitslosengeld beantragt, alles könnte noch viel schlimmer sein.

So was in der Art sagen auch Freunde und Bekannte. »Es wird schon. Es gibt so viele Leute, die wesentlich schlimmer dran sind als ihr«, trösten sie. »Nur nicht hängen lassen. Das Wichtigste ist eine positive Einstellung!«

»Natürlich«, sage ich dann und wechsle das Thema, denn niemand hört sich gern nonstop die Probleme anderer Leute an: Die Angst geht um, Pech könnte ansteckend sein. Und dann reden wir über dies und das, die Kinder, Urlaubspläne. Ich bin mit dem Herzen nicht dabei, aber ich will niemanden vor den Kopf stoßen. Jammern hilft sowieso nichts, kein bisschen. Früher fühlte ich mich erleichtert, wenn ich Marianne wegen irgendeinem Kataströphchen die Ohren voll gejammert hatte; sie jammerte zurück, und alles war wieder in Butter. Ich wünschte, ich hätte noch mal dieselben Sorgen wie damals: ein paar Nächte nicht geschlafen, weil eins der Kinder krank war. Krach mit irgendeinem Familienmitglied wegen irgendeiner Lappalie. Marianne hatte viel mehr durchmachen müssen als ich, ich weiß noch, wie fertig sie war, als Stefan die Koffer packte …

… Apropos Marianne. Ich habe genau zwei Mal mit ihr telefoniert. Einmal rief sie an, einmal ich. Wir streiften kurz die Katastrophe, sie ermahnte mich, positiv zu denken, ich versprach's. Wir wechselten das Thema. Ach ja, und ich war ein paar Mal im Laden und stöberte in der Taschenbuch-Ecke herum, um mich ein bisschen aufzuheitern. Die Räume sind durch die Renovierung hell und freundlich geworden, und das Geschäft boomt, versicherte mir Marianne freudestrahlend. Sie denkt zur Zeit zusammen mit ihrem Steuerberater über eine Expansion nach.

Hm, hm. Wenn Marianne expandiert, braucht sie doch auch sicher mehr Personal? Ob sie mich wohl als Aushilfe einstellen würde? Ich kenne mich mit Büchern ganz gut aus, ich könnte mich bestimmt einarbeiten ... oh, es würde mir SPASS machen, hier zu arbeiten ...

Während ich noch überlegte, wie ich das Thema möglichst diplomatisch aufs Tapet bringen sollte, kam eine Kundin und fragte Marianne nach einem spannenden Krimi. Marianne wandte sich ihr zu, ratterte ein halbes Dutzend Titel herunter und machte sich an den Regalen zu schaffen. Die Gelegenheit war vorbei.

Vielleicht rufe ich Marianne demnächst noch mal an.

Vielleicht sagt sie dann, was ich so gern hören würde: »Klar denke ich zuallererst an dich, wenn ich jemand Neues einstelle, Judith! Wir sind doch Freundinnen.«

Ich fürchte, wir sind es nicht mehr.

6. Oktober – 9.00 Uhr

Ich habe eine unruhige Nacht hinter mir. Babs und ihre Liste spukten mir im Kopf rum. Jetzt sitze ich in der Küche, vor mir Notizblock und Kuli. Die Kinder sind in der Schule. Thomas liegt noch im Bett. Ich wollte ihn zum Frühstück wecken wie immer; seitdem er arbeitslos ist, läuft sein Alltag nach einem anderen Schema ab: Er steht mit uns auf, wir frühstücken, und nachdem er sich geduscht und angezogen hat, verschwindet er in Fredericks Zimmer an den Computer. Aber heute wollte er nicht aufstehen, er sagte, er fühle sich grippig. Also ließ ich ihn weiterschlafen. Schlafen ist die beste Medizin. Vielleicht hilft Schlaf auch gegen Depressionen? Muss Babs mal fragen.

Ich knabbere an meinem Kuli und starre auf das karierte Papier. Schreibe in Druckbuchstaben »Checkliste«. Darunter: Was ich kann/was ich nicht kann. Streiche das durch, schreibe: Meine Stärken/meine Schwächen. Gestrichen. Meine Fähigkeiten +/-. Ja, das ist gut, das ist fantastisch, dazu fällt mir unheimlich viel ein.

Öhm.

Ähm.

Knabber, knabber.

Also, ich koche mir jetzt erst mal einen Kaffee und rauche eine Zigarette dazu.

Eine Stunde, drei Zigaretten und circa 100 Papierbälle später ...

Meine Fähigkeiten:

+ (Plus)

KOCHEN (Französisch, italienisch, deutsch und international. Nach Rezept und aus der Lamäng.)

BACKEN

KINDERBETREUUNG

ALTENPFLEGE (Man wächst an seinen Aufgaben.)

GARTENARBEIT (1000 Narzissen blühen im Frühling in unserem Garten, das soll mir erst mal jemand nachmachen!)

ENGLISCH (Ich übe regelmäßig mit Lisa, und die hat eine Zwei auf dem Zeugnis!)

FRANZÖSISCH (Vielleicht könnte ich Speisekarten auf Französisch schreiben? Ich habe eine hübsche Handschrift.)

ORGANISATION (Mein Haushalt läuft wie am Schnürchen!)

MALERARBEITEN (Mache ich tiptop und wieselflink.)

Außerdem: bin unter vierzig, habe Abitur, glänzende, dichte Haare (habe mal irgendwo gelesen, dass glänzende Haare Vitalität und Gesundheit signalisieren. Sehr wichtig, um bei potenziellen Arbeitgebern einen guten Eindruck zu machen), eine gute Allgemeinbildung, lese viel, bin kontaktfreudig, pünktlich und zuverlässig, gepflegt, freundlich und höflich, allem Neuen gegenüber aufgeschlossen, im Prinzip optimistisch. Ich glaube an das Gute im Menschen.

IST DAS VIELLEICHT NICHTS????

O Gott. Ich bin ein langweiliges, spießiges, naives Hausmütterchen. Wieso fällt mir das erst jetzt auf?

- (Minus)

Bin ein langweiliges, spießiges, naives Hausmütterchen.

KEINE COMPUTERKENNTNISSE

KEINE BERUFSAUSBILDUNG

KEINERLEI BERUFSERFAHRUNG

KEINERLEI FÄHIGKEITEN, DIE SICH KOMMERZIELL IRGENDWIE VERWERTEN LIESSEN

K …

O wie deprimierend.

Gott sei Dank, es klingelt, hurrahurra, darf zur Tür laufen, muss mich nicht mehr runterziehen und fertig machen lassen von so einer blöden Liste, nicht mehr denken, dass ich im Leben alles falsch gemacht habe. Warum hab ich nicht weiterstudiert, als ich schwanger war, dann wär ich jetzt Lehrerin, Beamtin auf Lebenszeit, und müsste mir keine Sorgen machen. Warum war ich nur immer so scheißzufrieden als Hausfrau? Wie kann jemand, der einen Abiturschnitt von 2,5 vorweisen kann, ohne sich je in der Schule anstrengen zu müssen, nur so blöde sein? Was hatte Papa gesagt, als ich das Studium hinschmiss? »Du hast keinen Ehrgeiz, Judith. Du lässt dich treiben.«

Oh, wie war ich damals wütend und gekränkt. Wie konnte mein Vater nur so lieblos sein, mich so grundfalsch einschätzen? Kein Ehrgeiz? Ich? Ich brannte vor Ehrgeiz. Ich wollte ein gemütliches Nest für Thomas und mich, für unsere Kinder, ich wollte Liebe und Sonnenschein, Lachen und ein Blütenmeer im Garten und selbst gekochte Marmelade, ich wollte das, was Millionen anderer Frauen auch wollen im Leben, und wenn ich ehrlich bin, sehe ich bis heute nicht ein, was verdammt noch mal daran falsch sein sollte.

Usch stand vor der Tür. Sie hatte ihren Wintermantel an und einen dicken Schal um den Hals geschlungen. Ihre Nase war rot und geschwollen. »Komm mir nicht zu nahe«, sagte sie. »Ich habe Husten, Schnupfen, Kopfweh und Halsschmerzen. Hab mich krank gemeldet, das erste Mal seit gottweißwievielen Jahren. Du hast nicht zufällig Zitronen da und Honig?«

»Doch, hab ich. Das und noch viel mehr. Komm rein, und genieß Judith Horns Antigrippe-Programm!«

Usch schälte sich aus ihrem Mantel, den Schal behielt sie an. Erstaunt betrachtete sie das Papierball-Chaos auf Küchentisch und Fußboden. »Bist du unter die Schriftstellerinnen gegangen?«

»Schön wär's. Hera Lind hat ausgesorgt.«

Usch setzte sich und putzte sich geräuschvoll die Nase, während ich die Papierbälle auflas und entsorgte. »Thomas geht's auch nicht gut. Er schläft noch.«

»Alle Welt hat Grippe«, sagte Usch düster und nieste.

Glücklich, etwas Konstruktives zu tun zu haben, therapierte ich Usch. Als Erstes musste sie zwei Aspirin einnehmen und eine geballte Ladung Echinacin-Tropfen. Dann durfte sie mit Hexoral sprühen, gegen die Halsschmerzen, dann zwei in Mineralwasser aufgelöste Vitamin-C-Sprudeltabletten schlucken und Hustensaft nehmen. Zum Nachtisch gab's heiße Zitrone mit Honig und einem ordentlichen Schuss Rum.

»Lecker!«, seufzte Usch nach dem ersten Schluck. »Ich fühle mich schon viel besser.«

»Sag mal, Usch ... wenn dich irgendjemand fragen würde: Was kann Judith Horn besonders gut – was würdest du antworten?«

»Wer sollte mich so was fragen?«, meinte Usch verblüfft.

»Stell dir vor ... na, stell dir vor, der Chef eines großen Konzerns ruft bei dir an und zieht Erkundigungen über mich ein ...«

»Ich würde schweigen wie ein Grab, darauf kannst du dich verlassen!«

»Usch. Du sollst nicht schweigen, du sollst was Positives über mich sagen. Auch wenn's schwer fällt.«

»Es fällt mir aber nicht schwer, was denkst du denn! Du kannst vieles gut. Und ganz besonders gut kannst du kochen. Ich denke dabei zum Beispiel an die denkwürdige Lammkeule mit Morcheln, die du an Thomas' Geburtstag kredenzt hast.«

Mir wurde warm ums Herz. Es war ein schöner Geburtstag gewesen, und das Menü war mir wirklich gut gelungen. Es hatte Quiche Lorraine gegeben, eine Salatvariation mit Crevetten und dann das »Gigot d'agneau aux morilles«. Und zum Nachtisch »Charlotte aux Pêches« – eine Pfirsich-Charlotte-Kaltschale.

»Wird wirklich der Chef eines großen Konzerns bei mir anrufen, um sich nach dir zu erkundigen?«, fragte Usch beeindruckt.

»Am Tag, an dem Weihnachten und Ostern auf einen Tag fallen – warum nicht?«

Sie grinste. »Warum verkürzt du dir nicht die Wartezeit, indem du dein Talent vergoldest, hm?«

???

!!!

Ooooh, bin geschmeichelt. Usch meint, ich koche gut genug, um mich von Leuten, die's nicht so gut können oder keinen Spaß dran haben, dafür bezahlen zu lassen!!! Sie will mich sogar für Wolfgangs vierzigsten Geburtstag am 6. November als Köchin engagieren!

»Kommt nicht in Frage!«, sagte ich. »Ich helf dir gerne, wenn du möchtest, aber ich kann doch dafür kein Geld von dir nehmen!«

»Ich wollte mir vom ›Schlosskeller‹ ein kalt-warmes Büfett bringen lassen. Meinst du, die machen das umsonst? Wenn ja, vergiss den Auftrag, den ich dir soeben erteilt habe.«

Wow. Usch traut mir zu, ein kalt-warmes Büfett für vierzig Leute zu zaubern! Sie will mir einen fürstlichen

Stundenlohn zahlen! (Und natürlich die ganzen Lebensmittel und so, um die Getränke kümmert sich Wolfgang selbst.)

»Das ist zu viel«, sagte ich.

»Halt die Klappe!«, sagte Usch.

Ein schrecklicher Gedanke durchzuckte mich. »Tu ich dir etwa Leid? Weil Thomas arbeitslos ist?«

Usch verdrehte die Augen. »Ich möchte ein leckeres Büfett. Und das bekomme ich von dir wesentlich günstiger als vom Schlosskeller. Also – abgemacht?«

Sie streckte ihre Hand aus. Ich schlug ein.

Hurrahurra, mein erster Auftrag. Hab mit Usch ausgemacht, dass wir morgen in aller Ausführlichkeit über kulinarische Vorschläge diskutieren, die ich heute noch erarbeite. Das bedeutet intensives Schmökern in meinen Kochbüchern, freu mich schon drauf. »Bisschen was Besonderes, aber kein hochedler Kaviar-Schnickischnacki«, wünschte sich Usch. Darunter kann ich mir was vorstellen. Sie will keine zwei Braten mit Kartoffel- und Nudelsalat und fertig, sie möchte Kreativität, einen Hauch von Exotik, etwas Leichtes, Frisches, Pikantes, Modernes, das sich kostenmäßig im Rahmen hält ... jaaa, ich fühle mich inspiriert und würde am liebsten gleich loslegen.

Wieso bin ich nicht selbst auf die geniale Idee gekommen, dass im kulinarischen Bereich meine Zukunft liegt?

Vielleicht werde ich mir Visitenkärtchen drucken lassen und sie bei Usch auslegen, klappern gehört zum Handwerk. Vielleicht ergattere ich ja durch Wolfgangs Party den nächsten Auftrag? Und was ist von Werbung in der Zeitung zu halten, so teuer kann doch eine klitzekleine Anzeige nicht sein. Ich werde Babs von meiner Karriere erzählen, sie wird begeistert sein und mich loben und sagen: »Siehst du, man muss sich nur mal die Mühe machen, scharf nachzudenken und alles aufzuschreiben, was einem in den Sinn kommt, und schon ist man eine gemachte Frau. Das hättest du auch schon eher haben können!« Und überhaupt kennt Babs Tod und Teufel in gehobenen Kreisen und wird mich weiterempfehlen, und eh ich mich versehe, sind meine Kochkünste der letzte Schrei in Grafenberg, undundund ... ich habe eine göttliche Idee nach der anderen! Ich werde Quiches Lorraines backen und Kuchen, und Pasteten und Terrinen herstellen und Konfitüren und Pralinen, bald ist Weihnachten, und die Leute wollen bestimmt ihre Tiefkühltruhen mit meinen hervorragenden Produkten füllen und meine Pralinen und Konfitüren und Kräuteröle und Pesto und Tomatenconfit verschenken!!!!

Das muss ich alles sofort Thomas erzählen!!!!

Ich richtete ihm ein Frühstückstablett mit Kaffee, frisch gepresstem Orangensaft und Müsli mit frischen Früchten her und ging nach oben.

Die Tür stand einen Spalt offen.

»Room-Service!«, trällerte ich.

Thomas lächelte mich schläfrig an. »Ich wollte grade aufstehen ...«

»Bleib liegen«, sagte ich. »Wie geht's dir?«

»Na ja. Ziemlich schlapp.« Er setzte sich auf. Ich stellte das Tablett auf dem Bett ab und küsste ihn auf die Stirn. Er war ein bisschen blass, sah aber nicht so aus, als ob er Fieber hätte.

Ich setzte mich ans Fußende und wartete, bis er den ersten Schluck Kaffee getrunken hatte.

»Du ... ich hab tolle Neuigkeiten!«

Er grinste schief. »Hast du im Lotto gewonnen?«

»Nicht ganz! Aber beinahe! Wolfgang hat doch nächsten Monat Geburtstag, er wird vierzig. Und stell dir vor, Usch hat mich gebeten, ein kalt-warmes Büfett zu zaubern, ein Büfett für vierzig Leute!«

Thomas sah aus, als schüttle ihn ein Anfall von Zahnschmerzen. »Und darüber freust du dich? Hört sich nach einem Haufen Arbeit an. Du wirst tagelang in der Küche stehen.«

»Aber Thomas ... sie bezahlt mich dafür! Ich bin unter die Profis gegangen! Ich werde mir Visitenkarten drucken lassen. ›Judith Horn – Partyköchin‹. Oder lieber: ›freie Köchin‹? Oder: ›Judith Horn – kulinarische Serviceleistungen aller Art‹? Was meinst du?«

Peng! Bin von brokkoligrüner, nach Lorbeerblatt und Nelken duftender Wolke runtergefallen.

Thomas lässt meine göttliche Geschäftsidee schlicht und einfach kalt. Nicht nur das, ich sehe seinem Gesicht an, dass er mich nicht ernst nimmt. »Na, dann koch du mal, wenn's dir Spaß macht«, sagte er. Sein Ton ließ mich aufhorchen. So hatte er mit Lisa gesprochen, als sie klein war und im Garten Blättersuppe kochte und Matschkuchen backte.

Ich hörte auch einen versteckten Vorwurf heraus.

Nach dem Motto: ICH bin arbeitslos, ICH habe Probleme hoch zehn, und meine Frau belämmert mich damit, dass sie Matschkuchen und Blättersuppe fabrizieren will. Als ob es nichts Wichtigeres gäbe, worüber ich mir den Kopf zerbrechen muss …

… Telefon klingelt.

Wo ist das blöde Teil schon wieder? Definitiv irgendwo unten. Ich stürze die Treppe runter. Küche? Nein, es liegt im Wohnzimmer und bimmelt und bimmelt.

»Horn«, keuchte ich hinein.

»Marianne hier, grüß dich. Sag, ist Thomas da?«

Thomas? Wieso will sie Thomas sprechen?

»Ja, er ist da, er liegt im Bett, er fühlt sich nicht so gut. Vielleicht brütet er eine Grippe aus …«

»Gibst du ihn mir mal?« Es klang leicht ungeduldig.

Ich stapfte mitsamt Telefon wieder die Treppe rauf. Normalerweise hätte ich auf dem Weg nach oben mit Marianne geplaudert, aber ich wollte nicht, weil ich beleidigt war. Wenn sie mit Thomas sprechen wollte, gut und schön. Sie hätte aber erst mal mit mir ein paar Worte wechseln können, oder?

Ich drückte Thomas das Telefon in die Hand. »Marianne. Für dich.«

»Hmm. Mmmhm. Ja. Darüber hatten wir ja gesprochen«, sagte Thomas nach den Präliminarien. Ich hockte auf der Bettkante, am Fußende, und fragte mich, worüber Thomas wann mit Marianne gesprochen hatte.

Er lauschte eine ganze Weile aufmerksam und strahlte dabei übers ganze Gesicht. »Wunderbar!«, sagte er schließlich. »Sicher hab ich jetzt Zeit. In einer halben Stunde bin ich bei dir, dann können wir alles in Ruhe besprechen.«

Ich platze vor Neugier.

Thomas stellt das Tablett auf meine Bettseite und springt aus den Federn. Er drückt mich so fest, dass mir die Luft wegbleibt. »Oh, Judith! Es hat tatsächlich geklappt, ich hab's nicht zu hoffen gewagt! Marianne hat mit ihrem Steuerberater gesprochen und mit der Bank und ist sich mit den alten Wellers einig geworden. Ich hab einen Job!«

Bevor Thomas unter die Dusche hechtete (von sich schlapp fühlen war keine Rede mehr, ich war Zeuge einer Blitzheilung geworden), konnte ich wenigstens ein paar Informationen aus ihm herausquetschen. Ja, quetschen, denn er hatte es so eilig, dass er sich am liebsten gar nicht mit Erklärungen aufgehalten hätte.

Also: Thomas war die Tage bei Marianne im Laden gewesen, um eine Wanderkarte zu erstehen, damit er Abwechslung in seine täglichen Spaziergänge bringen konnte. Marianne lud ihn zum Kaffee ein in ihr Büro und erzählte, dass sie ein Auge auf den Schreibwarenladen der Wellers geworfen habe. Die beiden seien Mitte sechzig und wollten gern verkaufen. Sie müsse da natürlich noch Diverses klären, sie könne nichts fest versprechen – aber im Fall des Falles –, wenn Thomas interessiert sei, habe sie einen Job für ihn.

»Warum hast du mir denn gar nichts davon erzählt?«, fragte ich fassungslos.

»Ich wollte keine falschen Hoffnungen wecken. Bei

dem Pech, das ich in letzter Zeit hatte, war ich felsenfest davon überzeugt, dass aus der Sache nichts wird.«

Thomas wird also für Marianne Schreibwaren und Bürobedarf verkaufen. Der alte Herr Weller hat sich bereit erklärt, ihn einzuarbeiten. Dann wird Thomas erst mal allein den Laden schmeißen, denn Marianne ist in der Buchhandlung weitgehend unabkömmlich. Wenn das Geschäft gut läuft, will Marianne eine zusätzliche Kraft einstellen. Marianne, sagt Thomas, sei ziemlich optimistisch: »Wellers« geht schon jetzt ordentlich, die Lage in der Fußgängerzone, in der Nähe von Gymnasium und Realschule, ist ausgesprochen günstig.

»Aber jetzt muss ich mich sputen«, sagte Thomas und verschwand im Bad.

Mir schwirrt der Kopf.

Thomas im Schreibwarenhandel? Als Angestellter von Marianne? Bin einerseits unendlich glücklich, dass Thomas einen Job bekommt, und könnte Marianne die Füße küssen, dass sie ihm eine Chance gibt, denn er hat doch keine Ahnung vom Metier. Aber sie vertraut anscheinend darauf, dass er sich einarbeiten wird, und das wird er, er wird seine gesamte Energie in diesen Laden stecken, ich weiß es.

Bloß: Es kränkt mich so, dass keiner der beiden mich ins Vertrauen gezogen hat. Jajajaja, sie wollten keine falschen Hoffnungen wecken, verstehe ich ja auch irgendwie, aber ich bin doch kein kleines Kind, das man vor Enttäuschungen schützen muss. Hab genug Enttäuschungen hinter mir in der letzten Zeit und lebe immer noch.

Thomas kam an, als wir gerade mit dem Mittagessen fertig waren. Seine Augen glänzten, und er hatte eine kleine Sektfahne. Essen wollte er nichts, Marianne und er hatten im »Bistro« eine Kleinigkeit gegessen. »Heute Abend«, sagte er zu Lisa und Frederick, »lade ich euch ins ›Schnitzelhaus‹ ein. Oder zum Italiener, wir können losen, ich hab's nicht vergessen!«

»Oh, Papa!«, schrie Lisa. »Du hast einen Job!«

Sie fiel ihm um den Hals. Frederick grinste und klopfte seinem Vater auf die Schulter.

Ich bin zu glücklich, um weiterhin gekränkt zu sein. Das Blatt hat sich gewendet, es geht uns wieder gut!

Thomas fängt voraussichtlich Mitte November an. Er wird weniger verdienen als Betriebsleiter, das ist ein kleiner Haken. Aber wenn ich jetzt ganz groß rauskomme mit meinen kulinarischen Serviceleistungen aller Art, ist es nicht so schlimm.

Thomas hängte sich gleich ans Telefon, um allen, die ihm wichtig waren, die frohe Botschaft zu verkünden. Ich fuhr zu Oma. Kemal stand rauchend vor dem Laden. Ein Strahlen breitete sich über sein Gesicht, als ich aus dem Auto stieg. »Du willst zu Oma, stimmt's, Judi?«

Ich nickte. Natürlich wollte ich zu Oma, wie jeden Tag, das wusste er doch.

Er feixte. »Du fragst dich, was fragt Kemal denn so komisch?«

»Ähm …«

Kemals Grinsen wurde noch breiter. »Es ist so, Judi: Oma ist nicht da!«

»Sie ist nicht da? Aber wo ist sie denn?«

»Sie geht mit Fatima spazieren!«, dröhnte Kemal triumphierend und fing an zu lachen. »Da kommen sie, schau!« Tatsächlich bogen jetzt zwei Gestalten um die Ecke. Sie gingen langsam, und die eine stützte sich auf die andere. »Oma kam in den Laden«, erzählte Kemal. »Sie sagte: ›Nur damit ihr's wisst, ich geh jetzt spazieren.‹ Fatima ist mitgegangen, Oma ist noch wackelig, man kann sie nicht allein laufen lassen. Aber es ist Anfang, nicht?«

Ich strahlte mit Kemal um die Wette. »Ja! ja, es ist ein Anfang! O Kemal, ich bin so froh!«

Das Strahlen verging mir etwas, als Oma schließlich vor mir stand. Sie funkelte mich an und sagte: »Mit dir hab ich ein Hühnchen zu rupfen, Judith!«

Mir dröhnt der Kopf von Omas Standpauke, aber ich bin trotzdem bester Stimmung. Babs hat Oma gestern besucht und sie zu Tode beleidigt: Behauptete, Oma käme nicht mehr allein zurecht! Wollte ihr einen Rotkreuz-Piepser verpassen, falls sie in ihrer Wohnung fällt und nicht gleich jemand zur Stelle ist! Wollte, dass irgendwelche Leute von irgendeinem Hilfsdienst regelmäßig nach ihr sehen und putzen und ihr Essen auf Rädern bringen. »Judith ist überlastet«, sagte Babs. »Und du weißt, dass ich in der Praxis viel um die Ohren habe. Ich kann mich nicht so um dich kümmern, wie es notwendig wäre. Und Mama ist noch in Kur, sie kann nicht einspringen.«

Oma stellte klar, dass sie niemanden brauche, der sich um sie kümmert. Sie sei kein Kleinkind. Wenn Judith jeden Tag bei ihr aufkreuze und ein Tamtam veranstalte, sei das Judiths Problem. Es reiche völlig aus, wenn Judith, wie sonst immer, einmal die Woche käme, um zu putzen und einzukaufen.

»Es reicht eben nicht, Oma«, sagte Babs. »Du sorgst nicht gut für dich. Du isst nicht richtig, du gehst nicht mehr aus dem Haus …«

»Wer sagt das?«

»Judith.«

Und das war das Hühnchen, das Oma mit mir zu rupfen hatte.

Egal.

Oma war spazieren gegangen. Sie trank Caro Kaffee, sie hatte sich ein Honigbrot geschmiert.

Nur das zählte.

7. Oktober – 9.00 Uhr

Ich stehe in der Haustür und winke Thomas nach. Er wird heute Herrn und Frau Weller im Laden über die Schulter schauen, und er hat versprochen, Bratwürstchen und Salat aus der Stadt fürs Mittagessen mitzubringen, damit ich nicht einkaufen fahren muss und reichlich Zeit habe, mich in meine Kochbücher zu vertiefen.

Ach, das Leben ist schön! Gestern Abend speisten wir vorzüglich im »Schnitzelhaus«, und zu Hause gönnten wir uns noch ein Glas Rotwein, und Thomas und ich haben miteinander GEREDET, zum ersten Mal seit … ach, ich weiß gar nicht mehr.

»Meinst du, die Arbeit wird dir Spaß machen?«, fragte ich.

Er zuckte die Achseln und grinste. »Warum nicht? Von der Druckindustrie hab ich jedenfalls die Nase gestrichen voll.«

Irgendwie hatte ich das Gefühl, den Advocatus Diaboli spielen zu müssen.

»Wirklich? Auch wenn du als Betriebsleiter mehr verdienen würdest?«

»Aber nur theoretisch. Ich bin es leid, mich vorzustellen und nur Absagen zu ernten. Und außerdem … so können wir in Grafenberg bleiben.«

»Du hast mal von Montana gesprochen … davon,

dass du manchmal davon träumst, alles hinter dir zu lassen und irgendwo ganz neu anzufangen.«

Er lachte und fuhr mir mit der Hand durchs Haar. »Wer braucht Montana, wenn er in Grafenberg ganz neu anfangen kann!«

»Und es ist kein Problem für dich, für Marianne zu arbeiten? Ich meine, weil wir doch befreundet sind. Es ist ja manchmal so eine Sache, Beruf und Privatleben …«

»Nein, überhaupt nicht. Ich arbeite lieber für jemanden, den ich kenne und schätze, als für einen wildfremden Fuzzi, das kannst du mir glauben.«

»Ich meine nur … wenn du nicht voll dahinter stehst, wenn du lieber weitersuchen würdest nach einer Stelle als Betriebsleiter … ich hätte damit keine Probleme. Ich möchte nicht, dass du das Gefühl hast, dich mit weniger zufrieden geben zu müssen, nur damit wir in Grafenberg bleiben können.«

Er nahm mich in den Arm. »Aber ich stehe voll dahinter. Hast du Probleme damit, dass ich weniger verdienen werde als früher? Es ist nicht so viel weniger, wir werden nur ein bisschen sparsamer leben müssen, aber der Spatz in der Hand ist besser als die Taube auf dem Dach, oder?«

»Absolut«, sagte ich und dachte an die Arbeitslosenhilfe, wenn Thomas keinen Anspruch mehr auf Arbeitslosengeld haben würde, und die wäre bestimmt viel magerer als der Spatz. Hätte höchstens Zaunkönigformat. Ich hätte gern noch über Judith Horn, Mietköchin (diese interessante Berufsbezeichnung hat Frederick im Internet ausgekundschaftet), gesprochen, die auch ihr Scherflein zum Familienunterhalt beitragen würde, aber Thomas küsste mich. Und dann gingen wir schlafen. Na ja, wir schliefen nicht gleich …

… hach, es war schööööön!

Und so sieht das Büfett aus, das ich für Usch und Wolfgang komponiert habe:

Blumenkohl-Möhren-Salat
Gefüllte Tomaten
Italienische Antipasti
Blattsalate mit Kartoffelvinaigrette und Bacon/Jogurt-Kräuterdressing

Tomatensuppe mit Basilikumklößchen
Spinat-Gorgonzola-Quiche
Nudeln mit Tomaten-Pesto
Kleine Lachsfrikadellen mit Kräuterdip

Putenspießchen mit Erdnuss-Dip
Geflügelsalat mit Currycreme
Marinierte Entenspieße mit chinesischen Pfannkuchen
Kassler mit Orangen-Senf-Soße

Mousse au chocolat
Bayerisch Creme
Obstsalat aus frischen Früchten mit Mandelsoße
Geeiste Mascarpone-Torte mit Kiwis

Käseplatte

Usch war zutiefst beeindruckt. »Und das bringst du wirklich alles auf die Reihe? Wow.«

Wir saßen im Wohnzimmer. Usch steckte in einem grünen Jogginganzug und hatte sich einen Wollschal um den Hals gewickelt.

»Das sind alles Sachen, die ich schon mal ausprobiert hab, bis auf den Geflügelsalat, und das Rezept ist einfach. Ich habe auch noch Alternativvorschläge …«

Ich legte ihr mehrere sauber mit meiner alten Reiseschreibmaschine getippte Blätter vor. Frederick musste mich nächstens unbedingt mal in die Geheimnisse von Computer und Drucker einweihen.

Usch las aufmerksam. »Hört sich auch alles toll an«, meinte sie und leckte sich die Lippen.

Usch isst gern gut, was man ihr ungerechterweise nicht ansieht. Sie hat eine drahtige, knabenhafte Figur und sieht mit ihrem Streichholzschnitt viel jünger aus als siebenunddreißig.

»Willst du die Vorschläge mit Wolfgang durchsprechen?«, fragte ich und kam mir sehr professionell vor. Hier saß ich, Judith Horn, MIETKÖCHIN, und sprach meinen ersten großen Auftrag mit meiner Auftraggeberin durch!

Usch nieste und putzte sich die Nase. »Ach verdammt, dieser Schnupfen … mein Chef hat gesagt, vor Montag will er mich nicht sehen, ich soll mich auskurieren …«

»Ich lasse dir alles da. Sag mir Bescheid, für was ihr euch entschieden habt.«

Usch winkte ab. »Nein, nein. Wenn ich Wolfgang frage, hat er sich bis zum Abend vorher noch nicht entschieden. Wir machen jetzt Nägel mit Köpfen, nur du und ich.«

Könnte Usch knutschen. Sie akzeptiert meinen Lieblingsentwurf (siehe oben) ohne Wenn und Aber. Werde morgen eine Spinat-Gorgonzola-Quiche für sie machen und Lachsfrikadellchen mit Kräuterdip, dann braucht sie nicht zu kochen und kann schon mal testen.

Bin so gut gelaunt, dass ich laut »We are the champions« singe, während ich die Küche aufräume. Das Telefon klingelt, und wunderbarerweise liegt es auf dem Küchentisch, ich brauche also nicht danach zu suchen, toll!

Es war Lilo, die uns für Sonntag zum Kaffee einlud. Eine kleine Familienfeier sei angebracht, meinte sie, jetzt, da Thomas endlich eine neue Stelle gefunden habe. Und überhaupt, man habe sich ja seit Ewigkeiten nicht mehr gesehen …

Ich überhörte den Vorwurf, bedankte mich für die Einladung und sagte zu. Tatsache ist, dass wir uns zwar länger nicht gesehen haben mögen (genau genommen, seit Fredericks Geburtstag, bzw. Thomas' unglückseligem Besuch nach dem großen GAU), Lilo und/oder Fritz aber ständig am Telefon hingen und sich erkundigten, ob Thomas denn nun endlich einen Job gefunden habe. Nein? Absage? Schon wieder? Ja, wieso denn? Schuhe nicht geputzt, Krawatte zu schrill? Nicht überzeugend genug aufgetreten?

Tatsache ist auch, dass Thomas sich schließlich weigerte, ans Telefon zu gehen, wenn auf dem Display die Nummer seiner Eltern erschien. Wer das Interview über sich ergehen lassen musste, war ich.

Seufz.

Sie sind nun mal, wie sie sind. Aber sie meinen es gut.

»Übrigens – Jan kommt auch«, schnurrte Lilo jetzt in den Hörer. »Und stell dir vor, Judith, er bringt seine Freundin mit!«

Was?! Wie hat Lilo denn das fertig gebracht? Bin gespannt wie ein Flitzebogen. Aber das verrate ich Lilo nicht.

10. Oktober

Habe mir die Haare gewaschen und mir besonders viel Mühe mit dem Föhnen gegeben. Bin geschminkt, trage eine schwarze, schlank machende Stretchhose mit einem kamelhaarfarbenen, weich fallenden Shirt und einen passenden Seidenschal und große, baumelnde Ohrringe aus gehämmertem Kupfer.

»Wie findest du mich?«, frage ich Thomas, der gerade in seinen taubenblauen Lambswoolpulli schlüpft.

»Schick«, sagt er. Es klingt gedämpft, da sein Kopf im Pulliausschnitt steckt.

»Du hast gar nicht hingesehen.«

Er sieht mich an. »Doch. Hübsch siehst du aus.«

»Stört dich die Brille eigentlich?«

Er seufzt. »Zum ungefähr 327. Mal: Nein, kein bisschen. Sie ist sehr dezent und steht dir gut. Was ist denn bloß los mit dir? Wir gehen doch nur zu meinen Eltern zum Kaffee.«

»Ich mache mich immer zurecht, wenn wir irgendwohin gehen«, sage ich.

Mal mehr, mal weniger.

Dass ich gleich Jans Freundin kennen lerne, ist schon etwas Aufwand wert. Es muss etwas zu bedeuten haben, dass er sie seinen Eltern und uns vorstellt. Ob eine Hochzeit ins Haus steht? Jan verheiratet – vielleicht bald Vater? Eine merkwürdige Vorstellung. Er ist so ein unverheirateter Typ ... na ja, *ist* er ja auch, aber es gibt allein stehende Männer, die sehen verheiratet aus, obwohl sie's nicht sind. Jan ist nicht so, er hat etwas sehr Unabhängiges an sich ... ertappe mich bei dem Gedanken, wie er wohl im Bett ist, und merke, wie ich knallrot werde.

Frederick wollte nicht mit zu Omi und Opi, er war mit Sabina verabredet. Ich setzte zu einem Machtwort an, aber Thomas unterbrach mich. »Lass ihn doch. Ist schon okay. Ich würde mich auch lieber mit meiner Freundin treffen, als ...«

»Thomas!!«

Frederick grinste. Täusche ich mich, oder sieht er erwachsener aus, männlicher? Ich habe kein Problem mehr mit Sabina, na ja, fast keins. Ich bin wohl auch erwachsener geworden. Ist das gut oder schlecht?

Lisa kam mit ihrer Bürste und einem Haargummi an, sie wollte einen Bauernzopf geflochten haben.

»Meinst du, Jans Freundin sieht aus wie Claudia Schiffer?«, fragte sie, während ich ihre Mähne striegelte.

Sie sieht aus wie Audrey Hepburn. Die *junge* Audrey Hepburn.

KREISCH!!!!

Wir *kennen* Jans Freundin. Sie heißt Frau Mittendorff (zwei fs, zwei ts, bitte!) und ist Lisas Klassenlehrerin.

Ich war so schockiert, dass ich viel zu viel redete – übers Wetter, die Herbstferien, die morgen anfingen, die vielen Blumenzwiebeln, die ich noch zu pflanzen hatte – und viel zu viel von Lilos Marmor- und Butterkuchen futterte. Thomas war ungezwungen (so ungezwungen jedenfalls, wie er in Gegenwart seiner Eltern nur sein kann). Lisa äugte zwischen ihrem Onkel und Frau Mittendorff hin und her, als müsste sie sich vergewissern, dass sie keiner optischen Täuschung unterlag.

»So, so, Sie sind also die Klassenlehrerin von unserer Lisa«, dröhnte Fritz, als ich die Blumenzwiebeln – Papageientulpen und Hyazinthen – abgehandelt hatte.

Frau Mittendorff bejahte lächelnd. Die dunklen Haare fielen ihr weich ins Gesicht. Sie trug einen wollweißen Baumwollpulli zu einem beigefarbenen langen Rock. Neben Jan mit seinem kupfrigen Haaren und dem Jeanshemd, das seine Augen noch blauer wirken ließ, sah sie aus wie ... na ja, wie ein zartes Reh in Pastell, verdammt noch mal.

Und sie war so nett. Bat uns, sie »Regina« zu nennen.

»Aber in der Schule sag ich besser Frau Mittendorff. Sonst gucken die anderen komisch«, meinte Lisa. Was von Regina bestätigt wurde. Geduldig ließ sie sich von Lilo ausfragen: Nein, sie stamme nicht aus Grafenberg, sondern aus Hanau, sei also eine Zugezogene. Sie lebe aber sehr gern hier, könne sich gar nicht mehr vorstellen, woanders ihre Zelte aufzuschlagen ... Ich bemerkte den rehäugigen Blick, den sie Jan zuwarf. Jan nicht, er bewunderte gerade Lisas Bauernzopf.

»Und wo haben Sie unseren Jan kennen gelernt?«, erkundigte sich Lilo.

Das interessierte mich auch brennend.

Ihre Mutter, erzählte Regina, habe vor einigen Monaten einen schweren Schlaganfall erlitten und sei von Hanau ins Grafenberger Seniorenzentrum »Zur alten Mühle« umgesiedelt, damit sie nah bei ihrer Tochter sein konnte. Regina hatte Jan dort kennen gelernt. Näher gekommen seien sie sich im vierzehntägig stattfindenden Gesprächskreis für Angehörige.

»Mittendorff, Mittendorff«, überlegte Lilo laut. »Ich mache regelmäßig Besuche im Heim, aber eine Frau Mittendorff kenne ich nicht. Wo ist sie untergebracht?«

»Auf der Pflege I«, sagte Regina. »Meine Mutter heißt Gerber. Ich habe damals nach der Scheidung den Namen meines Mannes behalten.«

Wir erfuhren, dass Regina noch während des Studiums in Frankfurt geheiratet hatte, die Ehe aber nach einem Jahr in gegenseitigem Einverständnis geschieden wurde. »Wir stellten zum Glück sehr früh fest, dass wir uns in unterschiedliche Richtungen entwickelten«, sagte Regina und betrachtete ihre schmalen, langgliedrigen Hände.

Ich sah, dass Lilo drauf und dran war zu fragen, ob Jan und Regina Heiratspläne hegten …

»Wollen Sie meinen Onkel heiraten?«, erkundigte sich Lisa.

O wie peinlich. Meine Tochter – immer geradeheraus, mitten hinein ins Fettnäpfchen. Lilo und Fritz konnten ihr Glück kaum fassen, dass sie nicht selbst drinsaßen.

Bis auf Thomas, der munter weiter Kuchen aß, und

Lisa, die ihre Lehrerin in aller Unschuld anstrahlte, hielten alle am Tisch den Atem an. Es war so still, dass man eine Stecknadel hätte fallen hören können. Jan und Regina warfen sich einen Blick zu und fingen an zu lachen. »Am Montag fahren wir zusammen in Urlaub«, sagte Jan. Regina nickte. Eine zarte Röte breitete sich auf ihrem Gesicht aus; es stand ihr ausnehmend gut.

»Oh, toll«, sagte Lisa. »Wohin?«

»Sei nicht so neugierig, Lisa«, mahnte Thomas. Aber er grinste.

»Das ist schon in Ordnung«, meinte Regina. »Wir fliegen für zwei Wochen nach Rhodos, zum Wandern.«

»Jan war nicht sehr gesprächig«, sagte ich, als Lisa schlafen gegangen war und Thomas und ich uns den »Tatort« im Fernsehen ansahen.

»Mmmh.«

»Meinst du, er liebt sie? Meinst du, sie werden heiraten?«

»Keine Ahnung, wirklich nicht. Mein Bruder lässt sich nicht in die Karten gucken, das war immer schon so.«

»Sie sind ein schönes Paar. Sie ist wirklich hübsch. Und nett. Sehr freundlich und umgänglich. Und Lilo mag sie. Sie hat sich das Rezept für die Tofu-Dinkel-Quiche aufgeschrieben und sich Bücher über vegetarische Ernährung empfehlen lassen.«

(Siebzehn Jahre bin ich jetzt mit Thomas verheiratet, und NOCH NIE hat sich Lilo eins meiner Rezepte aufgeschrieben, noch nicht mal die Quiche Lorraine, die sie so liebt und die wirklich simpel zuzubereiten ist!)

»Und Fritz«, fuhr ich fort, als Thomas beharrlich schwieg, »hat sich auch sehr angeregt mit ihr unterhalten.«

Mein Schwiegervater hatte – beflügelt von ein paar Gläschen Kirschlikör – Anekdoten aus seiner Schulzeit zum Besten gegeben, und Regina hatte an den richtigen Stellen gelacht.

»O Judith. Warum zerbrichst *du* dir den Kopf, ob sie nun heiraten oder nicht, oder ob Regina Gnade vor den Augen meiner Eltern gefunden hat?«

»Tu ich ja nicht. Es interessiert mich bloß. Es sollte dich auch interessieren, schließlich ist Jan dein Bruder.«

Und Regina vielleicht bald deine Schwägerin, fügte ich im Stillen hinzu.

»Kommt Zeit, kommt Rat«, murmelte Thomas.

Seufz. Der Spruch hätte von meinem Vater stammen können.

11. Oktober – Nachmittags …

Nachdem sich der Nebel gegen Mittag gelichtet hatte, war es ein schöner, goldener Oktobertag geworden. Ich werkelte im Vorgarten: Unkraut jäten, und jetzt ist das Einsetzen von Papageientulpen- und Hyazinthenzwiebeln an der Reihe. Thomas ist seit heute Morgen in Wellers Schreibwarenhandlung verschollen. Frederick ist bei Sabina, Lisa mit ihrer Freundin im Wellenbad.

Als ich aufsehe und mir den Schweiß von der Stirn wische, fährt Babs' silbermetallicfarbener BMW Combi vor und parkt vor Wolfgangs Ford Mondeo.

Mama ist zurück!!!!!

Ich kann es kaum fassen, wie gut sie aussieht, schließlich liegt die Operation noch nicht lange zurück. Als wir zur Feier des Tages Sekt trinken, schiebt sie das Haar zurück und zeigt uns die haarfeinen, noch leicht geröteten Narben. Das neue Gesicht spannt noch ein wenig, sagt sie, und es wird noch ungefähr sechs Wochen dauern, bis alles perfekt ist. Aber der Chirurg ist jetzt schon hoch zufrieden mit dem Ergebnis, und Mama auch. Sie sieht aus wie Mitte vierzig, höchstens, bestätigen Babs und ich. Auf den ersten Blick, korrigiere ich im Stillen. Ganz haben sich die Jahre doch nicht überlisten lassen: Man sieht die Spuren, die sie an Hals und Händen hinterlassen haben, und auch der

Ausdruck der Augen verrät, dass jemand mit mehr Lebenserfahrung, als es das glatte Gesicht vermuten lässt, vor einem steht.

»Und Dr. Bender? Wie willst du nun vorgehen?«, fragte ich. »Kommt Zeit, kommt Rat«, sagte Mama. Ein wirklich wirksamer Spruch, um neugierige Leute abzuwimmeln. Den muss ich mir merken.

Ich hab das Gefühl, dass Mama Dr. Bender gar nicht mehr soo wichtig ist. Sie strahlt ein ganz neues Selbstbewusstsein aus. Wenn sie Wolf Bender nicht erobern wird, dann einen anderen Herrn in den besten Jahren, davon ist sie überzeugt. Und zwar nicht irgendeinen, mit dem es, aus welchen Gründen auch immer, schnell wieder auseinander geht, sondern den RICHTIGEN. Ich versuche, mich in sie hineinzuversetzen. Wenn ich aus irgendeinem Grund nicht mehr mit Thomas zusammen wäre, wäre es mir dann auch so wichtig, wieder einen Partner zu finden, oder würde ich alles auf mich zukommen lassen, nach dem Motto: Wenn das Glück an meine Tür klopft, fein. Wenn nicht, ist es auch nicht so schlimm, ich kann auch gut allein leben? Ich weiß es nicht.

Glaube im Gegensatz zu Mama jedenfalls nicht, dass der RICHTIGE nur an die Tür hämmert, wenn man sich hat liften lassen und Kleidergröße 36 trägt.

Ich würde gar nicht wollen, dass mich jemand nur deswegen liebt. (Obwohl gegen Kleidergröße 36 an sich natürlich wenig einzuwenden ist.)

Das sage ich jetzt, mit Thomas an meiner Seite.

Vielleicht hat Mama das auch mal gesagt, als Papa noch lebte.

Wir sprachen über Thomas' neuen Job. Mama war glücklich, dass bei uns wieder alles im Lot war, allerdings nicht ganz so glücklich, dass Thomas für Marianne arbeiten würde. »Eine Frau als Chefin – so was geht selten gut«, meinte sie. »Und noch was: Mit Freunden sollte man keine Geschäfte machen.«

Babs und ich sahen uns an und verdrehten die Augen. So jugendlich Mama aussieht, im Denken hinkt sie immer noch eine Generation hinterher.

»Ja, ja, ich weiß schon, was ihr denkt«, meinte Mama. »Aber Weisheiten, die altmodisch klingen, sind deshalb nicht weniger wahr, lasst es euch gesagt sein.«

Ich verkündete stolz meine beruflichen Pläne. Babs war sofort Feuer und Flamme: »Siehst du, man muss sich nur mal die Mühe machen, scharf nachzudenken und alles aufzuschreiben, was einem in den Sinn kommt, und schon ist man eine gemachte Frau. Das hättest du auch schon viel eher haben können!«

»Noch bin ich keine gemachte Frau. Aber Wolfgangs Party ist ein Anfang.«

»Du kannst unsere Weihnachtsfeier für die Helferinnen ausrichten«, sagte Babs sofort. »Wenn du kochst, kommt uns das billiger, als wenn wir ins Restaurant gehen.«

Mama dachte nach. Dann lächelte sie. Vorsichtig, wegen der Narben. »Ihr habt mich da auf eine Idee gebracht … eine Party. Eine Vorweihnachtsparty … ich habe schon ewig nicht mehr im größeren Rahmen eingeladen. Ehrlich gesagt, hab ich mich vor der vielen Arbeit gescheut. Aber wenn du kochst, Judith-Kind, und Getränke herumreichst und auch noch die Aufräumerei übernimmst … Und bei der Gelegenheit … Ich frage mich, ob Dr. Bender, der ja neu in unserer Stadt ist und noch keinen großen Bekanntenkreis hat, kommen würde …«

Auf so eine grandiose Idee wäre ich ja nie gekommen. Mama ist wirklich ziemlich raffiniert. Eine große, rauschende Party ist so *unschuldig,* nie wird Dr. Bender vermuten, dass sie eigens stattfindet, damit Mama ihre Netze nach ihm auswerfen kann. Werde mir die Seele aus dem Leib kochen. Wenn es stimmt, dass Liebe durch den Magen geht, hat Dr. Bender keine Chance …

Hach! Meine Karriere lässt sich blendend an. Ich könnte die ganze Welt umarmen.

16. Oktober

Thomas hatte vorgeschlagen, Marianne und Sabina zum Essen einzuladen. »Als kleines Dankeschön«, meinte er. »Marianne ist eine echte Freundin, das pure Gold. Wenn's einem schlecht geht, wenn man Hilfe braucht, dann scheidet sich die Spreu vom Weizen. Marianne war da, als wir sie gebraucht haben.«

Hmmm. Sie war für *Thomas* da. Nicht für mich. Aber ich will Mariannes Hilfe nicht schmälern. Thomas hat einen Job, nur darauf kommt es an. Vom 1. bis zum 14. November bleibt »Wellers« wegen Renovierungsarbeiten geschlossen, am 15. findet die Wiedereröffnung unter neuer Leitung statt. Thomas renoviert selbst, er wird anstreichen, den fleckigen, braunen Teppichboden rausreißen und Laminatboden verlegen. Er hat eine Menge Arbeit vor sich, aber Marianne wird ihm einen anständigen Stundenlohn bezahlen. Das ist doch was!

Sie kamen wie verabredet um sieben. Marianne trug ein weinrotes, eng anliegendes Kleid aus Panné-Samt. Sie sah sehr hübsch aus, und war mir, da ich sie mit innerer Distanz betrachtete, fremd. Kaum zu glauben, dass diese charmante, selbstsichere Person, die mir eine Flasche Prosecco überreichte und gewandt Small Talk machte, mir mal so nahe gewesen war. Sabina hatte sich von Kopf bis Fuß in knallenges, glänzendes

Azurblau geschmissen, an ihrem frei liegenden Bauchnabel blinkte der Konservendosenring.

Ich hatte mir große Mühe mit der Tischdekoration in Grün, Rot und Weiß gegeben und servierte ein italienisches Menü, weil Marianne Italienfan ist und jeden Sommer dort Urlaub macht.

Es gab:

Crostini di fegatini
(Röstbrot mit Geflügelleber)

Acquacotta
(Spinatsuppe mit Ei)

Maccheroni al sugo di zucchini
(Makkaroni mit Zucchini)

Agnello con carciofi
(Lamm mit Artischocken)

Panna cotta

Lecker, was?

Obwohl alle herzhaft zulangten (sogar Sabina aß sich durch sämtliche Gänge, allerdings waren die Portionen mikroskopisch klein), war der Abend … – na ja. Ehrlich gesagt: Alle haben sich amüsiert, nur ich nicht, und das ist natürlich meine Schuld. Alle, das waren Frederick und Sabina, die verliebt rumalberten und sich gegenseitig mit Häppchen fütterten, und Marianne und Thomas, die über den Laden redeten und über Italien und Gott und die Welt. Lisa war nicht da, sie übernachtete bei einer Freundin. Und ich? Ich servierte das Essen und schenkte fleißig Wein nach, und Marianne und Thomas versuchten, mich ins Gespräch zu ziehen, doch, das taten sie wirklich. Nur, ich hatte nicht viel beizutragen, ich fühlte mich unbehaglich in meiner eigenen Küche, und schuld daran war Marianne, die mal meine beste Freundin gewesen war und mit der ich über alles hatte reden können.

Warum fühlte ich mich unbehaglich? Weil ich mir überflüssig vorkam, ich war mir einfach ganz sicher, dass weder Thomas noch Marianne mich vermisst hätten, wenn ich nicht da gewesen wäre, von Frederick und Sabina ganz zu schweigen.

Frederick und Sabina verschwanden direkt nach dem Essen nach oben. Marianne verabschiedete sich gegen zwölf. Sie gab Thomas und mir ein Küsschen auf die Wange und bedankte sich für den schönen Abend. Alles ganz normal, so wie vor Jahren, als gegenseitige Einladungen noch an der Tagesordnung gewesen waren.

Thomas und ich räumten die Küche auf. »Was war eigentlich los mit dir heute Abend?«, fragte er.

»Mit mir? Gar nichts. Ich war wie immer.«

»Du warst ziemlich still. Und ziemlich kühl zu Marianne.«

»Ich? Kühl? Was redest du denn da? Ich hab euch zugehört, das war alles.«

Er gab mir einen Kuss. »Wir haben zu viel übers Geschäft geredet, stimmt's?«

»Nein, ist schon in Ordnung.«

»Marianne findet es übrigens toll, dass du jetzt unter die Profiköchinnen gegangen bist.«

»Ach ja? Woher weiß sie das denn? Wir haben doch gar nicht darüber gesprochen.«

»Ich hab's ihr erzählt. Sie meinte, du könntest vielleicht ihre Weihnachtsfeier bekochen.«

So. Aha. Und das erzählt sie Thomas, nicht mir. Den ganzen Abend hat sie kein Wort über meine knospende Karriere als Mietköchin verloren. Na gut, das hatte sich eben so ergeben, andere Themen waren angesagt gewesen. Und trotzdem …

Eifersüchtig? Ich?

Ach Quatsch.

Thomas und Marianne kennen sich jetzt siebzehn Jahre. Sie verstehen sich einfach gut, das ist alles. Thomas würde mich nie betrügen, das weiß ich. Wir vertrauen einander absolut. Und Marianne hat an jedem Finger zehn Kerle, warum sollte sie sich ausgerechnet an meinem Thomas vergreifen, und gerade jetzt, da er für sie arbeiten wird?

Na also.

Sehen wir den Tatsachen ins Auge: Eine Freundschaft, die mir mal viel bedeutet hat, ist in die Brüche gegangen. Aber das heißt noch lange nicht, dass Thomas und Marianne nicht befreundet sein dürfen.

Thomas hat wahrscheinlich noch nicht mal *gemerkt,* was los ist, Männer haben keine Antenne für so was.

»Habt ihr irgendwie Knatsch, du und Marianne?«, fragte Thomas aus heiterem Himmel.

Ähm.

Thomas hat also *doch* eine Antenne für so was … Ich beschloss, ehrlich zu sein. »Es ist nicht mehr wie früher zwischen uns. Wir haben uns nicht mehr viel zu sagen.«

Er nickte. »So was in der Art hat Marianne auch gesagt. Schade. Aber das ist so im Leben. Manche Freundschaften halten, andere nicht.«

Auch das hörte sich nach Marianne an, war aber trotzdem nicht weniger wahr.

2. November

Hektik, Hektik, Hektik. Mein erster Auftrag, wie soll ich das bloß alles schaffen? Usch hat nicht genug Geschirr für vierzig Leute, macht aber nichts, ich leihe ihr unseres dazu, und auch Gläser und Besteck. Von Mama pumpe ich eine Warmhalteplatte für den Kasslerbraten und noch mehr Gläser und Platten und ein großes weißes Tafeltuch. Muss zu Oma fahren und ihren alten Einkochtopf entführen für die Tomatensuppe mit Basilikumklößchen, ich weiß, dass er irgendwo in ihrem Keller rumsteht, denn Oma schmeißt nie was weg. Und eine Wärmeplatte hat sie glaub ich auch, bin aber nicht sicher. Zur Not muss ich Babs anhauen.

Habe schon zwei Mascarponetorten mit Kiwi gebacken und eingefroren. Das wäre schon mal erledigt.

Ein schwacher Trost, wenn ich an den Rest denke. O Gott. Was hab ich mir da nur aufgehalst? Diese *Mengen.* Peinlich, peinlich, wenn's zu wenig wäre. Besser, man hat zu viel. Andererseits, wenn's *viel zu viel* ist, wird sich Usch beschweren über meine Verschwendung. Na ja, es hätte auch was für sich, sie bräuchte in der nächsten Woche nicht zu kochen …

Ich wünschte, ich hätte eine Ausbildung zur Köchin gemacht. Da lernt man, welche Mengen für wie viele Personen richtig sind. Und überhaupt, man verfällt nicht in Panik, man hat ja Routine.

Seufz.

Ich schaffe das schon. Usch und Wolfgang glauben ganz fest an mich, und die Kinder und Mama und Babs und überhaupt alle. Habe Einkaufslisten geschrieben, mir einen Plan gemacht, was ich wann zubereite. Nichts kann schief gehen. Ich muss nur gaaanz ruhig bleiben ...

Ach, und ich habe mir Visitenkärtchen drucken lassen. Judith Horn, Mietköchin, KOCHT und BÄCKT für Sie. Darunter Telefonnummer, Fax (hab in ein Fax investiert, das muss man im Geschäftsleben heutzutage, sagt Thomas) und E-Mail-Adresse. Jawohl! Frederick hat mir eine E-Mail Adresse eingerichtet, ist das nicht eine tolle Sache? Bin total begeistert von E-Mail und Computer überhaupt. Kann jetzt mit Word tippen, Fredde hat's mir beigebracht, und ich kann ausdrucken. Ein paar Mal muss ich was falsch gemacht haben, da war der Text plötzlich weg, und überhaupt ist noch kein Meister vom Himmel gefallen. Aber ich arbeite dran.

Wo war ich stehen geblieben?

Ach ja. Fahre jetzt zu Oma.

Oma wurstelt so dahin. Es steht nicht so schlimm mit ihr wie nach Schatzis Tod, aber sie ist auch weit entfernt von der rüstigen Person, die sie vorher war. Man merkt ihr an, dass jeder Handgriff, jeder Spaziergang durchs Viertel sie Anstrengung kostet.

Mama war erschrocken, als sie ihre Mutter das erste Mal besucht hatte. »Sie hat ja richtig abgebaut«, sagte sie später am Telefon zu mir. »Sie ist so *alt* geworden!«

»Es war schon schlimmer. Du hast sie lange nicht gesehen.«

»Sie hat gesagt, ich sähe gut erholt aus.«

»Tust du ja auch.«

Mama seufzte. »Im Grunde kann man es nicht verantworten, dass sie allein lebt.«

»Sie will aber allein leben. Was willst du denn machen, gegen ihren Willen mit ihr zusammenziehen?«

»Ich, mit ihr zusammenziehen? Um Gottes willen! Das gäbe Mord und Totschlag.«

»Na also«, meinte ich.

Ich fand den Einkochtopf wie erwartet im Keller, und Oma kramte auch noch eine Wärmeplatte aus dem Küchenschrank hervor. Ich erzählte von Wolfgangs Party und von meiner neuen Karriere.

Oma wurde munter. »Das Kochen hast du von mir gelernt. Weißt du noch?«

Stimmt. Als Kind verbrachte ich fast jeden Sonntag bei Oma und Opa. Mama karrte mich morgens hin und holte mich nachmittags wieder ab. Babs kam nur selten mit, die aufwändige Kocherei fürs Sonntagsessen langweilte sie. Mich nicht. Oma brachte mir bei, wie man gute Hausmannskost zubereitete: Markklößchensuppe, Serviettenknödel und Braten. Noch heute mache ich Bayerisch Creme nach ihrem Rezept. Mama hat nie gern gekocht, sie hatte fünf Standardgerichte, die sie abwechselnd auf den Tisch brachte. Sonntags gab's meist Hühnchen aus dem Römertopf, was war ich froh, das zu verpassen!

»Soll ich dir mein Rezept für Kartoffelsalat geben?«,

fragte Oma eifrig. Es war immer schon mein Lieblingsrezept gewesen, und ich schrieb begeistert mit, während sie umständlich, von Hustenanfällen unterbrochen, diktierte. »Der Husten hört sich nicht gut an, Oma. Ich sag Babs Bescheid, dass sie vorbeikommt und dich abhorcht.«

Sie schüttelte den Kopf. »Ach was. Ich reibe mich nachher mit Wick Vaporub ein. Es gibt nichts Besseres als Wick Vaporub.«

Nachdem ich geputzt hatte, gingen wir einkaufen. Oma stützte sich schwer auf mich. Es war ein milder Tag für Anfang November, eine blasse Sonne lugte durch die Wolken. Während Oma hustend auf ihrem Stuhl in Kemals Laden saß und eine auf einem Tellerchen kredenzte, säuberlich in Spalten geteilte Clementine aß, huschte ich schnell in die Apotheke gegenüber und besorgte Hustensaft und Aspirin. Und ich würde auch Babs Bescheid sagen, da konnte Oma sich auf den Kopf stellen.

3. November

Babs rief von Omas Wohnung aus an.

»Sie hat eine schwere Bronchitis und erhöhte Temperatur.«

»Ach, Gott«, sagte ich.

»Sie will nicht mit zu uns oder zu Mama, und ins Krankenhaus schon gar nicht, und vom mobilen Hilfsdienst mag sie auch nichts wissen ...«

»Ja, und jetzt?«

»Sie ist bereit, ein paar Tage zu euch zu kommen.«

»Okay. Bring sie her.«

4. November

Oma hat nur ein bisschen Fieber, 38,2, aber sie ist sehr müde. Gestern hat sie fast den ganzen Tag geschlafen. Der Husten lässt schon nach. Babs hat ihn mit schweren Geschützen bombardiert UND mit Wick Vaporub, damit Oma beruhigt ist. Erstaunlicherweise ist sie eine pflegeleichte Patientin. Sie ist heute munterer als gestern, sitzt auf einen Kissenberg gestützt im Bett und hört Radio. Ich schaue öfter herein, bringe Suppe, Butterbrot, Tee, heiße Zitrone, frisch gepressten Orangensaft.

»Morgen kannst du mich heimfahren«, meint sie.

Weil sie mich wirklich nicht im Geringsten stört, sage ich: »Bleib ruhig noch ein paar Tage, bis du wieder ganz fit bist.«

Der heftige Widerstand, den ich erwartet habe, bleibt aus.

»Ich stehe jetzt aber auf und ziehe mich an …«

»Morgen«, sage ich. »Und nur, wenn du fieberfrei bist.«

Kein Widerspruch.

Oma ist friedlich wie ein Lämmchen.

Sie beschwert sich noch nicht mal, dass im Gästezimmer ein Kommen und Gehen ist. Mama und Babs schauen vorbei, Frederick und Thomas, und als ich mich am Nachmittag verabschiede, um letzte Einkäufe zu tätigen, sitzt Lisa an Omas Bett und liest ihr die Tageszeitung vor.

»Lies langsamer, Lisa«, mahnt Oma. »Und lauter.«

6. November

Großkampftag! Habe gestern Erdnussdip gemacht und Kräuterdip und die kalte Orangen-Senf-Soße und die Mandelsoße zum Obstsalat, sowie die beiden Salatsoßen und das Tomaten-Pesto für die Nudeln.

Gott sei Dank haben wir einen Balkon, und die Außentemperatur liegt bei perfekten sieben Grad plus; im Kühlschrank bekäme ich die Früchte meiner Arbeit niemals unter.

Jetzt ist es noch nicht mal neun Uhr, und ich habe schon drei Spinat-Gorgonzola-Quiches gebacken, die ebenfalls auf dem Balkon untergebracht sind. Thomas ist schon seit acht in Wellers Schreibwarenhandlung, er will heute Toilette und Büro streichen. »Arme Judith!«, sagte er mit einem Blick auf das Chaos in der Küche. »Wie kann man es sich nur freiwillig antun, ein Büfett für vierzig Leute auf die Beine zu stellen?«

Thomas kann noch nicht mal ein Ei kochen, kein Wunder. Bis zu unserer Hochzeit wurde er von Lilo bekocht, danach von mir. Hab ihn verwöhnt, und es hat mir Spaß gemacht!

»Willst du dir nicht doch von Usch helfen lassen? Sie hat's dir mindestens zwanzig Mal angeboten.«

»Kommt nicht in Frage! Sie BEZAHLT mich, sie ist meine Auftraggeberin. Wenn sie sich vom ›Schlosskeller‹ ein Büfett liefern lassen würde, käme sie auch nicht auf die Idee, sich bei denen in die Küche zu stellen. Sie hat absolutes Hausverbot bei uns!!!«

Die Putenspießchen braten im Ofen. Ich lauere auf Kemal, der mir Obst und Gemüse und Fladenbrot liefern will.

»Wo bleibt er denn bloß?«, fragt Lisa, die darauf brennt, den Obstsalat in Angriff zu nehmen.

Dingdong, die Türklingel. Ich wusste doch, dass ich mich auf Kemal verlassen kann!

Kemal und seine Nichte Kismet schleppen Kisten mit Brot, Blumenkohl, Möhren, Salat, Tomaten, Zucchini, Pilzen, weißen Zwiebeln, rotem und gelbem Paprika, Auberginen, Schafskäse, Petersilie, Melonen, Ananas, Kiwis, kernlosen Trauben, Bananen und … und … und. Meine Küche sieht fast aus wie ein Wochenmarkt.

»Eine schöne Küche, Judi!«, sagt Kemal und strahlt mich an.

»Setzt euch doch. Ich koche Tee.«

So viel Zeit muss sein. Kemal hat mir einen Sonderpreis gemacht und darauf bestanden, alles ins Haus zu liefern.

»Was macht ER denn hier?«, fragt eine Stimme von der Tür her. Es ist Oma, fix und fertig angezogen, mit ihrem Frühstückstablett in den Händen.

»Oma!«, ruft Kemal erfreut und nimmt ihr das Tablett ab. »Dir geht's wieder gut, das ist schön. Und jetzt machst du Urlaub bei Judi, ja?«

Oma hustet. »So kann man's nennen.« Sie nimmt die Kisten auf dem Boden ins Visier. »Oder auch nicht.«

Als Kemal und Kismet weg waren, legten wir los: Lisa, Oma und ich. Ich hatte Oma ins Wohnzimmer vor den Fernseher verfrachten wollen, damit sie sich ausruhen konnte. Sie starrte mich an, als hätte ich den Verstand verloren. Langsam wurde sie wohl doch wieder wie früher. »Wovon soll ich mich ausruhen, Judith? Ich habe TAGE im Bett verbracht.«

»Du warst krank«, wandte ich ein. »Du hustest immer noch ein bisschen.«

»Man kann Husten haben und trotzdem in der Lage sein, ein Küchenmesser zu benutzen.«

Also schnippelten Lisa und Oma Obst und Gemüse nach meinen Vorgaben; ich übernahm die Weiterverarbeitung. Irgendwann kam Frederick an, schmierte sich ein paar Nutella-Toasts, goss sich Milch ein und setzte sich zu Oma und Lisa an den Tisch.

»Du kannst gleich den Blumenkohl in Röschen teilen«, sagte Oma zu ihm.

»Nur, wenn du Lust hast«, fügte ich hinzu.

Frederick seufzte. »Okay.«

Oma arbeitete langsam, weil ihre Hände ein bisschen zitterten, aber auch nicht viel langsamer als Lisa und Frederick. Es machte mich glücklich, dass sie unbedingt helfen wollte. Ihre Wangen hatten Farbe bekommen, sie war ganz in ihre Aufgabe vertieft. Schade, dass kein Kartoffelsalat nach Omas Rezept auf dem Menüplan stand. Ich sah mich wieder als Kind an ihrem Küchentisch sitzen und Kartoffeln pellen, während sie erklärte, was alles in einen anständigen Kartoffelsalat gehörte: knusprig gebratener magerer Speck, Instantbrühe, Essig, gutes Sonnenblumenöl, ein Schuss Maggiwürze, Zwiebeln und Gürkchen, viel Pfeffer, frischer gehackter Dill und natürlich Petersilie.

Frederick war ungewöhnlich redselig, es musste daran liegen, dass seine Hände beschäftigt waren. Er erzählte, dass Sabina demnächst in eine eigene Wohnung zog.

»Sie zieht in eine eigene Wohnung? Ja, du lieber Himmel, sie ist doch erst siebzehn und geht noch zur Schule!«, platzte ich heraus.

Frederick erklärte, dass das Mietshaus, in dem Marianne wohnte, ihren Eltern gehört. Und da sei nun eine kleine Zweizimmerwohnung frei geworden. Sabina dürfe mietfrei dort wohnen, die Großeltern seien sehr großzügig und würden sogar die Nebenkosten bezahlen.

»Ja, und wovon lebt sie? Viel isst sie ja nicht, aber immerhin …«

»Marianne zahlt ihr was für Essen und Klamotten. Wenn Sabina damit nicht klarkommt, geht sie jobben, hat sie gesagt.«

»Haben Sabina und Marianne, hm, Probleme miteinander?«

Frederick grinste. »Nö. Sie haben bloß keinen Bock mehr, so eng aufeinander zu hocken.«

Hm, hm. Irgendwie verständlich, wenn man, wie Marianne, an jedem Finger zehn Kerle hat. Mit einer siebzehnjährigen Tochter fühlt man sich beobachtet. Fast tut mir Sabina Leid. Der Vater verschollen in Hamburg, die eigene Mutter wirft sie aus dem Nest. Es fehlt ihr an Geborgenheit. Man muss dem Kind einiges nachsehen.

»Ihr würdet mir nicht zufällig auch eine eigene Bude bezahlen?«, erkundigte sich Frederick hoffnungsvoll.

Ich war entsetzt. »Ja, gefällt es dir nicht bei uns?«

»Doch. Klar.« Das klang ziemlich lustlos. »Aber ...« Seine Augen leuchteten auf. »Eine eigene Wohnung ist einfach GEIL! Man kann Netzwerk-Sessions machen ohne Ende, und kein Mensch beschwert sich über Krach, und ...«

»Vergiss es. Mach du erst mal die Schule fertig und verdien dein eigenes Geld.«

»Ich hab gewusst, dass du so einen Spruch loslassen würdest. Na ja. Dass Sabina eine Wohnung hat, ist fast genauso gut.«

Heißt das, dass ich meinen Sohn in Zukunft ÜBERHAUPT NICHT mehr zu Gesicht bekomme?!

Oma, die bisher nicht zu erkennen gegeben hatte, dass sie der Unterhaltung gefolgt war, legte das Messer hin. »Zu meiner Zeit«, sagte sie, »ist man erst von zu Hause ausgezogen, wenn man geheiratet hat.«

»Ich hätte nix dagegen, Sabina zu heiraten«, meinte Frederick.

Oma hustete. »Wie alt bist gleich noch mal, Junge?«

»Beinahe achtzehn.«

»Gerade mal siebzehn«, korrigierte ich.

»Und diese Sabina ist deine Freundin?«

Frederick nickte. Oma griff nach einer Zucchini. »Dann lass dir mal kein Kind anhängen«, sagte sie.

Ich fasse es nicht. Was ist mit Oma los? Ist irgendwas mit der Luft in unserem Haus nicht in Ordnung, oder hat ihr jemand heimlich was in den Caro Kaffee geschüttet?!

»Mach den Mund zu, Judith. Auch zu meiner Zeit gab's schon mal ab und zu ein Malheur.«

Frederick lachte sich halb kaputt.

Mittag …

Thomas brachte Hackbraten und Brötchen aus der Stadt mit und verschwand gleich nach dem Essen wieder. »Um fünf bin ich spätestens zurück«, versprach er. »Dann helfe ich dir, alles rüberzutragen.«

Lisa fuhr mit ihm. Sie wollte eine Freundin abholen und mit ihr durch die Stadt bummeln, es war verkaufsoffener Samstag.

Oma zog sich zu einem Schläfchen ins Gästezimmer zurück. Frederick verschwand zu Sabina.

Stunden später …

Der Obstsalat ist fertig, die Antipasti, der Blumenkohl-Möhren-Salat, die mit Schafskäse, Kräutern und Oliven gefüllten, im Ofen überbackenen Tomaten und die marinierten Entenspieße mit chinesischen Pfannkuchen sind appetitlich arrangiert. Jetzt noch die Blattsalate putzen, den Geflügelsalat in Angriff nehmen, Mousse au chocolat, Bayerisch Creme, die Lachsfrikadellchen, die Tomatensuppe. Die Kasslerbraten sind halb gar, ich schmore sie in Uschs Ofen fertig. Sie werden warm serviert, genau wie die Suppe und die Nudeln mit Tomatenpesto. Die Penne koche ich auch drüben bei Usch.

Mitten im Durcheinander klopfte es plötzlich ans Küchenfenster. Es war Jan.

Ich steckte bis zu den Ellbogen im Teig für die Lachsfrikadellen. Oh, und natürlich standen mir die Haare in allen Himmelsrichtungen vom Kopf ab, mein Gesicht war rot und glänzte, und meine Schürze war voller Flecken, weil ich mir ständig die Finger dran abwischte.

Den Blick in den Spiegel auf dem Weg zur Haustür hätte ich mir sparen können.

O Himmel. Ich freue mich immer, wenn Jan vorbeikommt, ehrlich, aber heute …

… freu ich mich auch! Denn Jan kochte Kaffee. Und

er putzte den Radicchio, den Eichblattsalat, den Lollo Rosso.

»Du musst das nicht tun, wirklich nicht!«

Er lachte mir über die Schulter zu, während er an der Spüle hantierte. »Ich mach's aber gern!«

Ich stand am Herd. Die Lachsfrikadellchen brutzelten in zwei Pfannen. Trotzdem musste ich sie in mehreren Etappen braten, es waren hundert Stück. Jan schnappte sich eins von der Platte. »Mhhmm.«

»Finger weg!«

Aber er hatte eine Belohnung verdient. Als ich mit den Frikadellchen fertig war und Jan den geputzten und gewaschenen und anschließend trockengeschleuderten Salat auf vier riesige Schüsseln verteilt hatte, servierte ich ihm eine Kostprobe vom Obstsalat mit Mandelsoße. Er aß mit Andacht. Ich setzte mich zu ihm und rauchte eine Zigarette.

»Wie war der Urlaub?« Seit dem Kaffeetrinken bei Lilo und Fritz hatten wir uns nicht mehr gesehen.

Er kramte eine Hand voll Muscheln aus der Tasche seiner Jacke, die über einem Stuhl hing, und legte sie auf den Tisch.

»Oh, vielen Dank. Da kriegt man Lust, gleich selber loszufliegen.«

Ich nahm eine Muschel in die Hand. Von außen war sie zartbraun-weiß gemustert, innen rosa perlmutt.

»Es war also schön, ja?«

Er zuckte die Achseln. »Wie man's nimmt. Regina und ich haben uns getrennt.«

???

»In aller Freundschaft«, fügte er hastig hinzu, als er mein entgeistertes Gesicht sah.

»Aber … aber ihr habt euch doch so gut verstanden! Ich meine, jedenfalls hatte ich den Eindruck, du weißt schon, bei deinen Eltern …«

»Oh, wir verstehen uns immer noch gut.«

»Aber?«

»Regina will heiraten und möglichst bald ein Kind. Ich nicht. Ich bin noch nicht so weit, vielleicht werde ich's nie sein. Und da sind wir übereingekommen, dass es besser ist, einen Schlussstrich zu ziehen.«

Ich konnte mich nicht beherrschen. »Hast du sie geliebt?«

Er lächelte und fuhr mir mit der Hand durchs Haar. Die Geste erinnerte mich an Thomas. »Ich habe sie sehr, sehr gern. Und daran hat sich nichts geändert.«

Bald darauf ging er. Für Thomas hinterließ er liebe Grüße. Für Lisa eine Kette aus blauen Glasperlen, von Rhodos. Und für Frederick ein schwarzes, geflochtenes Lederband fürs Handgelenk, auch von Rhodos.

Ich sammelte die Muscheln vom Tisch, füllte Salz in ein Glasschälchen und legte die Muscheln darauf. Das Schälchen stellte ich auf die Fensterbank.

18.00 Uhr

Alles fix und fertig.

Besonders ich.

Thomas kam um halb fünf und half mir zusammen mit Lisa und Frederick, alles rüber zu Usch und Wolfgang zu tragen. Oma war aus dem Gästezimmer aufgetaucht und wollte auch helfen. »Lass nur, Oma«, sagte Thomas. »Wir schaffen das schon.«

Ich sah Omas enttäuschtes Gesicht. »Wenn alles fertig ist, kommst du mit rüber und schaust dir alles an, ja?«

»Wenn die da drüben nichts dagegen haben ...«

Sie hatten absolut nichts dagegen. Sie waren entzückt, wie gut alles aussah. In Wolfgangs Mund verschwand eine gefüllte Tomate.

»Finger weg!«, sagte Usch.

»Ich hab Geburtstag. Ich darf das.«

Oma wanderte am Büfett entlang. Es gab noch Platz für die Nudeln, die Suppe und die Kasslerbraten. »Wenn du was gesagt hättest, Judith, hätte ich noch einen Kartoffelsalat gemacht. Der wird immer gern gegessen.«

»Ich liiiebe Kartoffelsalat!«, verkündete das Geburtstagskind und griff nach einer Lachsfrikadelle.

»Beim nächsten Mal«, sagte Usch und lachte.

Thomas fotografierte das Büfett aus allen nur erdenklichen Blickwinkeln.

Partytime, yeaaahhh!

Hab ich eben erzählt, dass ich fix und fertig bin?

Ha!

Hab zwei Gläser Sekt intus.

Fühle mich FANTASTISCH!!!!!

Die Gäste stürzten sich wie die Heuschrecken auf mein Büfett. Usch und Wolfgang, die Süßen, rührten eifrig die Werbetrommel für mich.

»Ich habe keinen Finger gerührt«, beteuerte Usch. »Judith hat alles gemacht. Sie ist Mietköchin, wisst ihr. Habt ihr schon ein Kärtchen?«

Die Stapel mit Visitenkarten, an strategisch günstigen Stellen ausgelegt, verschwanden zusehends.

JUDITH HORN

MIETKÖCHIN

KOCHT UND BÄCKT FÜR SIE

Die vierzig Gäste verteilten sich auf Küche, Wintergarten und Wohnzimmer. Der Alkohol floss in Strömen. Gina und Frederick kellnerten, wie ausgemacht, und leerten Aschenbecher. Ich umschwirrte das Büfett, sorgte für Nachschub vom Balkon im ersten Stock, arrangierte halb kahl gefutterte Platten neu, räumte Teller ab, ließ die Spülmaschine laufen. Einmal folgte mir Usch in die Küche.

»Entspann dich, um Himmels willen. Du hast deinen Teil der Arbeit erledigt, jetzt bist du Gast.«

»Jaja. Lass mich nur noch frische Teller hinstellen. Erfahrungsgemäß kriegen die Leute gegen elf noch mal Appetit auf ein paar Häppchen …«

»Na gut. Aber dann amüsierst du dich.«

Amüsiere mich. Und wie! Zirkuliere von Grüppchen zu Grüppchen, bade in Lobeshymnen über das leckere Essen.

Habe selbst kaum was runtergekriegt, so ist das, wenn man den ganzen Tag gekocht hat. Vielleicht werde ich über meiner neuen Karriere noch ganz schlank?

So eine Stehparty ist jedenfalls toll, viel lockerer, als wenn man den ganzen Abend auf einem Fleck hockt. Man kommt mit viel mehr Leuten ins Gespräch.

Aber: Die Füße tun weh.

Tun seeehr weh.

Wieso ist die Couchgarnitur eigentlich immer besetzt?

Auf einmal ist es drei Uhr.

Plötzlich ist es leer geworden. Nur der harte Kern – die Gastgeber, Thomas und ich und zwei ziemlich angeschickerte Pärchen, die eben nach einem Taxi telefoniert haben, hängen auf Sesseln und Sofas rum.

Meine Füße bringen mich um. Muss ins Bett.

ALLE Visitenkarten, die ich ausgelegt habe, sind verschwunden.

Hoffentlich ruft morgen niemand schon in aller Herrgottsfrühe an, um meine Dienste als Mietköchin in Anspruch zu nehmen!

Vor elf bin ich bestimmt nicht ansprechbar.

4. Dezember

NIEMAND hat angerufen, um meine Dienste in Anspruch zu nehmen. Habe neben Telefon und Fax gelauert, zwanzig Mal am Tag meine E-Mail abgefragt. Nix.

SEUFZ.

Aaaber: Übermorgen findet die Weihnachtsfeier des Praxisteams von Dr. Barbara und Dr. Peter Herbst statt. Ich werde in Babs' Küche ein französisches Menü kochen und servieren und mich überhaupt um ALLES kümmern. Wenn Peter und Babs und die drei Helferinnen gegen sechs aus der Praxis kommen, werde ich sie mit einem Apéritif und einem Amuse-gueule empfangen, bevor sie sich an den weihnachtlich dekorierten Tisch setzen.

Babs ist meine zweite Kundin, und bei Gott, hat das gedauert, bis ein Menü Gnade vor ihren Augen fand. Sie wollte was ganz Leichtes, praktisch kalorienfreies.

»Das kannst du nicht bringen!«, sagte Peter entsetzt. »Die Mädchen werden dich für geizig halten!«

Babs zog die Augenbrauen hoch. »Geizig? Wenn ich gegrillte Crevetten serviere, gedämpften Lachs und ein Jogurtdessert?«

»Steffi isst keinen Fisch«, maulte Peter. »Und JOGURT, ich bitte dich. Unser Kühlschrank ist voll mit Jogurt.«

»Das Dessert ist was Besonderes, du Banause, mit Zimt und Backpflaumen in Armagnac«, warf ich ein.

»Zimt? Armagnac? Willst du mich vergiften? Das hätte ich nicht von dir gedacht.«

Die Diskussion wurde lebhaft: gegrilltes Dies und Das mit Grünzeug (Babs) versus üppig und lecker mit Soße (Peter). Ich hielt mich raus, schließlich war ich nur das ausführende Organ.

Endlich meinte Babs: »So kommen wir nicht weiter. Wie kommst du jetzt auf Gans mit Rotkohl und Serviettenknödeln? Das ist nicht aufgeführt.«

»Du hast gesagt, das Menü soll französisch sein«, sagte ich. »Aber kein Problem, ich kann auch ...«

Babs winkte ab. »Bloß nicht. Alles, bloß keine Gans. Allein von diesem tranigen Geruch wird mir schlecht.«

»Ich darf also aussuchen, was ich will, vorausgesetzt, es handelt sich um einen von Judiths Menüvorschlägen?« Peters Blick, halb treuherziger Dackel, halb Gérard Depardieu, war geradezu unwiderstehlich.

»In Gottes Namen«, seufzte Babs.

»Ihr könnt natürlich auch untereinander kombinieren ...«, warf ich ein.

»Judith, bitte! Du bringst noch mehr Verwirrung in die Sache.«

»Ach wo«, meinte Peter vergnügt. »Ich nehme Menü 5, ganz schlicht und einfach.«

Menü 5 sah folgendermaßen aus:

Salade de champignons
(Champignonsalat)

Flamiche
(Porreetorte)

Coq au vin

Crème renversée au caramel
(Karamellcreme)

»Circa eine Million Kalorien pro Person«, meinte Babs einigermaßen sachlich.

Peter grinste breit. »Als werdender Vater darf man für zwei essen!«

»Was?«, schrie ich. »Ihr seid schwanger? Wieso erfahre ich das jetzt erst?«

Babs legte den Arm um meine Schultern.

»Ich bin erst in der fünften Woche. Und eigentlich …« Sie warf ihrem Mann einen strafenden Blick zu, aber ich sah, dass das nicht ganz ernst gemeint war, »soll es überhaupt noch niemand wissen.«

Ich werde Tante! Und Mama wird zum dritten Mal Oma, und Oma wird Uroma, und Lisa und Frederick werden sich wahnsinnig über eine Cousine oder einen Cousin freuen! Ach, ich bin so aufgeregt, als würde das Baby jeden Moment zur Welt kommen.

Ich fiel Babs um den Hals. »Siehst du, es hat geklappt! Ganz ohne Behandlung! Ach, ich freu mich ja so für euch.«

Babs legte eine Hand auf ihren flachen Bauch. Sehr zart war diese Berührung. Wieso war mir nicht gleich aufgefallen, wie viel weicher und gelöster ihr Gesicht aussah? Babs war glücklich.

»Aber tratsch es nicht rum, Judith, hörst du? Weihnachten sagen wir es der Familie, keinen Tag früher. Dann sind wir alle zusammen und haben einen wunderbaren Gesprächsstoff.«

»ICH kann den Mund halten«, sagte ich beleidigt. »Aber meinst du wirklich, Peter hält bis dahin durch?«

»Grün ist die Hoffnung«, meinte Babs und gab ihrem Peter einen Kuss.

Oma blieb eine Woche bei uns, dann wollte sie heim.

»Ich bin euch lange genug zur Last gefallen.«

»Du bist uns nicht zur Last gefallen, wirklich nicht. Du warst ein sehr angenehmer Gast.«

Oma schüttelte den Kopf. »Fisch und Besuch stinken nach drei Tagen.« Sie fing an, ihr Köfferchen zu packen.

Ich setzte mich aufs Bett und sah ihr zu.

»Ich hab nachgedacht, Judith, während ich bei euch war. Ich bin eine alte Frau, die allein in einer viel zu großen Wohnung lebt. Ich schaffe das alles nicht mehr so wie früher. Ein Heim ist für mich die beste Lösung.«

»Ein Heim? Du willst in ein *Altenheim* ziehen?« Ich war so verdattert, dass meine Stimme überkippte.

Sie hörte auf zu packen und setzte sich neben mich. »Im Heim ist für einen gesorgt. Und man hat Gesellschaft.«

»Aber du könntest zu Hause auch mehr Gesellschaft haben. Du bist diejenige, die immer sagt, sie kommt allein zurecht. Du hältst deine Familie auf Abstand. Und als Babs den mobilen Hilfsdienst vorschlug, warst du beleidigt.«

»Das ist doch alles nichts Halbes und nichts Ganzes. Wenn man schon alt und nutzlos ist, dann richtig.«

»Wer sagt, dass du alt und nutzlos bist, Oma?«

»Ich. Und ich habe Recht.«

Ich öffnete den Mund, um zu protestieren, aber sie unterbrach mich: »Der Bruder von Thomas arbeitet doch in einem Heim.«

»Jan. Ja, er ist Altenpfleger im Seniorenzentrum ›Zur alten Mühle‹. Aber, Oma …«

»Meinst du, er würde mich mal herumführen und mir alles zeigen?«

»Das würde er bestimmt, und sicher könntest du auch mit dem Heimleiter sprechen, aber, Oma …«

»Würdest du mitkommen, Judith?«

Der Ausdruck in ihren Augen brach mir fast das Herz. Sie sah so traurig aus. »Ja natürlich, würde ich das, aber …«

»Kein Aber, Judith. Rufst du ihn an? Noch vor Weihnachten?« Oma war auf Kollisionskurs mit einer Betonwand. Was konnte sie noch aufhalten? Sie war ein sparsamer Mensch, immer gewesen.

»Aber ein Heim ist schrecklich teuer, Oma!«, sagte ich in meiner Verzweiflung.

»Ich bin nicht reich«, sagte Oma hochmütig. »Aber auch nicht arm. Dein Großvater war Beamter, ich habe eine gute Rente und ein bisschen Vermögen. Fürs Heim wird es schon reichen.«

Ich fuhr Oma nach Hause. Sie bestand darauf, mir fünf Hunderter in die Hand zu drücken. »Für Kost, Logis und Pflege. Und ich will keine Widerworte hören.«

»Kommt nicht in Frage, Oma! So viel Geld kann ich nicht annehmen. Wofür hältst du mich? Ich hab mich gern um dich gekümmert.«

»Dann betrachte es als vorzeitiges Weihnachtsgeschenk.«

Ich verschränkte die Arme vor der Brust. »Nein.«

Wir funkelten uns an.

»Wenn du's nicht nimmst, kränkst du mich. Willst du das, Judith?«

»Natürlich will ich dich nicht kränken. Aber …«

»Dieses Wort will ich heute nicht mehr hören. Kauf den Kindern und deinem Mann was Schönes zu Weihnachten.«

Ich seufzte. »Also gut, Oma. Vielen Dank. Das ist sehr großzügig von dir.«

»Papperlapapp«, sagte Oma liebenswürdig.

Kaum war ich wieder in meinen eigenen vier Wänden, stürzte ich ans Telefon.

Mama konnte meine Aufregung nicht verstehen. »Also, ich finde Omas Entscheidung sehr vernünftig. Im Heim wird für sie gesorgt. Wir müssen keine Angst mehr um sie haben. Wo liegt das Problem, Judith?«

»Sie hat die falschen Motive! Sie will ins Heim, weil sie glaubt, dass sie alt und nutzlos ist. Sie hat resigniert!«

»Hat man mit achtzig Jahren nicht das RECHT zu resignieren? Wenn sie im Heim leben möchte, warum denn nicht?«

»Erinnerst du dich, als Oma im Krankenhaus lag und Babs wagte, den mobilen Hilfsdienst aufs Tapet zu bringen? ›Es kommt nicht in Frage, Babs, dass du Oma ins Heim steckst.‹ So was in der Art hast du gesagt. Und jetzt höre ich völlig andere Töne!«

»Das war doch eine völlig andere Situation. Nie im Leben würde ich zulassen, dass Oma gegen ihren Willen in ein Heim kommt. Aber wenn sie gern dort leben will, darf ich ihr doch keine Steine in den Weg legen.«

Was sie sagte, klang vernünftig. Und trotzdem.

Ich rief Babs an. Sie blies ins selbe Horn. »Es ist Omas Entscheidung.«

Ich rief Jan an. »Natürlich führe ich euch gern herum, Judith. Kein Thema. Aber im Moment ist meines Wissens kein Zimmer frei. Deine Großmutter könnte sich aber auf die Warteliste setzen lassen, wenn ihr unser Seniorenzentrum zusagt.«

Aaah, nichts frei. Oma konnte also nichts überstürzen, indem sie etwas tat, was sie später vielleicht bereuen würde. Denn was war, wenn die Wohnung gekündigt, die Möbel verkauft waren, und sie hielt es nicht aus im Heim und sehnte sich verzweifelt zurück ins vertraute Josefsviertel?

»Es gibt natürlich noch andere Heime«, sagte Jan.

»Lilo sagt immer, die ›Alte Mühle‹ ist das schönste und beste weit und breit«, sagte ich.

Jan lachte, wurde aber gleich wieder ernst. »Wir geben uns Mühe. Was nicht leicht ist, wenn jeder Handgriff durch die Pflegeversicherung reglementiert ist und viel zu wenig Zeit bleibt für menschliche Zuwendung. Es gibt aber noch ein, zwei andere Heime, die aus meiner Sicht gesehen empfehlenswert sind. Schaut sie euch doch einfach mal an.«

Wir vereinbarten für die nächste Woche einen Besuchstermin für Oma.

Das Seniorenzentrum »Zur alten Mühle« liegt am Stadtrand inmitten einer gepflegten Grünanlage. Die Gebäude sind zweistöckig, modern, in einem lichten Gelb verputzt. Das Foyer erinnert an ein Hotel in der Toskana: zimtfarbener Linoleumboden, der aussieht wie Holz, zartgelbe Wände, überall Grünpflanzen in Terrakottatöpfen. Alles ist hell und freundlich. Auch die Zimmer sind im toskanischen Stil möbliert, geblümte Vorhänge in zimt, gelb und blau hängen an den Fenstern. Das Personal ist jung, sehr herzlich und engagiert.

Aber: Es sind keine fröhlichen Touristen, die gleich zu einem Stadtbummel aufbrechen, die die herbstlich dekorierten Aufenthaltsräume bevölkern. Es sind alte, gebrechliche Menschen. Viele sind auf den Rollstuhl angewiesen. Einige unternehmungslustige Gestalten wandern mit Hilfe von Gehgeräten über die Flure. Jan hat für jeden ein freundliches Wort, die Blicke der Bewohner folgen ihm, wenn er mit uns weitergeht. Er hat heute dienstfrei, ist extra wegen Oma hergekommen. Eine hoch gewachsene, magere Frau mit leeren Augen und starrem Gesicht hat sich an unsere Fersen geheftet. Sie ist gut zu Fuß, und so wie sie aussieht, kann sie kaum über fünfzig sein. Sie hält ihre Arme steif auf Brusthöhe abgewinkelt, die Hände zeigen wie flehend nach oben.

»Frau Enders hat Alzheimer«, erklärte Jan. »Es stört euch doch nicht, wenn sie ein bisschen mit uns herumgeht?«

Oma schüttelte den Kopf. Sie war viel zu beschäftigt, alles in sich aufzunehmen, als dass Frau Enders sie gestört hätte.

»Wie alt ist Frau Enders?«, fragte ich Jan.

»Achtundvierzig.«

Achtundvierzig. Nur zehn Jahre älter als ich. Ich hatte einen dicken Kloß im Hals.

Jan zeigte uns die »Mühlenschänke«, wo man bei Kaffee und Kuchen oder einem Glas Wein zusammensitzen konnte. Den Raum, in dem gespielt und gebastelt wurde. Einige alte Damen spielten *Mensch, ärgere dich nicht!* mit extra großen Spielfiguren, andere Canasta.

Der Heimleiter, ein sympathischer, dunkelhaariger Mann Ende dreißig, empfing uns in seinem Büro und bot uns Kaffee an.

»Wo muss ich unterschreiben, um mich anzumelden?«, fragte Oma.

Herr Wirtz lachte. »Das ist aber schön, dass es Ihnen bei uns so gut gefällt, Frau Köhler. Aber leider haben wir zur Zeit kein Zimmer frei. Sie können sich aber gerne auf die Warteliste setzen lassen.«

Ich schluckte. Für alle, die hier lebten, war das Heim die Endstation. Niemand zog freiwillig aus. Zimmer wurden nur frei, wenn … na ja.

»Ich stehe auf Platz einundzwanzig auf dieser Liste«, sagte Oma düster auf der Heimfahrt. »Wahrscheinlich ziehe ich hier im Sarg ein.«

»Es ist wirklich ein schönes Heim«, sagte ich. »Es macht einen sehr guten Eindruck. Kein Wunder, dass es ausgebucht ist.«

»Ist dir aufgefallen, dass da bloß alte Weiber rumhocken? Die Männer sind alle rechtzeitig gestorben.«

»Oma!!!«

»Stimmt doch. Na, was will man machen. Man kann es sich nicht aussuchen, wie alt man wird.«

Oma äußerte nicht den Wunsch, sich noch andere Heime anzusehen. Während sie jetzt ungeduldig darauf wartet, dass es im Seniorenzentrum ein Massensterben gibt – »Salmonellenvergiftung, Judith, so was kommt vor, da können gut und gerne zwanzig alte Leutchen wegsterben« – damit sie zu ihrem Zimmer kommt, ist alles beim Alten. Nein, nicht ganz. Der Entschluss, ins Heim zu ziehen, hat bei Oma einen Energieschub ausgelöst. Sie isst mit Appetit und füllt ihre Kleider wieder aus.

Mama sieht aus wie's blühende Leben und ist wahnsinnig gut drauf. Ihre Adventsparty soll am fünfzehnten stattfinden. Mama hat schon zwanzig Einladungen losgejagt, unter anderem eine an Herrn Dr. Wolf Bender. Das ist jetzt zwei Tage her. »Er hat noch nicht geantwortet, Judith! Meinst du, er findet meine Einladung peinlich?«

»Aber Mama. Warum sollte jemand eine Einladung zu einer Party peinlich finden?«

»Vielleicht ahnt er was …«

»Gib dem armen Mann einfach ein bisschen Zeit.«

»Aber Helga hat schon zugesagt.«

»Helga ist deine beste Freundin. Ihr telefoniert Tag und Nacht miteinander.«

Ich werde ein leckeres Büfett für Mama zaubern, freue mich schon drauf. Das heißt, wenn wir uns in diesem Leben noch einig werden, was serviert werden soll. Mama brütet über meinen Listen, endlose Diskussionen sind die Folge. Aber da muss man durch als Profi. Ist der Termin erst nahe gerückt, wird sie in Panik ausbrechen und sagen: »Weißt du was, Judith? Ich überlasse alles dir. Überrasch mich einfach.«

Also hab ich für Dezember immerhin zwei Aufträge. Und am Samstag ziehe ich mit allerlei selbst gemachten Delikatessen auf den Weihnachtsmarkt. Hoffe auf gute Geschäfte! Ein Geschäft, auf das ich spekuliert habe, ist mir ja leider durch die Lappen gegangen: Marianne chartert mich nicht für ihre Weihnachtsfeier. Sie lädt ihre Angestellten ins »Schnitzelhaus« ein.

»Sie meint, ein Restaurant hat mehr Stil als ihre kleine Wohnung«, sagte Thomas entschuldigend.

»Schade«, seufzte ich.

Wir lagen im Bett. Ich blätterte in einem italienischen Kochbuch, Thomas studierte eine Broschüre über Montblanc-Füllfederhalter. Neu im Sortiment von »Wellers« (bzw. »Krüger – Alles für Büro und Schule«, so heißt der Laden jetzt), sind edle, teure Schreibgeräte, die auf Wunsch graviert werden. Sie liegen im Schaufenster aus, ich bin entsetzt über die Preise.

»Wer kauft denn so was?«, fragte ich Thomas.

»Du glaubst ja nicht, wer alles edle Stifte sammelt! Das perfekte Weihnachtsgeschenk für den Mann, der alles hat, besonders Geld«, gab er zufrieden zurück.

Das Weihnachtsgeschäft ist gut angelaufen. Ein Riesenhit sind witzige Weihnachtskarten, nostalgisch aufgemachte Poesiealben und Tagebücher; diese kleinen Viecher, die man an den Schulrucksack hängen kann (Thomas hat von einem anderen Hersteller eine Kollektion geordert, die es sonst nirgendwo in Grafenberg zu kaufen gibt. Lisa hat schon eine Kuh und ein Krokodil von ihrem Taschengeld erworben), außerdem extravagante Accessoires rund um den Schreibtisch und schönes, dabei preiswertes Briefpapier.

Ich bin begeistert, wie schön der Laden nach der Renovierung geworden ist. Was ein paar Eimer weiße Farbe, ein neuer Fußboden, eine hübsche Schaufensterdekoration und ein Sortiment mit mehr Pfiff doch ausmachen. Und mein Thomas natürlich, der immer freundlich und gut gelaunt seine Kunden bedient und sich richtig in die Arbeit kniet. Bin wahnsinnig stolz auf ihn.

Ich kreuzte ein Rezept für Minestrone an (Vielleicht etwas für Mamas Party?) und klappte das Buch zu.

»Du, Thomas ...«

»Mmmmh?« Er sah nicht von seiner Broschüre auf.

»Hättest du was dagegen, wenn wir Oma über die Feiertage zu uns einladen?«

»Sie ist doch eingeladen. Sie kommt doch immer zum großen Putenessen am 1. Weihnachtstag. Und Heiligabend feiert sie mit deiner Mutter bei Babs und Peter.«

»Ich wollte sie fragen, ob sie alle Feiertage bei uns

verbringen will. Als unser Hausgast. Natürlich nur, wenn's dich nicht stört.«

»Wenn's dich nicht stört, stört's mich auch nicht. Ich hatte ja so meine Bedenken, als du sie hierhergeholt hast, als sie krank war. Aber ich muss sagen, sie hängt einem absolut nicht auf der Pelle rum. Meinst du denn, sie will kommen? Sie ist ja eine sehr, hm, wie soll ich sagen, eigenwillige und unabhängige alte Dame.«

»Mehr als Nein sagen kann sie nicht.«

»In Ordnung.« Er las weiter.

Es hat seine Gründe, weshalb ich Oma einladen will. Weil sie, als ich gestern zum Putzen kam, sagte: »Weißt du, Judith, wenn ich wieder mal Husten habe, komme ich gern zu euch. Es war schön bei euch.«

Hätte vor lauter Rührung beinahe losgeheult.

Oma fand es schön bei uns.

Und sie hat *gesagt,* dass es ihr bei uns gefallen hat. Es muss sie ungeheure Überwindung gekostet haben.

Ich finde es so traurig, dass sie glaubt, nur bei uns willkommen zu sein, wenn sie krank ist.

7. Dezember

Muss mich in aller Bescheidenheit selbst loben. Die Weihnachtsfeier bei Babs und Peter war gelungen. Als das Praxisteam müde und abgekämpft eintrudelte, brannte das Feuer im Kamin, und die Mietköchin kredenzte einen Kir Royal. Patricia Kaas sang im Hintergrund, und verführerische Düfte zogen durch die Wohnung. Der Tisch war mit Tannengrün, Tannenzapfen, roten Kerzen und kleinen Nikoläusen aus Schokolade dekoriert. Die Köchin servierte, räumte ab und freute sich, dass es allen schmeckte. »Ach, so gut müsste man es jeden Tag haben«, sagte Babs, als die Gäste gegangen waren und ich aufräumte. »Ich kann dich uneingeschränkt weiterempfehlen, Schwester mein.«

»Tu das. Darf ich Visitenkarten bei euch im Wartezimmer auslegen?«

»Sicher. Die Hebamme hat auch eine Broschüre bei uns deponiert. ›Entbinden Sie daheim‹, aber das kommt für uns nicht in Frage.« Babs tätschelte ihren nicht vorhandenen Bauch. Sie sah rosig und strahlend aus, ihre Haare glänzten. »Ach, und Judith: Gib eine Anzeige in der Zeitung auf. In der Rubrik ›Von Privat an Privat‹. Das ist nicht so teuer.«

9. Dezember

Vor Kälte schlotternd stehe ich hinter unserem Tapeziertisch auf dem Weihnachtsmarkt und friere mir den Hintern ab, obwohl ich mich eingemummelt habe wie eine russische Babuschka. Bin aber guter Dinge, denn nach einem schleppenden Anfang floriert das Geschäft. Fünf Gläser Orangen-und-Zitronengelee und sämtliche Weihnachtsplätzchen habe ich schon verkauft. Auch die beiden Quiches Lorraines, die Schinkenpastete und die Geflügelleberterrine fanden dankbare Abnehmer.

Gegen Mittag schlenderte Marianne über den Markt. Sie sah sehr schick aus in einer gefütterten Lammfelljacke und erstand Pesto, Tomatenconfit und Pralinen.

Ich hielt ihr die Platte mit Kostproben hin. »Probier auch die Trüffel«, sagte ich.

Sie tat's und kaufte noch eine Tüte Trüffel mit weißer Schokolade.

»Sieht alles wirklich fantastisch aus«, sagte sie und ließ sich noch in Olivenöl und Kräutern der Provence eingelegten Ziegenkäse einpacken.

»Wie geht's so?«, fragte ich. »Hat Sabina sich gut in der eigenen Wohnung eingelebt?«

Sie schien ein bisschen erstaunt, dass ich das Thema anschnitt. »Ja, läuft wunderbar. Sie ist sehr stolz auf ihre Selbstständigkeit. Ich kriege sie kaum noch zu Gesicht.«

Sie lachte.

Ich bin richtig dankbar, dass Frederick nicht so viel Zeit in Sabinas Wohnung verbringt, wie ich befürchtet habe. Sabina, vertraute er mir an, will neuerdings öfter allein sein oder mit ihren Freundinnen abhängen.

»Meinst du, das stimmt?«, fragte er und wurde rot.

»Na ja … Frauen wollen schon mal was mit ihren Freundinnen unternehmen. Oder allein sein. Warum denn nicht?«

»Hm ja. Aber, na, ich meine, also … sie sieht schon toll aus, es gibt da ein paar Typen in der Schule, die sind hinter ihr her … Was, wenn sie …«

Er ließ den Kopf hängen.

»Traust du ihr denn wirklich zu, dass sie hinter deinem Rücken …?«

»Nee«, sagte er verlegen. »Das würde sie nie machen.«

»Na also. Und, Frederick …«

»Hm?«

»Du siehst auch ziemlich toll aus.«

Er grinste und verzog sich in sein Zimmer, wo er zweifellos bedauerte, seiner alten Mutter so viel erzählt zu haben.

»Also, tschüss dann«, sagte Marianne. »Weiterhin gute Geschäfte.«

»Dir auch. Mach's gut.«

O Gott, was für ein Dialog. Waren wir wirklich mal beste Freundinnen gewesen?

Marianne war zum nächsten Stand weitergeschlendert, als Thomas auftauchte. Er brachte mir ein Bratwürstchen und einen Becher Glühwein.

»Du bist ein Schatz!«

»Hui, du hast gut verkauft«, meinte Thomas nach einem Blick auf meine Auslagen. »Du ... ich hab nicht viel Zeit, Herr Weller hält allein die Stellung im Laden. Ich esse schnell am Stand drüben eine Suppe, ja?«

Marianne hatte ihn erspäht, sie winkte.

»Da ist Marianne«, sagte ich.

Thomas drehte sich um und winkte zurück. »Das trifft sich gut, ich muss noch was mit ihr besprechen wegen einer Rechnung ... also, mach's gut, bis später.«

Weg war er. Schade.

Aber das Geschäft geht vor, versteh ich ja. Heute Abend auf der Weihnachtsfeier im »Schnitzelhaus« ist gemütliches Beisammensein mit allen Mitarbeitern angesagt. Nicht der rechte Zeitpunkt, um über Rechnungen zu sprechen.

3 Uhr morgens …

Ich erwache aus einem wirren Albtraum. Etwas war hinter mir her, etwas Gefährliches. Ich lief weg, erst in olympiareifem Tempo, dann klebten plötzlich die Füße am Boden, das Etwas kam näher, gleich würde es mich erwischen …

Dann bin ich aufgewacht, in letzter Minute. Mein Herz hämmert wie verrückt, ich bin schweißgebadet. Taste nach Thomas neben mir.

Sein Platz ist leer. Leer?! Ich knipse das Licht an. Es ist drei Uhr morgens. So lange kann doch die Weihnachtsfeier im »Schnitzelhaus« nicht gedauert haben?

Schritte auf der Treppe.

»Judith!«, sagt Thomas erstaunt. »Du bist noch wach?«

»Ich hab schlecht geträumt. Du bist aber spät dran.«

»Wir sind noch alle zu Marianne gegangen, auf einen Absacker. Sind wohl zwei oder drei geworden … tut mir Leid.«

Das schlechte Gewissen lugt ihm aus allen Knopflöchern. Der arme Kerl. Er braucht doch kein schlechtes Gewissen zu haben, nur weil er bei einer Weihnachtsfeier versackt ist. Aber anrufen hätte er schon mal können …

»Ich weiß, ich hätte anrufen sollen. Aber irgendwie hab ich die Kurve nicht gekriegt.«

»Ist schon okay.«

»Ich mach mich dann mal bettfertig«, murmelt er und verschwindet im Bad.

Ich döse ein. Als Thomas ins Bett schlüpft, wache ich wieder auf. »Nacht, Judith. Schlaf gut.«

»Du auch.« Er duftet so frisch, als ob er gerade geduscht hätte.

12. Dezember

Der Countdown für Mamas Party läuft.

Bin fix und fertig mit den Nerven.

Mama hat mir büfettmäßig immer noch nicht Carte blanche gegeben. Sie läuft rum wie ein Huhn ohne Kopf, denn ER wird kommen! Tatsächlich! Er hat ein sehr nettes Kärtchen geschickt, handgeschrieben. Er kommt sehr gern, steht drauf, und bedankt sich herzlich für die nette Einladung.

Na also.

Huhn ohne Kopf hat sich ein neues Kleid gekauft, Friseurtermin und Maniküre vereinbart. Hängt dauernd am Telefon wegen Büfett, was uns aber bisher nicht weitergebracht hat.

»Nein, Judith, kein exotischer Schnickschnack. Ein Mann, der keine Frau zu Hause hat, sehnt sich nach bodenständiger Hausmannskost.«

»Also gut. Dann gibt's Braten, Hackbällchen, Hühnerbeinchen und diverse Salate. Kartoffelsalat, Nudelsalat …«

»NEIN! Das ist zu einfallslos.«

»Gut. Dann …« (Dies und jenes, und alles sehr lecker, wirklich!)

»Ach, ich weiß nicht. Meinst du wirklich, er mag Schinkenpastete?«

»Wenn nicht, ist es auch nicht schlimm. Es gibt genug Auswahl.«

»Ich muss drüber nachdenken.«

Panik erfasste mich. »Aber nicht zu lange, Mama. Du weißt, ich muss einkaufen. Und vor allen Dingen muss ich kochen, das braucht seine Zeit.«

»Oh, du schaffst das schon. Ich habe vollstes Vertrauen in dich.«

Mama driftete ab zu den Getränken, die sie sich ins Haus liefern lässt, und zu dem Gartentisch und den Stühlen, die ihr Helga leiht. Helgas Sohn hat alles schon vorbeigebracht, jetzt steht also dieser Tisch in Mamas Wohnzimmer und die Stühle, und die Polster liegen rum, und bestimmt wird die Party ein Reinfall. Man wird sich in der Wohnung drängen wie Sardinen in der Büchse. Zwanzig Leute hat Mama eingeladen, und es *kommen* auch zwanzig, damit hat sie nicht gerechnet. Bestimmt sitzen alle nur rum und keiner sagt was, und Dr. Bender geht nach einer Stunde, weil er sich tödlich langweilt …

»Wenn er nichts zu essen kriegt, geht er vielleicht noch früher«, gab ich zu bedenken.

»Essen! Oh, Judith, kannst du denn an nichts anderes denken. Ich kriege schon seit Tagen kaum einen Bissen mehr runter vor lauter Aufregung!«

»Bitte, Mama!«, flehte ich. »Sag: Koch was Gutes, Judith, ich gebe dir völlig freie Hand!«

Schweigen am anderen Ende der Leitung. »Mama? Bist du noch dran?«

»Also gut.« Abgrundtiefer Seufzer. »Ich gebe dir völlig freie Hand. Aber …«

»Danke, Mama! Du wirst es nicht bereuen. Tschühüss!«

Es klingelt. Vor der Tür steht Sabina. »Frederick ist nicht da«, sage ich erstaunt. »Er hat Basketballtraining.«

»Ich weiß. Ich wollte zu dir.«

»Zu mir?«

Was verschafft mir denn diese Ehre, liegt mir auf der Zunge, aber ich schlucke es herunter. Sabina trägt Jeans und einen bunten Schlabberpulli und sieht blass und bedrückt aus. Ein schrecklicher Gedanke durchzuckt mich. Sie ist doch nicht etwa schwang … o nein. Nur das nicht. Bitte nicht! Alles, bloß das nicht.

Ich habe an Pest gedacht und Cholera bekommen.

Nein. Es ist nicht wahr. Es *kann* nicht wahr sein. Sabina lügt. Es kann nicht sein, dass Thomas mich mit Marianne betrogen hat.

Ich spüre eine Hand auf meiner Schulter. Sabina betrachtet mich mit großen, erschrockenen Augen. »Judith. Es tut mir echt Leid. Ich hab hin und her überlegt, ob ich's dir sagen soll oder nicht.«

Ich wünschte, sie hätte den Mund gehalten. Dann wüsste ich jetzt nicht, dass Thomas nach der Weihnachtsfeier mit Marianne ins Bett gegangen ist. Sabina war gegen zwölf mit Hals- und Kopfschmerzen aufgewacht. Sie ging nach oben in die Wohnung, um Aspirin aus dem Bad zu holen. Die Schlafzimmertür stand offen, und Sabina sah mit eigenen Augen, wie Thomas und Marianne …

»Du würdest mich doch nicht anlügen, Sabina?«, flüsterte ich.

Sabina fing an zu weinen. Plötzlich sah sie aus wie zwölf.

»Ich lüg doch nicht. Meinst du, ich würde mir ausdenken, dass meine Mutter ...« Sie schluckte. »Ich wollte erst nichts sagen. Aber dann dachte ich, es ist so unfair, wenn du nichts weißt. Ich hab immer gedacht, du und Thomas, ihr versteht euch, eure Ehe ist echt okay.«

Ich nickte. Ich wollte schreien, schluchzen, mit den Fäusten auf die Tischplatte hämmern. Aber ich war wie erstarrt. »Bei uns war's nie so, als meine Eltern noch zusammen waren«, fuhr Sabina fort. Sie hatte aufgehört zu weinen und putzte sich die Nase mit Küchenpapier. »Es gab dauernd Streit.«

Ich versteh's nicht. Warum ausgerechnet Thomas? Es gibt doch genug Männer in ihrem Leben ...

»Sie hat sich in ihn verknallt«, sagte Sabina. Erst da merkte ich, dass ich laut gesprochen haben musste.

»Hat sie ... hat sie dir das erzählt?«

»Nein. Aber sie redet dauernd von ihm. Thomas sagt dies, Thomas meint jenes. Ich weiß doch, wie sie ist, wenn sie verknallt ist.« Es klang resigniert. Sabina hat viel gesehen, seit Stefan auf und davon ist.

Irgendwie gab mir das Hoffnung. Marianne hat sich also in Thomas verknallt. Wahrscheinlich war es mehr Neugier auf einen Mann, den sie schon so lange kannte, als echte Verliebtheit. Thomas ist in einer schwachen Stunde mit ihr ins Bett gegangen. Neugier auf eine Frau, die er schon so lange kennt? Jedenfalls ein Seitensprung. So was kommt vor. Es ist schlimm, es tut schrecklich weh, aber es ist nicht das Ende der Welt.

Aber fast.

Was soll ich bloß machen? Ihn zur Rede stellen? So tun, als wüsste ich von nichts?

Marianne will keine feste Beziehung. Wenn ich jetzt ganz ruhig bleibe, mir nichts anmerken lasse, hab ich schon gewonnen. Er bleibt bei mir. Wir lieben uns doch, wir sind eine Familie. Ich könnte es nicht ertragen, Thomas zu verlieren …

… da. Jetzt ist's passiert. Ich heule wie ein Schlosshund.

Sabina schiebt mir die Rolle mit Küchenkrepp rüber. »Bist du mir böse?«, fragte sie. Es klang kläglich.

Ich schüttelte den Kopf und putzte mir die Nase.

»Frederick weiß nichts«, sagte Sabina. »Ich sag ihm ganz bestimmt nichts.«

Ich konnte nur nicken, denn vor lauter Weinen hatte ich jetzt einen Schluckauf.

Sabina ging. Habe ich halluziniert, oder hat sie mir zum Abschied wirklich einen Kuss auf die Wange gegeben?

Ich flüchte mich in die Badewanne. Im warmen, nach Mandelöl duftenden Wasser rede ich mir vernünftig zu: Es ist passiert. Thomas ist »neben raus gegangen«, wie man in Grafenberg sagt. Mit seiner Chefin, meiner ehemaligen Freundin, was die Sache nicht appetitlicher macht. Aber: Es ist ganz bestimmt ein einmaliger Ausrutscher gewesen.

Ich werde mir nicht anmerken lassen, dass ich Bescheid weiß. Ein einziger Ausrutscher in siebzehn Jahren Ehe ist eine gute Bilanz heutzutage. Hätte mir auch passieren können. Wenn Sean Connery bei mir geklingelt hätte, ich hätte für nichts garantieren können.

Ich werde nicht mehr dran denken.

Oh, aber wie kann ich nicht mehr dran denken? Es tut so weh. Was hat sie, was ich nicht habe? Eine ganze Menge. Mag gar nicht dran denken, dass sie Größe 38 trägt. Kann es aber nicht auf Größe 38 schieben, so ist Thomas nicht. Wie ist er dann? Ich weiß es nicht mehr. Schwäne sind sich ein Leben lang treu. Muss schon wieder heulen.

Was, wenn es nicht nur ein einmaliger Ausrutscher war? Gelegenheit macht Diebe, und Gelegenheit haben sie genug, Thomas und Marianne.

Ich schließe ein Abkommen mit mir: Wenn ich nichts Böses sehe, spreche oder höre, existiert es nicht. Es hört sich immer so heroisch an, wenn eine Frau ihren Mann zur Rede stellt: »Ich weiß, dass du mich betrügst. Du hast die Wahl: Entweder SIE oder ich!«

Und wenn er sich nun für SIE entscheidet?

Bin ich feige?

Ja. Ich bin ein Feigling.

13. Dezember

Ich bin nicht nur ein Feigling, sondern auch unfähig, mich an mein Abkommen mit mir zu halten. Denke dauernd dran. Sehe die beiden vor mir, in Mariannes Schlafzimmer. Ich tue so, als sei alles in bester Ordnung, merke aber, dass ich Thomas kaum in die Augen sehen kann, aus lauter Angst, mich zu verraten. Er merkt nichts. Liegt es daran, dass ich eine gute Schauspielerin bin, oder daran, dass seine Gedanken bei Marianne sind? In der Mittagspause ist er nicht heim zum Essen gekommen. Hat er wirklich zu arbeiten gehabt, oder war er bei ihr?

Ich habe versucht, mich abzulenken. Mir Gedanken über das Büfett für Mamas Party gemacht. Mein Kopf ist wie leer gefegt. Die Gäste werden verhungern.

Nein, werden sie nicht. Ich koche einen großen Topf Chili con carne, das ist simpel, das kann ich aus dem Effeff. Als Alternative eine Currysuppe mit Poulardenfleisch. Dazu Fladenbrot von Kemal. Vorspeise? Lachsröllchen auf Möhrenraspeln, das ist auch was, was automatisch von der Hand geht, ich muss mich nicht auf ein Kochbuch konzentrieren. Nachtisch? Rote Grütze, basta. Mit flüssiger Schlagsahne.

15. Dezember

Mama schien ein bisschen enttäuscht, als ich in der Küche auspackte.

»Chili con Carne. Hm. Das ist aber schwer verdaulich«, meinte sie. »Und Hühnersuppe? Hm.«

Babs, die Mama geholfen hatte, die Wohnung herzurichten, hatte wohl mein Gesicht gesehen, denn sie sagte schnell: »Aber das ist keine gewöhnliche Hühnersuppe, das ist was ganz Pikantes, stimmt's, Judith?«

Mir waren die Tränen in die Augen geschossen. Ich wandte mich schnell ab und sagte: »Currysuppe. Mit Poulardenfleisch und Mais.«

Ich packte weiter aus.

Bei Kemal hatte ich außer Fladenbrot noch eingelegte, gefüllte Weinblätter, Oliven und mit Schafskäse gefüllte Paprika erstanden, um das Vorspeisenangebot aufzupeppen.

»Das sieht alles köstlich aus«, sagte Babs. »Schade, dass du uns nicht eingeladen hast, Ma.«

Mama seufzte. »Ihr seid zu jung. Ihr würdet euch langweilen.«

»Glaub ich nicht«, meinte Babs vergnügt. »Wenn ich an den heimlichen Ehrengast denke …«

»Judith kann dir hinterher alles erzählen. Wie findet ihr mein Kleid? Sitzen meine Haare richtig? Hab ich genug Rouge aufgelegt? Findet ihr den Nagellack zu dunkel?«

Wir versicherten ihr, dass sie einfach fantastisch aussah. Sie fingerte an der breiten Goldkette herum, die sie um den Hals trug. »Ich glaube, ich lege doch lieber die Perlenkette um«, murmelte sie und verschwand im Schlafzimmer.

Ich machte mich an die Arbeit. Babs lehnte im Türrahmen und sah zu, wie ich die Küche in das kulinarische Herz der Party verwandelte.

»Ist was mit dir, Judith?«, fragte sie, als ich Gläser polierte. »Du bist so still.«

Ob Peter je … ob Babs, wenn sie wüsste, dass Peter, na ja … ob sie Peter zur Rede stellen würde?

»Ich hab ein bisschen Kopfweh«, sagte ich.

»Nimm ein Aspirin. Du hast einen langen Abend vor dir.«

Um halb acht waren sämtliche Gäste eingetroffen – bis auf Dr. Wolf Bender. Man stand im Wohnzimmer. Im Hintergrund erklang Glenn Miller aus der Stereoanlage. Ich reichte Sektgläser auf einem Tablett herum. Mama flatterte von Grüppchen zu Grüppchen und plauderte; ich sah sie immer wieder heimlich auf ihre Armbanduhr schielen. Einige Gesichter kannte ich: Helga, mehrere Ehepaare vom Kegelclub, Nachbarn. Mama hatte in den Jahren seit Papas Tod aber auch neue Bekanntschaften geschlossen, im Turnverein und im Französischkurs an der Volkshochschule.

Sie stellte mich überall vor: »Das ist meine Tochter

Judith. Sie ist Mietköchin. Ihre Karte liegt in der Küche aus.«

»Hahahah!«, machte ein rundlicher, älterer Herr aus dem Französischkurs, der zu einer Frau mit verkniffenen Gesichtszügen gehörte. »Man kann Sie *mieten*, junge Frau? O làlà!«

»Nur zum Kochen, Ernst-Rüdiger«, sagte Mama. »Judith hat das Büfett gezaubert.«

Das Telefon klingelte. Ich ging ran. Eine angenehme Männerstimme meldete sich – Dr. Bender, der bedauerlicherweise doch nicht kommen könne, da ganz überraschend sein Cousin aus Göttingen zu Besuch gekommen sei …

Mama war neben mir aufgetaucht. Ich hielt eine Hand über die Sprechmuschel und flüsterte: »Dr. Bender ist dran …«

»Aber ich bitte Sie«, hörte ich Mama sagen, »das ist doch kein Problem. Bringen Sie Ihren Cousin einfach mit.«

Um acht, als die Gäste schon hungrig auf ihre Uhren sahen, tauchte endlich Dr. Bender auf, den Cousin im Schlepp. Sie wurden neugierig beäugt. »Ist das nicht der Frauenarzt?«, hörte ich die Frau mit den verkniffenen Gesichtszügen tuscheln.

Er sah besser aus als Klaus-Jürgen Wussow zu seiner Glanzzeit in der »Schwarzwaldklinik«. Groß, schlank, graue Schläfen, eleganter grauer Anzug. Braune Augen, ein strahlendes Lächeln. Ein bisschen zu strahlend für meinen Geschmack, es wirkte, als könne er es nach Belieben an- und ausknipsen. Der

Cousin gefiel mir besser, obwohl er nicht so gut aussah. Er war kleiner, kräftig gebaut. Die Clubjacke spannte ein bisschen um die Mitte. Ein sympathischer Mann, dachte ich, als er mir die Hand schüttelte. Die Augen sind freundlich, und er lacht gern, das sieht man seinem Gesicht an. Wächter hieß er. Bernhard Wächter.

Mama eröffnete das Büfett. Ich schenkte Rot- und Weißwein aus, füllte Teller mit Chili, mit Currysuppe, räumte schmutzige Teller in die Spülmaschine. Die Gäste saßen um Mamas Esstisch und Helgas Gartentisch gruppiert, ein paar hatten es sich auf der Couchgarnitur gemütlich gemacht. Die Stimmung war gut, es wurde gelacht und erzählt. Helga hatte es geschafft, sich neben Dr. Bender zu schmuggeln. Sie unterhielten sich angeregt. Als ich Helga Rotwein nachschenkte, hörte ich ihn sagen: »Meine Frau arbeitet als Dolmetscherin in Berlin. Wir haben immer schon eine Ehe auf Distanz geführt. Das Prinzip hat sich bewährt.«

Helga hing an seinen Lippen. Sie sieht gut aus, ist aber nicht so hübsch wie Mama und sieht keinen Tag jünger aus als ihre achtundfünfzig Jahre. Als ich den aufgefüllten Brotkorb abstellte, hörte ich Dr. Bender sagen: »Ach, Sie spielen auch Tennis? Ich würde mich freuen, wenn Sie mir mal ein Match liefern.«

Mama unterhielt sich am anderen Tisch mit dem Cousin. Sie lächelte viel, aber ich sah ihre Augen immer wieder hektisch zu Dr. Bender und Helga huschen. Wenn ihr Blick auf ihnen ruhte (gaaanz unauffällig), presste sie die Lippen zusammen.

Arme Mama.

Um zwölf verabschiedeten sich die ersten Gäste, und wie immer, wenn jemand geht, brechen die nächsten auch bald auf.

Um eins war die Wohnung leer. Mama saß auf dem Sofa und rauchte eine von meinen Zigaretten, während ich aufräumte.

»Jetzt setz dich hin, Judith, du machst mich ganz nervös.«

Kaum hatte ich mich hingesetzt, legte Mama los: »Diese Schlange! Ich hätte sie nicht einladen sollen. Gott, war das peinlich, wie sie sich an Dr. Bender rangemacht hat, der arme Mann konnte sich ja kaum retten vor ihr!«

Ich steckte mir auch eine Zigarette an. »Er ist verheiratet.«

»Verheiratet? Woher weißt du das?«

»Ich hab's zufällig gehört, als er sich mit Helga unterhalten hat.«

Ich erzählte von der Gattin auf Distanz.

»Treu ist er ihr bestimmt nicht«, meinte Mama. »Er hat mit Helga *geflirtet*, ich hab's genau gesehen.«

»Sie mit ihm. Das ist was anderes.«

»Helga schreckt auch vor verheirateten Männern nicht zurück. Aber *ich* habe Prinzipien. Und keine Lust, eine von vielen zu sein.«

»Eine von vielen?«

Sie seufzte. »Er ist ein *Charmeur*, Judith. Er hat mir zum Abschied die Hand geküsst. Und Helga auch, ich hab's genau gesehen.«

»Du, Mama …«

»Hmm?«

»Was hättest du gemacht, wenn Papa eine, hm, Affäre gehabt hätte?«

»Dein Vater hatte nie eine Affäre. Wir haben uns geliebt, und wir waren uns treu. Treue ist das A und O in einer Ehe.«

»Aber gesetzt den Fall, er wäre fremdgegangen und du hättest es zufällig erfahren. Hättest du ihn zur Rede gestellt?«

»Auf Ideen kommst du nachts um eins, Judith … aber gut. Ich will dir was erzählen, ganz im Vertrauen. Erinnerst du dich an Papas fünfzigsten Geburtstag? An die fünfzig roten Baccararosen, die ins Haus geliefert wurden? Ganz ohne Absender?«

Ich nickte. Es hatte damals einigen Aufruhr gegeben. Papa hatte Stein und Bein geschworen, keine Ahnung zu haben, wer ihm die Blumen geschickt haben könnte.

»Es war natürlich eine Frau«, sagte Mama jetzt. »Auch wenn man mir im Blumengeschäft keine Auskunft gegeben hat. Oder kannst du dir vorstellen, dass ein Mann deinem Vater anonym fünfzig rote Rosen schicken würde?«

Ich schüttelte den Kopf.

»Weißt du, was ich gemacht habe, Judith? Ich habe zu deinem Vater gesagt, dass ich mich scheiden lassen würde, wenn ich je erfahren müsste, dass er mich betrogen hat.«

»Das hast du gesagt? Wirklich?«

»Ja, das habe ich. Ich habe eine Warnung ausgesprochen. Und ich hatte in den Jahren, die uns noch blieben, nie wieder Anlass, mir Sorgen machen zu müssen.«

Wenn sie mich in diesem Moment gefragt hätte: »Aber Kind, wie kommst du denn eigentlich auf dieses Thema, gibt es Probleme zwischen dir und Thomas?«, hätte ich ihr alles erzählt. Aber sie fragte nicht.

Als ich später neben Thomas lag, der sacht vor sich hinschnarchte, dachte ich: Mamas »Warnung« war nur eine Variation des Motivs: »Was ich nicht weiß, macht mich nicht heiß.« Es bedeutete noch lange nicht, dass Papa wirklich immer treu war. Es kann genauso gut sein, dass er sich einfach nicht hat erwischen lassen.

Thomas hat sich erwischen lassen. Aber ich traue mich nicht, ihm eine »Warnung« vor den Bug zu knallen, solche Angst habe ich, ihn zu verlieren.

17. Dezember

Ich beobachte Thomas. Ich kann ihm nicht in die Augen sehen, aber ich kann ihn beobachten. Ich sammle Indizien. Gestern Abend war er in der Kneipe, mit ein paar alten Schulkameraden. Angeblich. Ich würde nicht herumtelefonieren, um es nachzuprüfen, das ist unter meiner Würde. (Hatte ehrlich gesagt schon den Telefonhörer in der Hand, um seinen Freund Schorsch, mit dem er tatsächlich ab und zu einen zischen geht, anzurufen. Konnte mich im letzten Moment beherrschen.)

Thomas küsst mich nicht mehr, er streicht mir nicht mehr übers Haar, er legt nicht mehr den Arm um mich. Im Bett liegen wir so weit wie möglich auseinander, es ist ein Wunder, dass noch keiner von uns auf dem Fußboden aufgewacht ist …

… oder bilde ich mir das alles nur ein? Ich bin so traurig.

Nächste Woche ist Weihnachten. Oma bleibt über die Feiertage bei uns. Am 1. Feiertag kommt die ganze Familie zum traditionellen Putenessen. Oma will die Klöße machen.

Thomas hat noch kein Wort über die Weihnachtsgeschenke verloren. Sonst haben wir uns immer zusammen überlegt, was wir wem schenken wollen. Er hat sich immer einen Tag freigenommen für einen Weihnachtsbummel. Gut, er kann jetzt keinen Urlaub nehmen, aber wir könnten uns in der Mittagspause in der Stadt treffen und losziehen.

Habe keinen Nerv, das Thema anzusprechen. Werde für Oma einen Schal besorgen. Für Mama Parfum, für Babs eine feine Bodylotion, für Peter den neuesten Thriller von John Grisham. Lisa wünscht sich einen von diesen kleinen Cityrollern; Frederick wünscht sich Bares.

Was schenke ich Thomas?

Ich weiß es nicht.

Ich fuhr in die Stadt. In der Herrenabteilung von Peek & Cloppenburg entdeckte ich Babs, die mit kritischem Gesicht einen Stapel Kaschmirpullis auf einem Tisch durchging.

»Und? Wie ist die Qualität?«, sagte ich.

Babs machte einen Satz. »Gott, hast du mich erschreckt! Und die Antwort ist: Die Qualität ist mäßig. Aber was willst du für den Preis erwarten? Gute Kaschmirpullis haben eben ihren gepfefferten Preis.«

»Wohl wahr«, seufzte ich. »Hast du dir freigegeben?«

Sie schnaubte. »Weihnachten. Gott, wie ich diesen Geschenkerummel hasse.«

Gemeinsam zogen wir weiter. Babs kaufte einen Gürtel und ein Flanellhemd für Peter; ich erstand einen Pulli mit Polokragen für Thomas. Aus Lambswool, nicht aus Kaschmir.

Babs hatte sich natürlich eine Liste gemacht und wirbelte in atemberaubendem Tempo durch die Läden.

Dann mussten wir uns trennen, weil sie mein Geschenk besorgen wollte und ich ihres.

»In einer halben Stunde im Marktcafé?«, fragte ich.

Das Marktcafé war gut besucht, wir ergatterten den letzten freien Tisch.

»Was ist eigentlich los mit dir?«, fragte Babs, nachdem die Kellnerin Kakao mit Schlagsahne für mich und Earl-Grey Tee für Babs gebracht hatte.

»Los? Mit mir? Was soll denn mit mir los sein?«

»Ich merke doch, dass irgendwas im Busch ist. Wenn du dich unbeobachtet fühlst, ziehst du ein Gesicht wie zwölf Monate Regenwetter.«

»Thomas hat mit Marianne geschlafen«, platzte ich heraus. Und erzählte, was Sabina mir erzählt hatte. Babs machte große Augen, sagte aber nichts.

»Ich hab nicht mit ihm drüber gesprochen. Meinst du, das war richtig?«

Babs legte eine Hand auf meine. »Du erstickst doch dran, Judith, oder?«

Ich nickte. Die Tränen, die ich zurückgehalten hatte, begannen zu fließen.

Immer noch 17. Dezember …

Oh, war das peinlich eben im Marktcafé. Ich saß da, die Tränen liefen, ich konnte absolut nichts dagegen tun. Babs drückte mir Tempos in die Hand. Die Bedienung, eine mütterlich aussehende Frau um die fünfzig, kam an unseren Tisch und fragte, ob sie irgendetwas für mich tun könne.

Babs lächelte sie strahlend an. »Das ist sehr lieb, aber absolut unnötig. Meine Schwester erwartet ein Baby, wissen Sie, sie hat es eben erfahren und freut sich so …«

Ich war derart schockiert über Babs' Zungenfertigkeit, dass ich aufhörte zu weinen. Die Bedienung lächelte. »Ein Baby, wie schön für Sie! Ich war auch über vierzig, als meine Jüngste kam.«

Über *vierzig*? Sie schätzte mich auf über vierzig?!

Das auch noch.

Während Babs zahlte, empfahl die nette Person mir Melissentee zur Nervenstärkung. »Wenn man schwanger ist, hat man nahe am Wasser gebaut. Das sind die Hormone. Ich kenne das.«

Wir gingen. Ich hatte das Gefühl, dass die Blicke der anderen Gäste uns folgten.

»Wie konntest du nur!«, sagte ich, als wir auf dem Marktplatz standen.

»Hätte ich vielleicht sagen sollen, meine Schwester

weint, weil ihr Dreckskerl von Ehemann sie betrogen hat?«

»Er ist kein Dreckskerl …«

Babs seufzte und hakte sich bei mir ein. »Nein, ist er nicht. Aber er hat sich so benommen.«

Genau wie ich hatte Babs im Parkhaus geparkt. Wir gingen die Hauptstraße entlang und fädelten uns vorbei an abgehetzt wirkenden, mit Einkaufstüten beladenen Passanten. Vor »Karstadt« war ein Stand mit Kräuterbonbons aufgebaut, es duftete nach Anis. Gegenüber stand ein dunkelhaariger Mann in einem viel zu dünnen Mantel und hielt ein vor sich hin dösendes Lama an einem Strick. Daneben bewachte ein schwarzweißer Mischlingshund ein Schild, auf dem stand: »Helfen Sie den Tieren vom Circus Knopf.« Babs und ich kramten nach Kleingeld und warfen ein paar Münzen in die Sammelbüchse.

»Was wirst du tun?«, fragte Babs im Weitergehen. »Beide Augen zudrücken und hoffen, dass es nicht wieder vorkommt?«

»Was würdest *du* tun?«

»Ich würde ihm eine Szene machen, die sich gewaschen hat. Darauf kannst du dich verlassen. Und ich würde klipp und klar sagen: Entweder SIE oder ich.«

Ich schluckte. »Glaubst du, er ist noch mit ihr zusammen?«

»Keine Ahnung. Das musst du Thomas fragen.«

Für Babs war immer alles so einfach.

»Er könnte mich anlügen. Er könnte sagen, es war nur dieses einzige Mal, während er in Wirklichkeit …«

Babs war stehen geblieben und sah mich mitleidig

an. »Judith. Wir leben in einer ziemlich kleinen Stadt. Wie lange, glaubst du, kann man so was geheim halten? Frederick geht in diesem Haus ein und aus. Er würde sich schon wundern, wenn er seinem Vater auf der Treppe begegnet, oder?«

»Er würde sich nichts dabei denken. Alte Freundschaft und so. Und Thomas arbeitet für sie ...«

»Kannst du das ertragen? Dass er weiter für sie arbeitet?«

»Was soll er denn machen? Er hat doch nichts anderes gefunden ...«

»Ich will dir nicht dreinreden. Es ist dein Leben. Aber ich an deiner Stelle ...«

Sie brach mitten im Satz ab. Ich führte ihn in Gedanken zu Ende: Ich an deiner Stelle, Judith, würde Thomas vor die Wahl stellen. Entweder SIE oder ich. Und ich würde dafür sorgen, dass er sich irgendwo, möglichst weit weg von Marianne und Grafenberg, eine Stelle sucht. Ein neuer, sauberer Anfang.

Fertig. Problem gelöst. Ich war ganz sicher, dass Babs keinen Augenblick in den Sinn kommen würde, dass Thomas sich für SIE entscheiden könnte.

Wir waren vor dem Parkhaus angekommen. »Hast du Lust, mit zu mir zu kommen? Dann können wir in Ruhe weiterreden.«

Ich schüttelte den Kopf. »Ich muss jetzt allein sein. Über alles nachdenken.«

Auf der Heimfahrt dachte ich: Wenn es einmal heraus ist, ist es heraus. Ich kann dann nie mehr so tun, als sei alles in Ordnung. Was hat Papa immer gesagt (unter anderem): Schlafende Hunde soll man nicht wecken. Und: Reden ist Silber, Schweigen ist Gold.

Feige, feige, Judith.

Ja. Aber: Nächste Woche ist Weihnachten. Ich will, dass es schön wird, schon der Kinder wegen. Ich habe einfach nicht die Kraft für eine große Aussprache, jetzt nicht. Ich warte, bis Weihnachten vorbei ist. Dann rede ich mit Thomas. Ganz bestimmt. Denn Babs hat Recht. Auf Dauer ist es kein Zustand, am Kummer zu ersticken.

20. Dezember

Eine Bekannte von Mama rief an. »Meine Tochter besucht uns am ersten Weihnachtstag mit den Enkeln. Können Sie mir einen Bienenstich, eine Sachertorte und einen Käsekuchen backen?«

Oooh, ein Auftrag! Nur ein kleiner, aber immerhin. Werde morgen liefern, die Dame möchte die Kuchen einfrieren. Dann rief Mama selbst an und erkundigte sich, ob sich Frau Schneyer schon bei mir gemeldet hätte.

»Ja, hat sie. Sie sagt, sie war auch auf deiner Party, aber ich erinnere mich nicht an den Namen und auch an kein Gesicht. Wie sieht sie aus?«

»Groß, üppig, in einem roten Kostüm. Der Mann ist Steuerberater und hat eine spiegelblanke Glatze. Du, Judith ...«

»Ja?«

»Eben ist ein wunderschöner Blumenstrauß bei mir abgegeben worden. Rote Amaryllis mit Tannenzweigen und einer Schleife. Ganz bezaubernd.«

»Nein! Von wem?«

»Von Herrn Wächter.« Sie kicherte und klang dabei wie ein junges Mädchen.

Ich hatte keine Ahnung, wen sie meinte.

»Der Cousin! Der Cousin von Dr. Bender!«

»Oh, wie nett!«

»Ein Kärtchen war dabei. Ich hab angerufen, um mich zu bedanken. Und stell dir vor, er fragte, ob ich ihn zu einem Silvesterball begleiten möchte.«

Ich war baff.

»In Göttingen?«

»In Göttingen. Ich übernachte selbstverständlich in einem Hotel.«

Ich freue mich sehr für Mama! Dr. Bender mit der Dolmetschergattin in Berlin ist ja abgemeldet. Aber vielleicht wird es ja was mit dem Cousin. Hab doch gleich gefunden, dass er nett aussieht.

Übrigens hatte Mama noch was Interessantes zu berichten: Helga hat tatsächlich bei Dr. Bender angerufen. Sie habe zwei Theaterkarten geschenkt bekommen, behauptete sie, ob er nicht Lust habe, sie zu begleiten. »Im Prinzip rasend gern«, hat er gesagt. »Aber angesichts der Tatsache, dass ich verheiratet bin, halte ich es für besser, mich von so einer reizvollen Frau, wie Sie es sind, fern zu halten.«

»Er ist ihr tatsächlich treu, stell dir vor, Margot!«, hat Helga gerührt gesäuselt. »Dass es so was heutzutage noch gibt.«

Mama wusste es besser, denn ihre Intuition arbeitete mal wieder auf Hochtouren. »Sie ist schlicht nicht sein Typ«, sagte sie zu mir. »Einzig und allein daran liegt es. Wer so Süßholz raspeln kann, hat es faustdick hinter den Ohren. Ich hab's ja gleich gesagt.«

Heiligabend ...

Oma, Thomas, die Kinder und ich in der Kirche. Ich sitze neben Thomas. Er hat bis Mittag gearbeitet und sieht abgekämpft aus. Sein Gesicht ist verschlossen. Woran denkt er? Ich bin so müde, ich könnte auf der Kirchenbank einschlafen. Ich habe in den letzten Tagen wie eine Wilde geputzt, mit Lisa gebastelt und Plätzchen gebacken und den Weihnachtsbaum geschmückt. Aber müde bin ich nicht von all der Betriebsamkeit, sondern von der Anstrengung, heile Welt zu spielen. Ich kann es nicht fassen, dass Thomas nicht merkt, was los ist. Ist seine Welt in Ordnung, Sex mit Marianne aus seinem Gedächtnis gestrichen oder führt er ein Doppelleben und strengt sich genauso an wie ich, die Fassade aufrechtzuerhalten? In der festlich geschmückten Kirche sehe ich Gespenster.

Von außen betrachtet verlief dieser Heilige Abend ganz normal. Nach dem Gottesdienst kam die Bescherung. Lisa spielte Weihnachtslieder auf der Blockflöte, danach wurden die Geschenke ausgepackt. Von Thomas bekam ich Briefpapier aus dem Laden, einen Kerzenständer mit einer Duftkerze und ein hübsches Seidentuch. Oma verteilte Briefumschläge mit »Scheinchen«. »Ihr wisst selbst am besten, woran ihr Spaß habt«, sagte sie. Lisa und Frederick konnten ihr Glück kaum fassen. Endlich mal Geld anstatt Unterwäsche und Socken vom Dollar-Hugo!

Wir aßen Kartoffelsalat mit Würstchen. Oma hatte es sich nicht nehmen lassen, den Salat zu machen. Den ganzen Vormittag hatte sie still vergnügt in der Küche vor sich hin gewerkelt. Es ist merkwürdig: Ich habe das Gefühl, als habe sie immer schon hier gewohnt. Sie füllt eine Nische aus, von der ich gar nicht wusste, dass sie existiert.

Thomas war sehr ruhig. Er antwortete, wenn er angesprochen wurde, beteiligte sich von sich aus aber nicht am Gespräch. Außer mir schien es niemandem aufzufallen. Nach dem Essen riefen wir bei Babs an, um frohe Weihnachten zu wünschen. Mama ging ans Telefon, sie hörte sich an, als habe sie einen Schwips. Morgen großes Putenessen, dachte ich, während Lisa von ihrem tollen Roller erzählte. Babs wird endlich mit der großen Neuigkeit herausrücken. Alle werden sich freuen, wir werden mit Champagner anstoßen, ich habe ihn schon kalt gestellt. Die ganze Familie kommt, auch Lilo und Fritz und Jan. Und übermorgen fahren Mama, Babs und ich zu Tante Minchen. Und dann ist Weihnachten vorbei, und ich rede mit Thomas.

27. Dezember

Ich stand sehr früh auf. Draußen war es noch dunkel, als ich den Frühstückstisch deckte und Kaffee kochte. Ich trank Kaffee, mochte aber nichts essen. Ich starrte auf die Fensterbilder, die Lisa und ich gebastelt hatten, und überlegte, wann die große Aussprache stattfinden sollte. Nach dem Frühstück? Oder nach dem Mittagessen? Bei einem Spaziergang? In frischer Luft, beim Gehen, spricht es sich leichter. Wie würde ich anfangen? Sollte ich mit der Tür ins Haus fallen (»Was ist zwischen dir und Marianne?«) oder mich auf Umwegen nähern? (»Du bist so anders in letzter Zeit. Ist irgendwas?«)

»Judith? Du bist aber früh auf.«

Es war Thomas. Geduscht, rasiert, fix und fertig angezogen. Um halb acht an einem Sonntagmorgen. Mein Herz machte einen Satz.

Er goss sich Kaffee ein. Ich sah, dass seine Hand leicht zitterte.

Es war wie in einem Traum. Ich hatte das Gefühl, alles schon einmal gehört zu haben. Es war in meinem Unterbewusstsein vergraben, jetzt stieg es an die Oberfläche. Jedes Wort traf mich wie ein Schlag, aber überrascht war ich nicht.

»Es gibt keine Möglichkeit, es dir schonend beizubringen. Deshalb sage ich es dir so, wie es ist: Marianne und ich, wir haben uns ineinander verliebt. Ich … wir … wir sind zusammen.«

Er senkte den Kopf.

Wie aus weiter Ferne hörte ich mich sagen: »Du bist mit ihr ins Bett gegangen. Nach der Weihnachtsfeier.«

Da ich den Blick auf meinen Teller gerichtet hatte, sah ich sein Gesicht nicht. Aber ich hörte ihn überrascht Luft holen. »Du weißt Bescheid? Woher?«

»Sabina. Sie hat euch gesehen.«

»Oh, Judith. Es tut mir Leid.«

»Was tut dir Leid? Dass du mich betrogen hast oder dass ich Bescheid weiß?«

»Alles«, flüsterte er. »Ich hab dir wehgetan, und ich werde dir noch mehr wehtun. Ich habe es mir nicht leicht gemacht. Ich *wollte* nicht, dass es so kommt. Du bist meine Frau, da sind die Kinder … aber Marianne und ich … ich kann nicht so weitermachen, das ist mir über Weihnachten klar geworden. Es geht über meine Kraft, weiter Theater zu spielen. Und es wäre auch nicht fair, weder dir noch Marianne gegenüber.«

Er geht. Er verlässt uns. Mich, Lisa und Frederick. Jetzt gleich. Er wird ein paar Sachen zusammenpacken und zu Marianne ziehen. Er bemühte dieses idiotische Lied, ich weiß nicht mal mehr, wer es komponiert hat. »Tausend Mal berührt, tausend Mal ist nix passiert. Tausendundeine Nacht, und es hat BUMM gemacht …« oder so ähnlich. Tausendundeine Nacht, die hatte nach der Weihnachtsfeier stattgefunden.

Scheißegal, wie idiotisch du dieses Lied findest,

hämmerte es in meinem Kopf, scheißegal. Er LIEBT Marianne, und sie liebt ihn. Sie, die nie mehr Gulasch mit Spätzle für einen Kerl kochen wollte, will mit *meinem* Mann zusammenleben. Ich wünsche ihr Pest, Cholera, Aids und einen Genickbruch an den Hals, aber ich VERSTEHE, warum sie ihn will und keinen anderen. Mir geht es doch genauso.

Thomas sagt, er hat nach all den Jahren plötzlich erkannt, dass Marianne seine fehlende Hälfte ist. Er redet irgendeinen wirren Unsinn, dass ursprünglich Mann und Frau ein kosmisches Wesen waren, beim Eintritt ins Erdenleben jedoch auseinander gerissen wurden. Und nun irren Mann und Frau herum, jeder auf der Suche nach seiner verlorenen Hälfte, ohne die niemand wirklich glücklich sein kann. Manchmal findet man sich gleich, manchmal nie, manchmal spät, weil man noch nicht bereit füreinander war …

»Stammt diese Theorie von Marianne?«, fragte ich.

Er schüttelte den Kopf. Ich glaubte ihm nicht.

»Wir sind seit achtzehn Jahren zusammen. Seit siebzehn Jahren verheiratet. Wir waren glücklich. Wir haben zwei Kinder …« Meine Kehle war zugeschnürt, ich konnte nur flüstern. »Ich liebe dich, Thomas …«

Er hat mich sehr, sehr gern, aber ihm ist klar geworden, dass unser Zusammenleben nur noch Gewohnheit ist. Er hat es erst erkannt, als Marianne ihn sozusagen wach küsste. Er liebt die Kinder, und er hat schreckliche Schuldgefühle, weil er uns das antun muss. Aber erst seit er Marianne »gefunden« hat, weiß er, was Glück wirklich bedeutet. Er kann keine Lüge leben. Marianne und er gehören zusammen. Natürlich können die Kinder ihn so oft sehen, wie sie wollen. Er wird ihnen alles erklären. Er wird nicht gehen, ohne mit ihnen gesprochen zu haben. Und er wird auch zu seinen Eltern fahren und ihnen alles erklären.

Ich weiß, dass ich träume. Ich träume diesen Traum, in dem Thomas auf das Pferd steigt und davonreitet, nachdem er mir mitgeteilt hat, dass er einen Job bei den Cartwrights auf der Ponderosa angenommen hat …

Gleich wache ich auf, und er nimmt mich in den Arm und alles ist gut.

Thomas redete weiter. Er hatte alles durchdacht. Das Haus, auf uns beide eingetragen, sei bei einer Scheidung nicht zu halten. Es müsse verkauft werden. Selbstverständlich werde er Unterhalt für die Kinder zahlen und …

Etwas Rotes, Heißes weckte mich, und ich brüllte: »Hör auf! Hör sofort auf damit!«

Thomas hielt mitten im Satz inne und starrte mich erschrocken an. Aus den Augenwinkeln nahm ich eine Bewegung wahr und sah Omas entsetztes Gesicht, bevor sich die Küchentür wieder schloss.

Ich rannte nach oben, zog Bademantel und Nachthemd aus und schlüpfte in Jeans und einen dicken Pulli. Rannte die Treppe wieder hinunter, griff mir im Flur Autoschlüssel und Handtasche. Halb erwartete ich, Thomas zu sehen, ihn sagen zu hören: »Es war ein Irrtum, ich habe es mir anders überlegt. Ich bleibe, ich kann doch dich und die Kinder nicht einfach im Stich lassen …«

Ich sah ihn durch die offene Küchentür am Tisch sitzen. Er hatte die Ellbogen aufgestützt und sein Gesicht in den Händen vergraben. Seine Schultern zuckten.

Ich fuhr zu Babs und klingelte Sturm.

Es dauerte lange, bis Peter öffnete. Er trug einen blau-rot gestreiften Schlafanzug, seine Haare waren verstrubbelt.

»Judith!«, sagte er erschrocken.

Ich fiel ihm um den Hals und brach in Tränen aus.

Babs, in einem flauschigen gelben Morgenmantel, saß neben mir auf dem Sofa und hatte einen Arm um meine Schultern gelegt. Peter tigerte im Wohnzimmer auf und ab. Es ist ein großes Wohnzimmer und elegant, aber sparsam möbliert, er hatte also Platz, um sich auszutoben.

»Ich bringe ihn um, den Scheißkerl! Was fällt ihm ein! Wenn nun jeder einfach alles hinschmeißen würde, nur weil er mit dem Schwanz denkt anstatt ...«

»Peter!«, mahnte Babs.

»Ist doch wahr! Siebzehn Jahre glücklich verheiratet, zwei tolle Kinder, und jetzt soll das alles nichts mehr wert sein.«

»Was Glück ist, weiß er angeblich erst, seit er mit Marianne zusammen ist. ICH war glücklich. Er nicht.«

»Ach was!«, knurrte Peter. »Dummes Geschwätz. Wahrscheinlich ist ihm der Weihnachtsbraten nicht bekommen. Ich fahr jetzt rüber und rück ihm den Kopf zurecht.«

Er stampfte davon. »Nicht!«, rief ich ihm nach. »Du machst alles nur noch schlimmer.«

Er warf mir einen wütenden Blick über die Schulter zu. »Schlimmer als schlimm geht nicht.«

»Er hat Recht«, sagte Babs. »Lass ihn. Er muss sich abreagieren, sonst platzt er.«

Ich dachte an die Kinder, denen Thomas vielleicht jetzt gerade erklärte, dass er sie verlassen würde. An Oma, die gehört hatte, wie ich Thomas anbrüllte, die mitbekommen haben musste, dass ich kopflos aus dem Haus gestürmt war. Die jetzt in ihrem Zimmer hockte und nicht wusste, was los war. »Ich muss heim«, sagte ich. »Die Kinder. Oma.«

Ich versuchte aufzustehen, aber Babs hielt mich fest. »Schschsch. Du bist zu aufgeregt. Es ist besser, wenn Peter erst mal die Wogen glättet.«

»Peter? Die Wogen glätten?!

In diesem Zustand?«

»Sobald er im Auto sitzt, ist er die Ruhe selbst. Ein Fels in der Brandung, glaub mir. Ich geb dir jetzt was zum Beruhigen, und wenn es dir besser geht, fahr ich dich nach Hause. Einverstanden?«

Nach einigem Zögern nickte ich. Die Wohnungstür fiel mit einem Krachen ins Schloss. Peter. Mein Ritter im weißen BMW.

Ich lag in eine herrlich weiche Kaschmirdecke gekuschelt auf dem Sofa. Was auch immer in den Tabletten gewesen war, die Babs mir gegeben hatte, es wirkte jedenfalls. Irgendjemand fühlte sich elend, aber ich war nicht sicher, ob ich es war.

Babs saß neben mir im Sessel, trank Kaffee, aß dazu einen Apfel und blätterte in »Eltern«.

»Du, Babs … meinst du, er hat sich in Marianne verliebt, weil sie schlanker ist als ich?«

Babs sah auf. »Was redest du denn da für einen Unsinn? Sind dir die Pillen nicht bekommen?«

»Weiß nicht. Fühl mich ein bisschen besoffen …«

»So hörst du dich auch an. Macht nichts, geht vorbei.«

»Ich hab's dir nie erzählt, aber zum Hochzeitstag hat er mir eine neue Waage geschenkt. So eine digitale, die jedes Gramm anzeigt. Ich hab mich bis heute nicht drauf getraut …«

Babs klappte die Zeitschrift zu und fixierte mich. »Oh, Judith, hör schon auf. Gib bitte nicht dir die Schuld, dass Thomas ausgeflippt ist.«

»Aber an irgendwas muss es doch liegen. Wir waren glücklich, und jetzt …«

»Es liegt an Thomas. Typische Midlife-Crisis, wenn du mich fragst. Und an dieser hinterhältigen Schlange, die sich an ihn rangemacht hat, ohne Rücksicht auf Verluste. Es liegt nicht an deiner Figur. Und auch nicht« – sie hatte meinen Blick registriert, der zu meiner Brille gewandert war, die auf dem Couchtisch lag – »an deiner Brille. Er hat sich Knall auf Fall verliebt. Die Hormone spielen verrückt. Er sieht nur noch das grüne, verlockende Gras auf der anderen Seite des Zauns und glaubt, unbedingt rüberspringen zu müssen.«

»Glaubst du, Peter kann ihn davon abhalten?«

Sie seufzte. »Nein. Nicht, nach dem, was du erzählt

hast. Ich halte es aber für möglich, dass er über kurz oder lang erkennt, was er an dir hat, und zurückgekrochen kommt.«

Ein leiser Hoffnungsfunke regte sich in der Person, die da schlaff auf dem Sofa hing. »Wirklich?«

»Würdest du ihn denn noch wollen nach dem Auftritt heute Morgen?«

»Ja! Natürlich. Ich liebe ihn doch.«

Als Babs mich mit meinem Auto nach Hause fuhr, war es Mittag. In der Küche erwartete uns ein auf den ersten Blick heimeliges Bild: Peter und die Kinder saßen am Tisch, vor sich Suppenteller. Oma stand am Herd und rührte in einem großen Topf. Es roch gut.

»Setzt euch«, sagte Oma zur Begrüßung. »Die Suppe ist fertig.«

Lisa sprang auf und stürzte sich in meine Arme. »Will Papa sich scheiden lassen?« Sie fing an zu weinen. Ich drückte sie an mich und streichelte ihr übers Haar.

»Lisa«, sagte Oma. »Du hast für heute genug geweint. Wenn du nicht auf der Stelle damit aufhörst, schwimmt das Haus davon. Wir essen jetzt. Mit etwas Warmem im Bauch ist uns allen besser.«

»Gute Idee!«, sagte Peter.

Zu meiner Überraschung wischte sich Lisa die Tränen ab und setzte sich hin.

Frederick war weiß im Gesicht. »Danke, mir ist schon schlecht. Ich geh in mein Zimmer.«

Ich setzte mich und zog ihn am Ärmel wieder auf seinen Stuhl. »Was hat Papa zu euch gesagt?«

»Gar nichts«, zischte Frederick. »Der Feigling. Er hat uns einen Brief geschrieben und ist abgehauen.«

»Babs, stell die Suppe auf den Tisch«, kam es von Oma. Sie thronte auf Thomas' Platz.

Babs teilte Bouillon mit Nudeln aus.

Folgendes hatte sich abgespielt:

Frederick und Lisa waren aus dem Tiefschlaf aufgewacht, als jemand (Peter) Sturm läutete, und gingen, da der Krach nicht aufhörte, nach unten, um die Tür zu öffnen. Sie waren höchst erstaunt, ihren Onkel zu sehen.

Peter wusste, dass Thomas nicht da war, denn das Auto stand nicht in der Garage, aber er wusste nicht, ob die Kinder es auch wussten. Also erkundigte er sich vorsichtig, ob Thomas denn schon auf sei?

»Keine Ahnung«, sagte Frederick und gähnte. »Würde mal schätzen, eher nicht. Sonst hätte er doch die Tür aufgemacht.«

»Ihr habt ihn heute Morgen also noch nicht gesehen?«

»Nö«, sagte Lisa. »Wir haben geschlafen. Bis eben.«

»Öhm ...«, machte Peter, der sich ziemlich hilflos fühlte. »Und eure Mutter und eure Oma habt ihr auch noch nicht gesehen, was?«

Frederick schüttelte den Kopf und sah ihn an, als hielte er ihn für komplett durchgeknallt, was Peter ihm nicht verübeln konnte.

»Willst du nicht mal reinkommen?«, sagte er schließlich.

»Ich kann Kaffee kochen«, bot Lisa hilfsbereit an.

»Kaffee ist eine gute Idee«, sagte Peter dankbar, während sich seine Gedanken überschlugen. War der Kerl tatsächlich abgehauen, ohne seinen Kindern ein Wort zu sagen? Und wo war Oma?

Oma saß über einem Becher Caro Kaffee und einer Schnitte Weißbrot in der Küche. Auf dem Tisch lag ein Briefumschlag.

»Oma!«, sagte Lisa. »Hast du denn das Klingeln nicht gehört?«

»Doch. Aber es wurde Zeit, dass ihr aufsteht.«

Frederick und Lisa sahen sich an, zuckten die Schultern und grinsten.

Folgendes stand in dem Brief, den Thomas für die Kinder hinterlassen hatte:

Liebe Lisa, lieber Frederick!
Ihr habt so fest geschlafen, dass ich es nicht übers Herz gebracht habe, euch zu wecken. Was ich euch jetzt schreiben muss, tut mir wahnsinnig Leid. Es ist so, dass eure Mutter und ich uns getrennt haben. Ich kann aus Gründen, die ich persönlich mit euch besprechen will, nicht mehr hier wohnen. Ich komme heute Nachmittag um drei vorbei und hole euch ab. Wir fahren zu McDonald's, oder in die Eisdiele oder wohin ihr wollt, und ich erkläre euch alles. Ich liebe euch sehr, wir werden uns so oft sehen, wie ihr mögt.

Euer Papa

Frederick hatte den Brief laut vorgelesen. Lisa hatte mit offenem Mund zugehört. »Was heißt das? Warum kann er nicht mehr hier wohnen? Wo ist MAMA?« Sie fing an zu weinen. Peter nahm sie in den Arm und verfluchte seinen Schwager stumm, aber gründlich.

Frederick knüllte den Brief zusammen und schmiss ihn auf den Boden. »Scheiße!«, sagte er. »Scheißescheißescheiße.«

Oma nickte stumm in ihren Becher hinein.

Peter ließ sich auf einen Stuhl plumpsen und zog Lisa auf seinen Schoß. »Mama ist bei uns«, erklärte er. »Sie war sehr traurig und aufgeregt. Euer Vater hat ihr heute in aller Frühe, hm, eröffnet, dass er auszieht. Und, hm, das hat er getan.«

»Aber WO ist er denn HIN?«, schluchzte Lisa.

Frederick lehnte mit über der Brust verschränkten Armen und böse zusammengekniffenen Augen am Herd. »Genau. Das möchte ich auch gern wissen.«

Peter wünschte sich weit fort. Thomas hatte sich aus dem Staub gemacht, und er, Peter, musste den armen Kindern Rede und Antwort stehen. Denn von Oma, das war klar ersichtlich, war keine Hilfe zu erwarten. Sie tat so, als sei sie nicht da.

»Ich denke, das muss euer Vater euch selbst sagen. Ich möchte ihm nicht vorgreifen.«

»Du WEISST, wo er ist«, sagte Frederick. Es war eine Feststellung, keine Frage.

Peter nickte unglücklich. Lisa schluchzte lauter. »Muss er jetzt unter einer Brücke schlafen?«

Verdient hätte er's, dachte Peter.

»Nein«, sagte er laut. »Er wohnt jetzt woanders. Wenn ihr mit ihm gesprochen habt, wisst ihr mehr.«

Oma erhob sich schwerfällig von ihrem Stuhl. »Ich koche jetzt Suppe«, sagte sie.

Nur Oma und Peter aßen. Wir anderen starrten stumm auf unsere Teller.

»So geht das nicht«, sagte Babs plötzlich. »Ich rufe jetzt da an. Er soll auf der Stelle seinen Hintern hierher bewegen und mit Lisa und Frederick sprechen.«

Sie rauschte aus der Küche.

»Warum bin ICH nicht auf diese nahe liegende Idee gekommen?«, wunderte sich Peter.

Ich stand am Küchenfenster und sah auf die Straße. Babs und Peter verfrachteten Oma samt ihrem Köfferchen in Peters BMW. Sie hatte eigentlich bis morgen bleiben sollen, sagte aber, nachdem Babs verkündet hatte, Thomas werde gleich da sein, dass sie heimwolle. Jetzt. »Und ihr«, sagte sie zu Babs und Peter, »seid hier auch fehl am Platze. Es tut nicht gut, sich einzumischen.«

»Ihr wart sehr lieb«, sagte ich. »Ich bin euch sehr dankbar für eure Unterstützung.«

Es war ein dezenter Rausschmiss und wurde auch als solcher interpretiert.

Babs und Peter sahen sich an. »Also gut«, meinte Peter. Es klang erleichtert.

Babs nahm Omas Arm. »Komm, Oma, ich helfe dir packen. Und, Judith ... wenn du uns brauchst, ruf an. Tag und Nacht.«

»Papa ist da«, sagte ich zu den Kindern. »Macht euch fertig.«

»Komm doch auch mit«, bat Lisa. »Rede noch mal mit Papa. Vielleicht …«

Ich schüttelte den Kopf. »Für heute habe ich genug mit Papa geredet. Jetzt seid ihr dran.«

Ich nahm meinen Beobachtungsposten am Fenster wieder ein und sah Thomas aussteigen. Oma saß schon in Peters Wagen. Thomas, Babs und Peter wechselten ein paar Worte. Niemand lächelte. Babs und Peter stiegen ein. Der BMW machte einen Satz, Peter musste beim Anfahren ein bisschen zu heftig aufs Gaspedal getreten sein. Thomas öffnete das Gartentürchen und stapfte mit gesenktem Kopf aufs Haus zu. Lisa kam angestürzt und warf sich in Thomas' Arme. Frederick schlenderte hinterdrein. Sein Gesicht war finster. Als Thomas ihm die Hand auf die Schulter legte, schüttelte er sie ab.

Das Haus ist still. Unheimlich still. Ich schleiche herum wie eine verlorene Seele und schaue nach, was Thomas alles mitgenommen hat. Im Keller fehlen die beiden großen Koffer und die Reisetasche. Im Wohnzimmer ein paar Fotos von den Kindern. Das große, silbergerahmte Bild auf dem Fernseher – Thomas, die Kinder und ich, Mama hat es aufgenommen – ist noch da. Thomas' Bücher – Thriller, Biografien und ein paar Bildbände – auch. Auf der Flurkommode liegen Haus- und Garagenschlüssel. Das tut weh, sehr weh sogar. Die Geste hat etwas Endgültiges. Meine Beine sind schwer, als ich die Treppe hinaufgehe. Seine Seite des Kleiderschranks ist komplett ausgeräumt, seine Schubladen auch. Sogar die einzelnen Socken und die Unterhosen mit ausgeleiertem Gummi, die ich schon längst mal hatte ausrangieren wollen, sind weg. Sein Wecker fehlt auf dem Nachttisch, der Thriller von Tom Clancy, den er gerade liest. Er hat sein Bettzeug mitgenommen. Wie leer die Ablage im Bad aussieht ohne seine Kosmetikartikel. Er hat sogar seine gebrauchten Handtücher eingepackt. Ist Mariannes Wäschevorrat knapp oder wollte er nichts Persönliches zurücklassen? Das ist ihm nicht ganz gelungen. Da sind noch die Fotoalben, die Werkzeuge im Keller, die Ordner mit allen möglichen Unterlagen. In meinem Schrank steht ein Schuhkarton mit Liebesbriefen, der Menükarte vom Hochzeitsessen, einer getrockneten roten Rose. Und da ist die gottverdammte Waage neben dem Waschbecken. Mir ist auf einmal schwindlig. Ich setze mich auf den Badewannenrand und atme tief ein und aus, aus und ein. Ich würde gern heulen, kann aber nicht. Ich erinnere mich, dass ich, als Thomas arbeitslos wurde, gedacht hatte, dass sich alles gegen uns verschworen hätte. Wir waren abgestürzt, und ich hatte furchtbare Angst.

Und dann ging's uns wieder gut. Und was hab ich gemacht? Tiriliert über Thomas' neuen Job und Judith Horn, Mietköchin. Ich schwamm wieder obenauf wie ein Fettauge auf der Suppe. Schön blöd. Hätte mich nicht so leichtsinnig freuen dürfen. Hätte daran denken müssen, dass ein Unglück selten allein kommt.

Was mach ich nur? Ich fühle mich so leer. Warum ist niemand da, der mich an den Haaren aus diesem schrecklichen Sumpf zieht?

Schon nach einer Stunde waren die Kinder wieder da. Ich sah sie aus Thomas' Auto steigen und rannte die Treppe hinunter, um sie in die Arme zu schließen. Wenigstens bin ich nicht ganz allein, ich hab meine Kinder, dachte ich.

Wir gingen in die Küche. Um etwas zu tun zu haben, kochte ich Tee und arrangierte Schokokekse auf einem Teller. »Papa wohnt jetzt bei Marianne«, sagte Lisa. »Aber da waren wir nicht. Wir waren bei McDonald's. Papa hat einen Big Mäc gegessen. Ich hab eine Cola getrunken.«

Sie hörte sich seltsam kindlich an, als ob der Schock fünf Jahre aus ihrem Leben gestrichen hätte.

»Ich hätte nie gedacht, dass ihr euch mal scheiden lasst. Nie. In meiner Klasse gibt's viele, deren Eltern geschieden sind. Aber ich dachte, uns kann das nicht passieren.«

Lisas Unterlippe zitterte. Ich nahm sie in den Arm und drückte sie fest an mich.

Thomas hatte den Kindern versichert, dass er sich bald mit mir zusammensetzen würde. Die Scheidung würde in aller Freundschaft geregelt werden. »Ihr sollt so wenig wie möglich darunter leiden«, sagte er. »Das ist eurer Mutter und mir am allerwichtigsten. Wir lieben euch und wollen, dass es euch gut geht.«

»Ich will nicht, dass ihr euch scheiden lasst. Ich will,

dass wir alle zusammenbleiben. Ich will, dass alles so ist wie früher«, sagte Lisa trotzig.

Thomas hatte versucht zu erklären, dass er sich in Marianne verliebt hatte und sie sich in ihn. Es sei nicht geplant gewesen, aber sie hätten erkannt, dass sie nur zusammen glücklich sein könnten. Und so weiter und so weiter. Lisa verstand nicht, warum jetzt auf einmal alles anders sein musste, aber sie war alt genug, um schließlich zu erkennen, dass ihre Argumente und Bitten bei Thomas auf taube Ohren stießen. Sie sagte: »Ich will jetzt heim. Zu Mama.«

»Ja. Natürlich«, sagte Thomas und fügte hinzu, dass Lisa und Frederick natürlich jederzeit in seiner neuen Wohnung willkommen seien.

»In *deiner* neuen Wohnung?«, sagte Frederick spöttisch. Es war das erste Mal, dass er überhaupt den Mund auftat.

»Bitte, Frederick«, hatte Thomas wohl gesagt. »Mach's mir nicht so schwer.«

»Ich hab ihm den Stinkefinger gezeigt«, sagte Frederick jetzt. »Damit er genau weiß, was ich von ihm halte. Und von Marianne. Wär schön, wenn er ihr meinen Gruß ausrichten würde. Ich finde es so was von mies, was die zwei da abziehen.« Sein Gesicht war weiß und angespannt, in einer Wange zuckte ein Muskel.

Ich sagte nichts. Was sollte ich auch sagen? Er hatte Recht.

»Er haut ab und lässt uns sitzen«, fuhr Frederick heftig fort. »Alles soll freundschaftlich geregelt werden, o ja. Wie wir uns dabei fühlen, ist ihm scheißegal. Er kommt überhaupt nicht auf die IDEE, Lisa und mich zu fragen, ob wir vielleicht lieber bei ihm leben würden ...«

»Fredde!«, rief ich erschrocken. »Würdest du denn wirklich lieber ...«

»Quark. Nie im Leben. Aber er hätte doch wenigstens *fragen* können, anstandshalber. Angeblich sind wir ihm doch so *wichtig*. Dabei will er sich überhaupt nicht mit uns belasten, er will Highlife mit dieser Tusse.« Das letzte Wort hatte er förmlich ausgespuckt.

»Diese Tusse.« Ich zuckte zusammen. Das war also aus Marianne geworden, von der Frederick bis vor kurzem nur Gutes zu berichten wusste: »Sie ist echt cool, total lässig, Mama!«

»Ach, Fredde ...«, setzte ich an.

»... und weißt du, was das Allergrößte ist? Sabina hat überhaupt keine Ahnung, was da abgeht. Sie ist gestern zu ihrer Tante nach Bremen gefahren und bleibt über Silvester. Wenn sie heimkommt, kriegt sie einen neuen Vater serviert. Und was für einen. Na, herzlichen Glückwunsch Gut, dass sie wenigstens eine eigene Wohnung hat.«

Die Tränen waren ihm in die Augen gestiegen. Wütend wischte er sie weg.

»Er ist nicht Sabinas Vater«, fuhr Lisa auf. »Er ist unserer!«

»Er kann mich mal.« Er reckte den Mittelfinger der rechten Hand nach oben.

»Frederick! Nicht.«

Lisa fing an zu weinen.

28. Dezember

Mama trudelte ein, als ich im Bademantel am Frühstückstisch saß und gerade ein hart gekochtes Ei mit Maggi runterwürgen wollte. Sie sah hübsch und ausgeschlafen aus und duftete nach »Givenchy III«. Mit zitternden Fingern goss ich ihr Kaffee ein. Sie betrachtete erst das Ei auf meinem Teller, dann mich.

»Du hast einen Kater, Judith.«

»Hab ich nicht«, log ich. »Ich hab gestern Abend nur ein Glas Rotwein getrunken. Höchstens zwei.«

»Hm«, machte Mama zweifelnd.

Um ganz ehrlich zu sein: Nachdem die Kinder im Bett waren, killte ich eine ganze Flasche Rotwein und war stinkbesoffen. Hing heulend und kettenrauchend auf dem Sofa. Wollte Thomas anrufen und ihn anflehen, zu uns zurückzukommen. Hab's nicht getan, klammerte mich trotz Promille an meinen Stolz. Das heißt, ich erinnere mich, dass ich irgendwann Mariannes Nummer gewählt habe. Es war schon spät, aber sie ging nach dem zweiten Klingeln dran. Ich hielt mir den Mund zu.

»Judith?«, sagte sie. »Komm, sag was. Lass uns in Ruhe miteinander reden. Ich weiß doch, dass du dran bist. Ich sehe deine Nummer auf dem Display.«

Scheißtechnik. Ich legte auf und schleppte mich ins Bett.

»Ach, Kind«, sagte Mama. »Es tut mir so schrecklich Leid. Babs hat mich angerufen und mir alles erzählt. Nie im Leben hätte ich Thomas so etwas zugetraut. Was wirst du jetzt unternehmen?«

Ich sollte dieses Ei essen und einen halben Liter Maggi pur dazu trinken. Aber ich bring's nicht über mich.

»Unternehmen? Wie meinst du das?«

»Ja, willst du ihn kampflos dieser Schlange überlassen?«

»Er sagt, er liebt sie ...«

Mama machte eine wegwerfende Handbewegung. »Das sagen sie alle im ersten Überschwang. Es hat nichts zu bedeuten.«

Nicht in den Liebesromanen, die Mama so gern liest. Da gibt's immer ein Happy End. Ich weiß das, weil ich sie auch alle gelesen habe. Bei Stella von Bosch, Mamas Lieblingsautorin, ist es an der Tagesordnung, dass die Ehemänner der Heldinnen streunen. Aber: Sie besinnen sich und kommen zurück, die Heldin verzeiht großmütig, und dann leben sie glücklich bis ans Ende ihrer Tage.

Seufz. Stellas Heldinnen sind immer groß, schlank und rassig. Und die Ehemänner sehen alle aus wie Robert Redford – der *junge* Robert Redford. Und das Drama fängt damit an, dass die Heldin ganz plötzlich über Nacht Karriere macht und darüber ihren Gatten vernachlässigt, jawohl, und es bricht ihm schier das Herz, und er fällt auf so eine raffinierte kleine Schnecke rein (meistens die Sekretärin), die ihn verwöhnt und bekocht und ihm endlos zuhört, wenn er von seinem Job erzählt. Und dann berichtet eine Freundin der Heldin, dass der Gatte fremdgeht, und dass sie daran nicht unschuldig ist. Die Heldin schluchzt und sieht es ein. Und dann reduziert die Heldin ihre Karriere auf einen Halbtagsjob und kauft Reizwäsche und …

Mein Kopf tat weh, obwohl ich schon zwei Aspirin geschluckt hatte. Und mein Herz tat noch weher als der Kopf, und ich wünschte, gegen diese Schmerzen gäb's auch Tabletten.

»Rede mit ihm. Du hast nichts zu verlieren. Denk an die Kinder.«

»Hast du nicht erst letztens erzählt, wenn du Papa beim Fremdgehen erwischt hättest, hättest du dich scheiden lassen?«

»Das habe ich deinem Vater gesagt, aber es war natürlich gelogen. Ich hätte mich im Leben nicht scheiden lassen.«

Was stellt Mama sich eigentlich vor? Ich kann ihn doch nicht an den Haaren aus Mariannes Wohnung schleifen.

»Ich werde drüber nachdenken«, sagte ich erschöpft.

Mama lächelte mir aufmunternd zu. »Gut. Das ist der erste Schritt. Und dann rufst du ihn an und verabredest dich mit ihm in einem hübschen Restaurant. Und Judith … es könnte nicht schaden, wenn du vorher zum Friseur gingst. Und kauf dir was Nettes zum Anziehen.«

Wenigstens hat sie nicht gesagt, ich soll mir Reizwäsche besorgen.

»Ach … und im ›Wäschestübchen‹ gibt's sehr nette

Dessous – im Sonderangebot«, fügte Mama nach kurzem Nachdenken hinzu.

Spitze. Sehe mich schon in BH und Höschen von La Perla im »Schlosskeller« auf dem Tisch tanzen.

Nachmittags – ich spielte gerade Mau-Mau mit Lisa, das Spiel lenkte uns beide ab – schneiten Lilo und Fritz vorbei, was ihnen unter normalen Umständen nie in den Sinn gekommen wäre. Aber ein Beileidsbesuch ist etwas anderes, dachte ich, als ich ihre Gesichter sah. Lilo umarmte Lisa und drückte ihr eine Riesentafel Schokolade in die Hand. »Lässt du uns eine halbe Stunde allein, Schätzchen? Opi und ich müssen was mit deiner Mutter besprechen. Und danach kommst du mit uns, ja? Wir fahren in die Stadt und essen ein Stück Kuchen und trinken Kakao mit ganz viel Sahne. Und wenn du magst, kannst du heute bei uns übernachten. Du hast doch nichts dagegen, Judith?«

»Nein, natürlich nicht.«

»Okay«, sagte Lisa lustlos und zog ab.

»Das arme Kind«, seufzte Lilo. Ihre Augen schimmerten feucht. Fritz nickte und sah zu Boden. »Schrecklicher Schlamassel«, brummte er. »Ganz schrecklich.«

»Wie fühlst du dich, Judith?«, fragte Lilo. »Du siehst furchtbar elend aus.«

Danke. Es geht doch nichts über ein paar aufmunternde Worte. »Ich glaube, die richtige Floskel ist: Es geht mir den Umständen entsprechend gut«, gab ich zurück.

Lilo schaute betreten drein.

»Thomas hat mit uns gesprochen«, kam es von Fritz.

»Wir wollten dir sagen, dass du immer einen Platz in unseren Herzen haben wirst«, meldete sich Lilo wieder zu Wort. »Wir müssen die Entscheidung unseres Sohnes akzeptieren, aber das bedeutet nicht, dass wir sie gutheißen.«

Fritz nickte unglücklich. Er sah aus, als wünschte er sich weit weg.

»Möchtet ihr vielleicht einen Cognac?«

»Alkohol ist keine Lösung, Judith«, sagte Lilo.

»Ein Gläschen kann nicht schaden«, meinte Fritz und fuhr sich mit der Zunge über die Lippen.

Ich schenkte Cognac ein. Fritz und ich tranken. Lilos Glas blieb unberührt.

»Ich möchte Thommis Verhalten nicht entschuldigen«, sagte sie. »Aber ich habe doch darüber nachdenken müssen, ob es auch so gekommen wäre, wenn ihr nicht so jung geheiratet hättet …«

»So jung? Ich war einundzwanzig, Thomas vierundzwanzig. Ihr wart meines Wissens auch nicht älter bei eurer Hochzeit.«

Lilo räusperte sich. »Aber ich war nicht in, hm, anderen Umständen. Wir haben uns bei der Familienplanung mehr Zeit gelassen. Das hat unserer Ehe nur gut getan.«

Plötzlich war ich ziemlich wütend. »Willst du damit andeuten, Thomas hat mich nach siebzehn Jahren nur verlassen, weil er mich geheiratet hat, als ich schwanger war?!«

»Nein, natürlich nicht.« Lilo senkte verlegen den Blick.

Fritz stürzte seinen Cognac hinunter und hielt mir das Glas zum Nachfüllen hin.

Hat Thomas mich nur geheiratet, weil ich schwanger war und er sich moralisch verpflichtet fühlte, eine ehrbare Frau aus mir zu machen? Unserem Kind seinen Namen zu geben? Hat er mich nie wirklich geliebt?

Nein, das ist nicht wahr. Er hat mich geliebt, ich weiß es. Aber nicht so sehr, wie ich geglaubt habe, sonst hätte er sich nicht in Marianne verliebt, oder?

Was war ich froh, als sie endlich gingen und ich in Ruhe heulen konnte.

Abends …

Bin ganz allein zu Hause. Lisa ist bei Fritz und Lilo. Frederick ist bei seinem Kumpel Bastian. Der hat »sturmfrei«, seine Eltern besuchen Verwandte in Thüringen. Nun findet eine Netzwerk-Session bei Bastian statt. Fünf Jungs schlagen sich die Nacht um die Ohren und spielen »Unreal Tournament«.

Ich bin froh, dass die Kinder abgelenkt sind. Aber mir fällt die Decke auf den Kopf. Kann noch nicht mal meine E-Mail abfragen oder im Internet herumsurfen, weil Frederick den Computer mitgenommen hat. Kann auch nicht lesen, weil meine Konzentrationsspanne nur circa fünf Sekunden beträgt im Moment, was noch nicht mal fürs Fernsehen reicht.

Muss mit jemandem reden, jemandem, der NICHT sagt, ich soll mir Reizwäsche kaufen.

Babs?

Babs sagt, Thomas wird schon von selbst zur Vernunft kommen. Ich soll ihm Zeit lassen.

Wie lange? Vier Wochen, ein halbes Jahr, ein ganzes?

Ich rief Usch an und fragte, ob ich vorbeikommen könnte.

»Gern! Im Fernsehen kommt eh nichts Gescheites. Und Wolfgang ist nicht da, er spielt mit seinem Kumpel Fred Squash.«

»Ach Gott«, sagte Usch, nachdem ich ihr alles erzählt hatte. »Das hätte ich nie von Thomas gedacht. Er wirkt so ruhig, so bodenständig. Und dann so was, Knall auf Fall. Diese Marianne ist was anderes, die hat's faustdick hinter den Ohren. Wie die schon immer im Laden mit den Wimpern klimpert, wenn ein Mann auftaucht. Bei der kaufe ich im Leben nichts mehr!«

Ich zündete mir am Stummel meiner Zigarette eine neue an. »Ich hab das Gefühl, ich müsste etwas *tun.* Meine Mutter meint, ich soll versuchen, ihn zurückzuerobern. Aber wie soll man einen Mann zurückerobern, der gegangen ist, weil er seine fehlende Hälfte gefunden hat?«

Usch dachte nach. Dann sagte sie: »Ich weiß nicht, was ich täte, wenn Wolfgang eine solche Nummer abziehen würde. Vielleicht wäre ich so verletzt, dass ich ihn gar nicht zurückhaben wollte. Andererseits ... wir sind schon so lange zusammen, dass ich mir ein Leben ohne ihn gar nicht vorstellen kann.«

Um elf lag ich im Bett. Ziemlich beschickert. Nicht so beschickert wie gestern Abend, aber auch weit entfernt von nüchtern. So kann das nicht weitergehen. Mama hat Recht, Alkohol ist keine Lösung. Nein, halt, Lilo hat das gesagt. Mama hat es nur *gedacht,* ich habe es ihr an der Nasenspitze angesehen.

Jedenfalls: Nie mehr Alkohol. Und keine Zigaretten mehr, ich rauche viel zu viel.

Alkohol streichen UND Nikotin?! NIEMALS!!!

Aber ich rauche ganz bestimmt *weniger.* Und trinke nur ab und zu was. Und an Neujahr rufe ich Thomas an und verabrede mich mit ihm. Ich bitte ihn um eine Aussprache, jawohl. Was er mir da am Frühstückstisch um die Ohren knallte, um anschließend seine Koffer zu packen, kann man nicht als Aussprache bezeichnen. Usch meint, Thomas habe sich an diesem Tag in einem emotionalen Ausnahmezustand befunden, und seitdem sei viel Wasser ins Meer geflossen.

Jetzt, wo guter Pinot Grigio durch meine Adern plätschert und Usch mir so lieb zugehört und mir Mut gemacht hat, denke ich: Vielleicht bereut er ja jetzt schon, dass er ausgezogen ist? Vielleicht vermisst er uns und sieht ein, dass er einen Fehler gemacht hat?

Vielleicht wartet er nur darauf, dass ich die Initiative ergreife?

Als ich am nächsten Morgen aufwache, liege ich auf Thomas' Seite des Betts. Ich umklammere mein Kopfkissen, und mein Gesicht ist tränennass.

31. Dezember

Mama schaute vorbei, bevor sie sich nach Göttingen aufmachte. Sie fieberte dem Silvesterball mit Herrn Wächter entgegen und erzählte, dass sie ihre beiden Abendkleider sowie drei Paar Schuhe und diverse Abendtäschchen, das altehrwürdige Nerzjäckchen und die Stola eingepackt hätte, weil sie sich noch nicht hatte entscheiden können, was sie nun anziehen würde. Sie hatte auch ausreichend Garderobe für morgen eingepackt, denn Herr Wächter würde mit ihr zusammen im Hotel frühstücken und ihr anschließend die Stadt zeigen. Das hatten die beiden in zahlreichen Telefonaten abgesprochen. »Er ist wirklich sehr nett. Sechsundsechzig. Seit drei Jahren verwitwet, seine Frau starb an einer Lungenembolie. Er hat einen Sohn, der in Amerika lebt. Er war Bilanzbuchhalter bei einem großen Unternehmen. Seit der Pensionierung hat er viel Zeit. Ich glaube, er fühlt sich einsam.«

Mama lächelte, wurde aber gleich wieder ernst. »Apropos einsam, Judith. Du kannst unmöglich an Silvester allein zu Hause hocken. Du kriegst doch das heulende Elend. Gib dir einen Ruck und geh zum Raclette-Essen zu Babs, sie hat dich mindestens ein Dutzend Mal eingeladen …«

»Nein. Lauter glückliche Ehepaare tu ich mir nicht an, das habe ich Babs auch gesagt. Gleich fahre ich zu

Oma. Und heute Abend mache ich es mir gemütlich. Ich schau mir einen Krimi an, und um zwölf trinke ich ein Glas Sekt, und dann gehe ich ins Bett. Du brauchst dir absolut keine Gedanken um mich zu machen.«

Mama schürzte missbilligend die Lippen. »Mir gefällt der Gedanke nicht, dass du so ganz allein bist. Kann nicht wenigstens Lisa daheim bleiben und dir ein wenig Gesellschaft leisten?«

»Ihre Freundin Jessica hat Geburtstag. Es gibt eine große Party, und anschließend ist Übernachtung auf dem Dachboden angesagt. Ich bin froh, dass sie ein bisschen Spaß hat.«

Lisa war so traurig und bedrückt, dass es mir ins Herz schnitt. »Ruf Papa doch einfach mal an«, sagte ich. »Er freut sich bestimmt.« Sie schüttelte den Kopf. »Wenn er mit mir reden will, soll *er* anrufen«, sagte sie trotzig.

Frederick gibt sich männlich-cool und verliert kein Wort über Thomas. Aber er hat wieder angefangen, an den Nägeln zu knabbern, was er seit seinem zehnten Lebensjahr nicht mehr gemacht hat.

Frederick, Lisa und ich brachten Mama zum Auto. Sie umarmte uns so fest, als würde sie eine Weltreise antreten und mindestens ein halbes Jahr von uns getrennt sein. »Einen guten Rutsch euch allen!«, rief sie aus dem heruntergekurbelten Autofenster. »Ich melde mich, so wie ich zurück bin.«

Wir winkten ihr nach. »Hat Oma einen Freund?«, fragte Lisa.

»Hmm. Sieht ganz so aus.«

Ich habe ein richtig gutes Gefühl, wenn ich an

Mama denke. Was für ein Glück, dass sie den Frauenarzt gewechselt hat. Ohne ihr Faible für Herrn Dr. Bender hätte sie Herrn Wächter nie kennen gelernt.

Ich fuhr zu Oma. Wir tranken Caro Kaffee, aßen ein Honigbrot dazu und redeten über dies und das. Oma hatte wieder mal im Seniorenzentrum angerufen, immer noch war sie auf der Warteliste nicht nach vorn gerückt. »Und was ist mit dir und deinem Mann?«, wollte Oma ziemlich abrupt wissen.

»Es gibt nichts Neues«, sagte ich. Dass ich Thomas morgen anrufen würde, wusste nur Usch.

Sie nickte. »Du musst das Leben nehmen, wie es ist. Das ist der einzige Rat, den ich dir geben kann. Man sollte meinen, mit achtzig hätte ich mehr an Weisheit zu bieten. Pfff. Wenn alt werden allein einen weise machen würde, wären alle Schildkröten Philosophieprofessoren.«

Gegen sechs fuhr ich nach Hause. Oma würde den letzten Abend des alten Jahres so verbringen, wie sie es immer tat. Ein bisschen fernsehen und um zehn ins Bett gehen. »Die Knallerei hör ich gar nicht mehr. Was soll das Theater ums neue Jahr? Morgen ist es auch noch da, und die nächsten dreihundertvierundsechzig Tage auch. Ich kann es genauso gut morgen früh bei einer Tasse Kaffee begrüßen.«

»Ich bleibe bis zwölf auf und trinke ein Glas Sekt. Ich hab das Gefühl, es bringt mir Glück, wenn ich auf das neue Jahr anstoße. Und wenn's auch nur mit mir allein ist.«

Oma schnaubte. »Glück! Was heißt das schon? Glück ist, wenn man überlebt. Kennst du die Geschichte von den beiden Fröschen, die ins Sahnefass gefallen sind?«

Ich verneinte.

»Also, die zwei paddeln in dem Fass herum, ganz verzweifelt, denn sie schaffen es nicht, wieder herauszuklettern. Nach einer Weile ist der eine Frosch erschöpft. Er hat die Hoffnung aufgegeben, sich retten zu können. Also hört er auf zu strampeln. Schon ist er ertrunken. Der andere Frosch ist zäh. Er ist auch erschöpft, aber er strampelt weiter, er klammert sich ans Leben. Und auf einmal hat er festen Grund unter den Schwimmfüßen und kann rausklettern. Er hat nämlich so lange und so heftig gestrampelt, bis aus der Sahne Butter geworden ist.«

Oma erstaunt mich immer wieder in letzter Zeit. Das ist eine ungeheuer tiefsinnige Geschichte. Also, wenn Oma und ich Frösche wären und ins Sahnefass geplumpst wären, würde Omafrosch verbissen strampeln. Versuche mir vorzustellen, was Judithfrosch täte. Strampeln, klar. Und dann, bei einsetzender lähmender Erschöpfung?

Höre Judithfrosch aus Leibeskräften quaken: »SOS! Rette mich, wer kann!«

Frage mich, was passiert wäre, wenn einer von den Fröschen in der Geschichte auf diese schlaue Idee gekommen wäre.

Um sieben lud ich Lisa und Frederick samt ihren Ruck- und Schlafsäcken ins Auto. Wir waren kaum ein paar

Meter weit gekommen, als Lisa sagte: »Ich will doch lieber zu Hause bleiben.«

»Du willst WAS?«

»Daheim bleiben. Bei dir. Wir können uns Spiegeleier mit Speck braten und Mau-Mau spielen.«

»Aber du freust dich doch auf die Party. Und Jessica wäre schrecklich enttäuscht, wenn du nicht kämst.«

»Egal.«

»Aber WARUM willst du denn auf einmal … Lisa. Jetzt mal ehrlich!«

»Warum gehst du nicht zu Babs, zum Raclette-Essen?« Das hörte sich vorwurfsvoll an.

Aha, daher wehte der Wind. Sie hatte ein schlechtes Gewissen, weil sie auf eine Party ging und ich nicht. Ich beschloss, den Weg des geringsten Widerstands zu gehen.

»Hm. Eine gute Frage. Und weißt du was? Ich gehe hin.«

Ich sah im Rückspiegel, wie Lisas Gesicht aufstrahlte.

»Wirklich?«

»Wirklich.« Ich kreuzte unauffällig die Finger auf dem Lenkrad.

»Hm«, machte Frederick misstrauisch. »Du hast doch gesagt, du hast keine Lust.«

»Man kann seine Meinung doch ändern, oder?«

Zum Glück hakten sie nicht weiter nach.

Kaum hatte ich die Haustür aufgeschlossen, bimmelte das Telefon. Wowowowo … aah, auf der Station lag es, und Babs war dran. »Was machst du gerade?«

»Ich stehe im Mantel im Flur und telefoniere.«

»Haha«, machte Babs.

»Ich hab die Kinder zu ihren Partys gefahren. Und gleich nehme ich ein Bad, und dann koche ich mir was Feines, und dann lese ich ein Buch, das ich immer schon lesen wollte, und dann …«

»Das hört sich nicht allzu deprimiert an. Sogar ziemlich gemütlich. Vielleicht lade ich alle Gäste wieder aus und komme rüber.«

»Ist es nicht ein bisschen spät dafür?«

Babs schmatzte einen Kuss durch die Leitung. »Du, ich wünsch dir was. Und wenn dir doch die Decke auf den Kopf fallen sollte, kommst du vorbei. Versprochen?«

»Versprochen.«

Die Decke ist gerade einen halben Meter tiefer gerutscht. Weil ich an Thomas gedacht habe und daran, ob er wohl Raclette isst mit Marianne, oder ob sie zusammen auf eine Party gehen oder …

… Es klingelte. Mein Herz machte einen Satz. Thomas? So viele Jahre, so viele Silvesterabende, die wir gemeinsam verbracht hatten. Hatte er daran gedacht, hatte er mich so vermisst, dass … ich riss die Tür auf.

Es war Jan, mit zwei Einkaufstüten in der Hand. Er lachte mich an. »Darf ich reinkommen?«

»Ja. Ja sicher, komm rein. Aber …« stotterte ich.

Er beugte sich vor und küsste mich auf beide Wangen.

»… aber *erwartet* hast du den Osterhasen, stimmt's?«

»Den … oh. Das sollte ein Witz sein.«

Er nickte gespielt ernst. »Du hast gesagt: Komm rein. Aber …«

Aber meine Haare sind nicht frisch gewaschen, ich hab bloß alte Jeans an und das Sweatshirt hat auch schon bessere Tage gesehen, und bestimmt glänzt meine Nase, und mein Lippenstift ist abgelutscht.

Was man eben so denkt, wenn der Schwager überraschend hereinschneit. Immerhin hatte ich nicht laut gedacht.

»Ich war einfach nur überrascht, dich zu sehen«, sagte ich, was wahrhaftig nicht gelogen war.

»Mir ist zu Hause die Decke auf den Kopf gefallen«, behauptete Jan auf dem Weg zur Küche. »Und da dachte ich, schaust du einfach bei Judith vorbei. So wie Dinge stehen, könnte es ihr genauso gehen.«

Ich seufzte. »WER hat dir WAS gesagt, Jan?«

Er stellte die Tüten auf den Küchentisch und zog die Stirn kraus. »Mal überlegen. Von meinen Eltern weiß ich, dass Thomas komplett durchgeknallt ist. Und dass die Kinder auf diverse Partys verteilt sind. Den Rest hab ich mir allein zusammengereimt.«

Ich raffte meinen Stolz zusammen. Es war ein schäbiges, löchriges Gewand, aber immerhin. »Mir fällt nicht die Decke auf den Kopf. Du brauchst nicht aus Mitleid mit mir irgendwelche tollen Einladungen abzusagen.«

»Meine Eltern haben mich zu Kartoffelsalat und Würstchen und einem gemütlichen Fernsehabend eingeladen, was natürlich sehr verlockend ist. Na gut. Wenn du mich nicht willst …«

Er grinste breit und tat so, als wollte er wieder nach seinen Tüten greifen.

Ich verschränkte die Arme über der Brust. »Es kann nicht sein, dass ein Mann wie du, na ja, dass du an Silvester nichts vorhast.«

Sein Blick war ganz gekränkte Unschuld. »Ich habe Silvester *nie* etwas vor. Ich *hasse* Silvester. All die guten Vorsätze … Brrr.« Er schüttelte sich.

»Du machst dich über mich lustig.« Zu meinem Entsetzen merkte ich, dass mir die Tränen kamen.

Auf einmal war er ernst. »Nein. Bestimmt nicht. Ich würde Thomas am liebsten eine in die Fresse hauen. Aber ich finde es konstruktiver, wenn wir zusammen was Nettes kochen und gemütlich eine Flasche Wein dazu trinken. Es dürfen auch zwei sein.«

Er fing an, die Tüten auszupacken. »Schweinefilet. Frische braune Champignons. Sahne. Bundmöhren. Wein, Baguette. Weintrauben und Brie zum Nachtisch.«

Und dann machten sich doch ein paar Tränen selbstständig, so gerührt war ich. Er zog ein Taschentuch aus der Jeanstasche und wischte sie weg.

»Es ist nur, weil ich so hungrig bin«, schniefte ich. »Wir kochen also Schweinemedaillons mit Champignonrahmsoße und Möhrengemüse, ja?«

Er lächelte. »Die Soße mache ich. Es gehört ein ordentlicher Schuss Weißwein ran.«

Ich putzte mir die Nase. »Okay. Unter einer Bedingung.«

»Und die wäre?«

»Die Möhren werden glasiert und mit Estragon gewürzt. Und wir reden NICHT über Thomas.«

Wir redeten doch über Thomas, aber erst lange nach dem Essen, über der zweiten Flasche Wein. »Du hast nicht mit Thomas gesprochen, seit er …« Ich schluckte. »… seit er zu Marianne gezogen ist?«

»Nein. Ich bin bestimmt der Letzte, mit dem er darüber sprechen würde.«

»Hm. Ihr steht euch nicht nahe, das stimmt. Warum eigentlich nicht?«

Er zuckte die Schultern. »Wir hatten uns noch nie viel zu sagen. Wir sind einfach zu verschieden. Freunde kann man sich aussuchen. Verwandtschaft nicht.«

Alkohol, gutes Essen und die warme Atmosphäre in der Küche machten mich mutig. »Du bist ein komischer Kauz.«

Er grinste, anscheinend kein bisschen beleidigt. »Kann schon sein.«

»Vielleicht liegt es daran, dass du nicht verheiratet bist. Wenn man immer allein lebt, wird man eigenbrötlerisch.«

Er lachte. »Ich bin gern allein.«

»Immer?«

»Nein. Nicht immer.«

Ich trank noch einen Schluck Wein und zündete mir eine Zigarette an. »Warst du je verliebt? So richtig, meine ich?«

»Einmal. Aber das ist lange her.«

»Ich komme mir vor wie amputiert«, hörte ich mich sagen. »Alles tut weh.«

Er nickte, sagte aber nichts.

»Und dann denke ich wieder, es kann nicht sein,

dass er uns endgültig verlassen hat. Ich bilde mir ein, dass er mich genauso vermisst wie ich ihn. Siebzehn Jahre Ehe kann man doch nicht einfach wegwischen ...«

Und dann erzählte ich Jan alles. Ich rekapitulierte bis ins kleinste Detail die Szene am Küchentisch. Und gestand, dass ich Thomas morgen anrufen würde.

»Und?«, fragte ich schließlich. Was ich hören wollte, war natürlich: Ja, ich glaube auch, dass Thomas mittlerweile aufgegangen ist, dass er einen großen Fehler gemacht hat. Ja, ich glaube, er wird zu dir zurückkommen.

Aber Jan sagte nur: »Ich wünsche dir viel Glück, Judith.«

Kurz vor zwölf gingen wir rüber ins Wohnzimmer und schalteten den Fernseher ein. Jan hatte eine Flasche Sekt geöffnet und schon eingeschenkt. Schweigend standen wir da und warteten auf den großen Moment. Ich hatte viel getrunken und noch mehr geredet, aber nicht geweint. Zum ersten Mal seit Thomas ausgezogen war, fühlte ich eine gewisse Distanz zu meinem Kummer und so etwas wie Fatalismus. Als die Grafenberger Glocken einsetzten, um das neue Jahr einzuläuten, dachte ich: Que será, será, what ever will be, will be. Während ich überlegte, wie der dazugehörige Film mit Doris Day noch hieß, stieß Jan sacht mit seinem Glas an meins. Wir sahen uns an, aber keiner wünschte dem anderen ein frohes neues Jahr.

Jans Pupillen waren so geweitet, dass seine Augen beinahe schwarz wirkten. Er beugte sich herunter.

Sein Mund berührte sehr zart meine Lippen. Meine Lippen öffneten sich, und auf einmal war ich wieder zwanzig, und Jan und ich standen draußen in einer eiskalten Februarnacht, und wir küssten uns, dass mir Hören und Sehen verging. Ich hatte die Augen fest geschlossen und wünschte mir, dass er mich ewig so weiterküssen würde, weil ich alles darüber vergessen konnte. Mein Mund war plötzlich nackt, als Jan einen Schritt zurücktrat.

»Oh«, hörte ich eine Stimme, die ich kaum als meine eigene erkannte.

Jan murmelte ziemlich atemlos etwas von Mitternacht sei vorbei, und jetzt müssten wir uns unbedingt das Feuerwerk ansehen. Und ich sagte: »Gute Idee!«, und dann rief Babs an, um ein frohes neues Jahr zu wünschen, und ich wünschte ihr und Peter auch eins und erzählte, dass Jan vorbeigekommen sei und wir uns jetzt das Feuerwerk ansehen wollten. »Schön! Tut das!«, rief Babs.

Jan und ich schlüpften in unsere Jacken und gingen mit unseren Sektgläsern vors Haus. Es war nicht viel los in unserer Straße, alle Welt schien woanders zu feiern. Bei Usch und Wolfgang war auch alles dunkel, ich wusste, dass sie bei Freunden im Bergischen Land waren. Wir stießen an und tranken unsere Gläser leer.

»Ich geh dann mal«, sagte Jan plötzlich.

»Es war ein schöner Abend. Deine Rahmsoße war köstlich.«

Er grinste und drückte mir sein Glas in die Hand. Kein Küsschen auf beide Wangen wie sonst. Mit langen Schritten ging er davon. Ich spürte wieder seine Lippen auf meinem Mund und dachte: Am letzten Abend des Jahres ist so ein Kuss erlaubt, er hat überhaupt nichts zu bedeuten.

1. Januar

Lisa und Frederick waren ziemlich übernächtigt, was kein Wunder war. Frederick berichtete, dass sie die Nacht durchgemacht und dabei Red Bull getrunken hätten, um sich wach zu halten. Und geraucht wie die Schlote habt ihr, dachte ich, denn er roch durchdringend nach kaltem Rauch. Lisa und ihre Freundinnen waren erst gegen zwei auf ihr Matratzenlager auf dem Dachboden gesunken und hatten noch gekichert und erzählt, bis Jessicas Mutter mit dem Besenstiel gegen die Decke geklopft hatte.

Frederick verzog sich gleich mitsamt PC in sein Zimmer, um eine Runde zu schlafen. Lisa folgte mir in die Küche. Die Spuren des gestrigen Abends waren noch nicht beseitigt. »Du warst ja doch nicht bei Babs!«, sagte Lisa anklagend.

»Jan kam ganz überraschend vorbei. Wir haben zusammen gekocht und uns einen gemütlichen Abend gemacht.«

»Hat er mir was mitgebracht?«

Ich deutete auf drei rosa Marzipanschweinchen auf der Fensterbank. Eins für Lisa, eins für Frederick, eins für mich.

Lisa setzte sich an den Tisch. Ich fing an, aufzuräumen. »Hast du Hunger? Soll ich dir ein paar Eier machen?«

Sie schüttelte den Kopf. »Wir haben eben erst gefrühstückt. Du, Mama … hat Papa schon angerufen?«

Wie auf Bestellung klingelte das Telefon. Lisa raste in den Flur. Sie hatte Glück, der Apparat befand sich tatsächlich auf der Station.

»Papa!«, hörte ich sie durch die offene Tür sagen. Und dann ganz unbedacht: »Wann kommst du nach Hause?«

Ich lauschte mit angehaltenem Atem. Lisa murmelte etwas, dann sagte sie: »Frederick schläft. Er war auf einer Party. Ich auch.« Es klang trotzig. Dann, fröhlich: »Ja, Mama ist da.

Ich geb sie dir.«

Meine Knie gaben nach, ich sank auf einen Stuhl und presste das Telefon, das Lisa mir brachte, ans Ohr. »Hallo?«, krächzte ich.

»Ich würde mich gern mit dir treffen. Ohne die Kinder«, sagte Thomas ohne Präliminarien. »Hast du Lust, heute Abend mit mir essen zu gehen?«

Ich war so baff, dass er das sagte, was ich ihm eigentlich hatte sagen wollen – na ja, mehr oder weniger, ich hatte zweiundzwanzig Variationen auf meinem Notizblock festgehalten – dass ich erst mal kein Wort rausbrachte.

»Judith? Bist du noch dran?«

Mein Herz hämmerte, ich fing an zu schwitzen. »Wo … wo sollen wir uns treffen?«

»In der neuen Pizzeria in der Langgasse? Um sieben?«

»Gut.«

»Bis dann also.«

Lisa war gar nicht enttäuscht, dass Thomas sich mit mir allein treffen wollte. »Das muss so sein, Mama«, sagte sie ernsthaft. »Ihr müsst euch aussprechen, und dann ist alles wieder gut.«

Ich war beeindruckt. »Woher weißt du das?«

»Bei Theresas Eltern war das auch so. Sie hatten sich furchtbar gestritten, der Vater hat seinen Koffer gepackt und ist in ein Hotel gezogen. Aber er hat's nicht ausgehalten ohne seine Familie.« Lisa fiel mir um den Hals. »Oh, ich freu mich so, dass Papa zurückkommt!«

Frederick war skeptisch. »Sabina sagt, Marianne ist happy.«

»Sabina? Ich denke, die ist bei ihrer Tante und weiß von nichts?«

»Sie weiß es«, sagte Frederick finster. »Marianne hat's ihr gestern am Telefon gesteckt. Morgen kommt sie zurück.«

Ich starrte Frederick mit offenem Mund an. Woher wusste *er* das, wenn Sabina in Bremen weilte? Bei uns hatte sie jedenfalls nicht angerufen. Dann fiel mir ein, dass Fredde ein Handy hat und Sabina bestimmt auch eins. JEDER über zwölf hat heutzutage ein Handy, nur ich nicht.

»Mama! Da brutzelt was!«

Oh, verdammt, die Eier. Hastig schaufelte ich Fredericks »Frühstück« auf einen Teller.

Ich setzte mich hin und sah Frederick beim Essen zu. »Was sagt Sabina?«

»Sabina ist total cool«, meinte Frederick kauend. »Sie hat im Prinzip nichts gegen …« Er zögerte. »…

Thomas. Oder dagegen, dass ihre Mutter mit ihm zusammen ist. Sie sagt, eine Menge Ehen gehen schief. Es kann immer passieren, dass man sich in jemand anderen verliebt.« Er schluckte. »Sie findet es in Ordnung, dass jetzt die Fronten klar sind. Was sie nicht verträgt ist, wenn jemand betrügt. Nach außen so tut, als ob alles in Ordnung ist, aber hintenrum rumschläft. Das ist Verrat.«

Ich sah auf meine Hände mit den frisch lackierten Nägeln. Sie zitterten.

»Und sie hat wirklich gesagt, Marianne ist happy? Wann war denn das?«

Frederick musterte mich von oben bis unten, anscheinend war ihm jetzt erst aufgefallen, dass seine Mutter aussah wie von einem anderen Stern. Ich konnte es ihm nicht verdenken. Nach einem langen Bad (um die Zeit bis sieben besser totzuschlagen) steckte ich im Bademantel. Eine grüne Gesichtsmaske sollte meinen Teint glätten und durchfeuchten. Auf meine Haare, verborgen unter einem lila Handtuchturban, wirkte eine Mischung aus Olivenöl und Zitronensaft ein. Das Olivenöl sollte bewirken, dass sie glänzten, der Zitronensaft sollte sie blonder machen.

Er seufzte. »Gestern Abend um kurz nach zwölf. Marianne rief bei Sabina an, um ihr ein frohes neues Jahr zu wünschen. Und bei der Gelegenheit hat sie ihr erzählt, was Sache ist.«

Ich überlegte. Zwischen kurz nach zwölf nachts und kurz nach zwölf am nächsten Mittag, als Thomas mich angerufen hatte, konnte viel passiert sein. Sie konnten sich gestritten haben … Was war Marianne überhaupt für eine Mutter. Knallte ihrer Tochter mal so eben zwischen Neujahrswünschen an der Strippe um die Ohren, dass sie einen neuen Mann hatte, der bei ihr wohnte. Friss, Vogel, oder stirb.

Frederick knabberte am Daumennagel. »Weißt du, was Sabina noch gesagt hat?«

»Hmmm?«

»Dass ihr Vater seine Tusse samt Baby hat sitzen lassen. Er ist jetzt mit einer anderen Frau zusammen. Sabina kennt sie nicht, und es ist ihr scheißegal.«

Kurz nach 19.00 Uhr …

Habe in der Langgasse keinen Parkplatz gekriegt, Auto steht zwei Querstraßen weiter. Macht nichts, kleiner Fußmarsch durch die Eiseskälte tut mir nur gut. Bin ENTSETZLICH aufgeregt. Habe Stunden damit totgeschlagen, mich so schön wie irgend möglich zu machen. Kleines Erfolgserlebnis: Konnte mühelos Reißverschluss von ziemlich enger Hose hochziehen, muss also abgenommen haben. Hätte Waage zu diesem Thema befragen können, aber wenn ich nicht weiß, was ich vorher gewogen habe, kann ich auch nicht wissen, ob ich an Gewicht verloren habe, oder? Verlasse mich auf die Hose, basta. Sie ist moosgrün, und dazu trage ich mein kamelhaarfarbenes Lieblingsshirt und die Kupferohrringe und ein moosgrün-wollweiß gemustertes Seidentuch. Die Haare, nachdem endlich dieses stinkige, klebrige Olivenöl rausgewaschen war, fallen weich ins Gesicht und glänzen schön. Halte fest den Bärchen-Anhänger umklammert, den Lisa mir als Glücksbringer mitgegeben hat. »Du musst ihn drücken und dir dabei was wünschen«, sagte sie. Sie ist genauso ein Nervenbündel wie ich, dabei aber überzeugt, dass alles wieder gut wird, genau wie bei Theresas Eltern. Ich wünschte, ich könnte ihren Optimismus in vollem Umfang teilen. Hopse auf der Alles-wird-gut-Skala auf sämtlichen Stationen zwischen null (völliger

Verzweiflung) und zehn (Jaaaa! Er hat die Schnauze voll von Marianne, er kommt zurück!) wie ein Jo-Jo hin und her. Lisa ist so hippelig, dass sie unbedingt Ablenkung braucht, sonst wird sie explodieren. Fredde hat versprochen, mit ihr Mau-Mau zu spielen, während ich weg bin, und anschließend darf sie im Internet surfen. Wenn Fredde aufgeregt ist, weiß er es gut zu verbergen. Er trägt eine Mir-ist-alles-scheißegal-Miene zur Schau, die wohl von Sabina inspiriert wurde.

Knete im Gehen das Bärchen und murmele vor mich hin: »Bitte mach, dass Thomas zu uns zurückkommt.«

Ziemlich peinlich. Zum Glück ist außer mir kein Mensch auf der Straße unterwegs.

»Casa Mia« hieß das Lokal. Als ich die Tür aufzog, schlug mir ein Schwall warme Luft entgegen, der meine Brille sofort beschlagen ließ. Ich nahm sie ab und schaute mich um. Nur wenige Tische waren besetzt. Ich registrierte rot-weiß karierte Tischtücher, gedämpftes Licht, riesige Stillleben mit allerlei Meeresgetier an den weiß getünchten Wänden. Ein Mann, der allein an einem Tisch saß, hob die Hand und winkte. Ich setzte die Brille wieder auf und erkannte Thomas.

Ein Kellner schob sich heran. »Signora. Guten Abend.«

»Guten Abend. Ich bin mit dem Herrn dort drüben verabredet.«

Er nahm mir den Mantel ab und führte mich zum Tisch.

Thomas stand auf. »Hallo, Judith.«

Er gab mir einen schnellen kleinen Kuss auf die Wange. Er roch nach einem Rasierwasser, das ich nicht kannte. Unter umständlichem Stühlerücken setzten wir uns hin. Er lächelte.

»Schön, dass du gekommen bist. Gut siehst du aus …«

»Danke.« Der Anhänger, dachte ich, du hast immer noch den Anhänger in der Hand. Unter dem Tisch öffnete ich meine Tasche und stopfte das Bärchen hinein.

Thomas sah fremd aus, kein Wunder, dass ich ihn nicht gleich erkannt hatte. Seine Haare, die er normalerweise rechts gescheitelt trägt, waren raspelkurz geschoren, was ihn jünger wirken ließ. Ich sah den Schatten eines Dreitagebartes auf seinen Wangen. Er trug einen wollweißen Pulli mit Zopfmuster, den ich noch nie gesehen hatte. Aus dem runden Ausschnitt lugte der Kragen des grün karierten Flanellhemds, das ich so gern an ihm sah.

Der Kellner kam mit den Speisekarten an. »Apéritif?«, fragte Thomas.

»Ja. Nein, lieber doch nicht, ich muss ja noch fahren. Ich nehme einen offenen Pinot Grigio.«

Thomas bestellte einen Campari orange. Campari orange?! Das war Mariannes Lieblingsapéritif.

Wir schauten uns über die Speisekarten hinweg an. Wie oft hatten wir so gesessen, wie oft hatte mich Thomas damit aufgezogen, dass ich so lange brauchte, bis ich mich für ein Gericht entschieden hatte. Heute war mir das Speisenangebot keinen Blick wert.

Thomas räusperte sich. »Wie geht's den Kindern?«

Ich holte tief Luft. »Sie vermissen dich. Besonders Lisa. Und ich vermisse dich auch.«

Da, es war heraus. Ich hatte es ihm leicht gemacht. Jetzt konnte er sagen: »Ich vermisse euch auch. Ich möchte gern wieder nach Hause. Das heißt, wenn du mich noch willst, Judith …«

Worauf ich sagen würde …

»Ich vermisse euch auch«, sagte Thomas. »So viele gemeinsame Jahre kann man nicht einfach wegwischen. Aber ich habe mich entschieden. Marianne und ich gehören zusammen.«

Ich starrte ihn an.

Fassungslos.

»Das hört sich jetzt sehr hart an, ich weiß. Aber ich wollte keine falschen Hoffnungen wecken.«

Mein Gesicht brannte, so schämte ich mich. Ich hatte mein Herz auf der Zunge getragen, und das hatte ich jetzt davon.

Marianne und ich gehören zusammen …

Der Kellner erschien. »Ich nehme eine Pizza Quattro Stagioni«, sagte Thomas.

»Ich auch.«

Er sah mich erstaunt an. »Aber du magst keine Quattro Stagioni.«

»Ich bin offen für Neues«, sagte ich trotzig.

Kann es nicht übers Herz bringen, etwas zu essen, was mir schmeckt.

Als der Kellner sich entfernt hatte, fing Thomas an zu reden. Ein wahrer Wortschwall brach über mich herein, und es ging um Hera Lind. Hera Lind, die ja ihren Partner und Vater ihrer vier Kinder verlassen hatte, weil sie der großen Liebe ihres Lebens begegnet war.

»Ich kann mich mit ihr identifizieren, weil es mir genauso gegangen ist«, erklärte Thomas. »Und ich möchte so gern, dass wir auch freundschaftlich auseinander gehen. Dass wir die Sache mit dem Haus einvernehmlich regeln.«

Ich saß da wie versteinert und hörte mir an, dass Hera sich die Sache auch nicht leicht gemacht hatte. Die vielen gemeinsamen Jahre mit ihrem Uli, die vier Kinder ... aber Hera musste ihrem Herzen folgen. Uli hatte es eingesehen, er hatte sie in Freundschaft ziehen lassen ...

Es hörte sich so auswendig gelernt an. War es auch, darauf hätte ich meine rechte Hand verwettet. Ich hörte Marianne sagen: »Du musst es ihr *erklären,* Thomas. Erzähl ihr von Hera Lind, dann weiß sie, dass nichts unserer Liebe im Wege stehen kann.«

»Hera Lind? Wer ist Hera Lind?«, hatte Thomas garantiert mit gekrauster Stirn gefragt. Es gibt keine Frau in ganz Deutschland (na gut, eine, und das ist meine Großmutter), die nicht schon von Hera Lind gehört hätte, und nur wenige Männer, aber ich bin sicher, an Thomas war der ganze Presserummel spurlos vorüber gerauscht. Er interessiert sich weder für Frauenromane noch für Klatsch und Tratsch. Worauf Marianne bestimmt gelacht hatte, ihm eine kurze Inhaltsangabe sämtlicher Romane ihrer Lieblingsautorin gegeben und ihm die Story eingetrichtert hatte.

Während Thomas sprach, lehnte ich mich im Stuhl zurück und verschränkte die Arme über der Brust. Mit diesem Mann war ich seit siebzehn Jahren verheiratet. Ich hatte geglaubt, ihn in- und auswendig zu kennen. Ich hatte ihn geliebt, ich hatte alt werden wollen mit ihm. Vor sechs Tagen hatte er mich verlassen. Er war nicht mehr mein Thomas. Mir gegenüber saß ein Mann mit Stoppelkopf und Dreitagebart, der Platitüden herunterbetete.

Kann man von einer Sekunde zur anderen aufhören, jemanden zu lieben?

Ich glaube schon.

2. Januar

Habe ganz schön abgeklärt geklungen gestern, was? WAR auch abgeklärt, hätte mich beinahe selbst nicht erkannt. Keine Tränen, keine Ausbrüche. Ich unterhielt mich ganz ruhig und zivilisiert mit Thomas und hatte dabei das Gefühl, weit über den Dingen zu schweben. Natürlich sah ich ein, dass das Haus verkauft werden muss und der Erlös minus Schulden geteilt, damit wir über die Runden kommen würden. »Es tut mir wirklich sehr Leid, ich weiß, wie du dich fühlen musst …«

»Nein«, sagte ich. »Du hast nicht den geringsten Schimmer, wie ich mich fühle. Ich weiß es selbst nicht so genau.«

Er senkte den Blick und sagte hastig, dass er sich um den Verkauf kümmern würde. Mit seinem Anteil wollte er sich im Schreibwarengeschäft einkaufen, damit er nicht mehr Mariannes Angestellter, sondern ihr Partner war. Als ob mich das interessieren würde. Der neue Thomas stand mir so nahe wie der Mann im Mond.

Ich schwebte immer noch über den Dingen, als ich Lisa und Frederick erzählte, dass ihre Eltern sich scheiden lassen würden. Lisa weinte. Frederick sagte achselzuckend: »Ich hab's gewusst. Scheißegal.«

Ich erklärte ihnen, dass das Haus verkauft werden müsse. »Von mir aus«, sagte Frederick. »Geht mir doch am Arsch vorbei. In zwei Jahren bin ich mit der Schule fertig und dann mache ich eine Ausbildung zum IT-Assistenten und ziehe mit Sabina zusammen.«

Er verschwand in sein Zimmer. Ich versuchte, Lisa zu trösten. »Wir suchen uns eine schöne Wohnung. Vielleicht gibt's ja auch ein preisgünstiges Häuschen mit Garten irgendwo zu mieten?«

Lisa legte den Kopf an meine Schulter. »Darf ich einen Hund haben?«

»Wenn der Vermieter nichts dagegen hat, ja.«

Sie war noch jung genug, um sich von diesem Versprechen ein bisschen trösten zu lassen.

Wir gingen nach oben. Ich blieb bei Lisa, bis sie eingeschlafen war. Ich lauschte auf ihre gleichmäßigen Atemzüge, und plötzlich schwebte ich nicht mehr über den Dingen. Ich kam ins Trudeln, schmierte ab und knallte auf den Boden der Tatsachen. Der neue Thomas, Mariannes Thomas, konnte mir gestohlen bleiben. Aber der alte Thomas, MEIN Thomas ... ich vermisste ihn so.

Ich ging in die Küche und machte eine Flasche Wein auf. Hab sie getrunken, hab geheult und Kette geraucht. Erinnerungen, so viele schöne Erinnerungen. Und das Haus, ich habe so viel Liebe und Arbeit in dieses Haus gesteckt. Nicht, dass ich ohne Thomas hier leben wollte, die Decke würde auf mich herunterkrachen und mich unter sich begraben. Muss einen neuen Anfang machen in neuer Umgebung, jajaja. Nur wie?

Irgendwann wankte ich die Treppe hoch. Im Bad beging ich den Fehler, beim Zähneputzen in den Spiegel zu sehen. Und fing prompt wieder an zu weinen, weil ich so grauenhaft aussah. Ich hockte mich auf den Badewannenrand und heulte Rotz und Wasser, und dann fiel mein Blick auf die Waage, und dann …

… hab ich sie aus dem Fenster geschmissen. Und dann hörte ich auf zu heulen. Einfach so, als hätte irgendwer den Wasserhahn abgestellt. Tapste ins Schlafzimmer und fiel angezogen ins Bett.

Eben rief Mama an; sie ist zurück aus Göttingen. Der Ball war wunderwunderschön, sprudelte sie gleich nach »Frohes neues Jahr, Judith-Kind!« heraus. Und sie hat sich wunderbar mit Bernhard verstanden, so gut, dass sie noch einen Tag in Göttingen drangehängt hat, und …

»Und du? Wie geht es dir?«, fragte sie plötzlich mitten im Satz.

»Thomas will die Scheidung«, sagte ich müde.

»Die Scheidung?! Ist er denn von allen guten Geistern verlassen? Ich komme sofort vorbei.«

Ich schützte allerlei Termine vor und verabredete mich für morgen mit ihr. Kann heute niemanden außer meinen Kindern um mich ertragen. Sehe immer noch grauenhaft aus, völlig verschwollen, und fühle mich wie ein alter Lappen. Loch an Loch und hält doch.

»Ach Gott, Kind«, sagte Mama traurig. »Nimm dir einen guten Anwalt, hörst du? Ach, Gottogott …«

Babs, die fünf Minuten später an der Strippe war, nahm die Sache wesentlich gelassener. »Reisende soll man nicht aufhalten«, sagte sie. »In jedem Abschied liegt ein Neubeginn.«

»Du hast leicht reden.«

Sie seufzte. »Ja, hab ich. Trotzdem: ›*Und jedem Anfang wohnt ein Zauber inne, der uns beschützt und der uns hilft zu leben*‹ …«

»Goethe?«

»Nein. Hermann Hesse. Kopf hoch, Judith. Du schaffst das schon. Ich glaube ganz fest an deine Zukunft als Mietköchin, du musst dich nur mal richtig dahinter klemmen. Anzeige in der Zeitung, Homepage im Internet. Und wenn Sibilla oder Jonathan erst auf der Welt ist, engagiere ich dich als Tagesmutter.«

Aber ich will doch gar nicht … lag mir schon auf der Zunge, aber dann fiel mir ein, dass ich vielleicht dankbar sein würde für ein kleines Zubrot.

»Ach, und Judith«, fügte Babs hinzu. »Ich gehe davon aus, dass das Haus verkauft werden muss, es ist ja noch nicht schuldenfrei.«

»Ja«, sagte ich. »Es wird verkauft.«

»Hm. Und viel Unterhalt kann Thomas nicht zahlen, da wette ich drauf.«

»Ich will keinen Unterhalt von ihm. Er wird für die Kinder bezahlen. Das ist in Ordnung.«

»Bist du blöd?«, rief meine Schwester. »Nimm dir einen guten Anwalt, und lass ihn bluten!«

»So einfach ist das heute nicht mehr. Außerdem will ich nichts von ihm.«

Sie schnaubte. Es gab eine kleine Gesprächspause, ich hörte förmlich ihre Gehirnwindungen knistern. »Oma hat eine gute Rente«, meinte sie schließlich.

»Ja, und?«

»Sei doch nicht so begriffsstutzig. Warum ziehst du nicht mit ihr zusammen?«

Ich schnappte nach Luft. »Oma? Ich soll mit OMA zusammenziehen?!«

»Warum denn nicht?«, meinte Babs ungerührt. »Du vermietest ihr ein Zimmer unter, sie beteiligt sich an den Lebenshaltungskosten. Wohngemeinschaft nennt man so was, Judith.«

Ich soll eine WG mit meiner Großmutter gründen?

Hm. Oma und ich kommen nicht schlecht miteinander aus, ich kann es nicht leugnen. Aber ob wir zusammen unter einem Dach leben könnten ... weiß nicht. Und was würden die Kinder dazu sagen?

»Ich muss drüber nachdenken.«

»Tu das«, meinte Babs fröhlich.

Babs hatte mal wieder sämtliche Probleme mit einem Rundumschlag beseitigt. Jetzt fehlte nur noch, dass sie mir einen neuen Mann auf dem Silbertablett präsentierte.

Wie ich sie kenne, arbeitet sie bereits daran.

Mitternacht …

Frederick übernachtet bei Sabina. Sabina hat mich zum Weinen gebracht heute, nicht dass im Moment viel dazugehören würde. Hab so nah am Wasser gebaut, der Keller ist dauernd überflutet. Sie kam so gegen sechs an, frisch aus Bremen, als Frederick, Lisa und ich uns in der Küche ein Brot schmierten. Zur Begrüßung küsste sie mich auf die Wange. Ja, wirklich. Und sie schenkte mir einen Topf mit Glücksklee, in dem ein kleiner Schornsteinfeger steckte. »Soll dir Glück bringen im neuen Jahr«, murmelte sie und klopfte mir auf den Rücken, als ich anfing zu schluchzen. Frederick nahm mich in den Arm. »Wird schon alles, Mama«, sagte er. »Wir schaffen das.«

Jetzt sitze ich in Fredericks Zimmer am Computer. Habe mich in die E-Mail eingeloggt. Keine neuen Mails sind für mich auf dem Server vorhanden. Das ist nichts Neues, der Posteingang ist gewohnheitsmäßig dürftig. Einmal hat mir Frederick Grüße gemailt, ab und zu trudeln ein paar Zeilen von Usch und Babs ein. Ich lehne mich im Schreibtischstuhl zurück und schließe die Augen. Stelle mir vor, Jan küsst mich. Solange ich seine Lippen auf meinen spüre, kann ich alles vergessen. Ich träume von einem Prinzen auf einem prächtigen

Schimmel, der mich rettet. Er besiegt den Drachen, und alles ist gut.

Muss aber schon wieder die Augen aufmachen, weil ich aufs Klo muss. Während ich mir die Hände wasche, fällt mir die Waage ein, die im Garten liegt. Hab überhaupt noch nicht danach geguckt. Ob sie den Rausschmiss unversehrt überstanden hat, oder ob sie in tausend Teile zersprungen ist, genau wie mein Leben?

Gehe wieder in Fredericks Zimmer, das bald leer stehen wird. Wer wird hier einziehen? Sind es nette Leute, eine glückliche Familie, so wie wir es mal waren?

Weiß nicht, wie ich alles schaffen soll. Bin ins Sahnefass gefallen, strample und brülle unentwegt: »Rette mich, wer kann!«

Vielleicht hört mich ja tatsächlich jemand ... ich würde mich riesig über eine E-Mail freuen. Die Adresse ist ja bekannt. Was mir passiert ist, ist ja nichts Ungewöhnliches. Alle paar Minuten verlässt irgendwer irgendjemanden, und wer verlassen wird, muss sehen, wie er überlebt.

Ich brauche sehr dringend ein neues Leben.

Ooooh. Ich muss magische Kräfte besitzen: Eine Mail ist auf dem Server, eine Mail für mich!!!!

Ist es zu fassen? Die Mail ist von Jan.

Hallo, Judith! Hab deine E-Mail-Adresse von Fredde. Wenn ich Lisa in den neuen Walt-Disney-Film ausführe – hast du Lust, mitzukommen?

Jaaaa!

Nicht, dass ich mir einrede, Jan könnte etwas anderes in mir sehen als eine nette Schwägerin. Ich meine, ich sehe ja auch nichts anderes in ihm als einen netten Schwager. Ein Kuss an Silvester – und wenn man auch noch so oft daran denkt – hat rein gar nichts zu bedeuten. Es hat auch nichts zu bedeuten, dass man, wenn man ganz ehrlich ist, also … wenn es sich ergeben sollte, was natürlich ausgeschlossen ist, dann …

Also, man sollte meinen, ich hätte im Moment anderes zu tun, als mir über Sex mit meinem Schwager den Kopf zu zerbrechen.

Höre Frederick im Geiste sagen: »Oh, Mama. Du bist echt peinlich.«

Also gut. Werde Jan jetzt zurückmailen, dass ich SEHR GERN mit ihm und Lisa ins Kino gehe.

Und morgen frage ich Lisa und Frederick, ob sie sich vorstellen könnten, mit ihrer Urgroßmutter unter einem Dach zu wohnen.

Ähm … wo ich grade am Zaubern bin … vielleicht schreibt mir ja gleich noch jemand, der Erfahrung im Zusammenleben mit einer – na, sagen wir, nicht ganz unkomplizierten – alten Dame hat. Wäre für Informationen wirklich sehr dankbar …

Ich schicke schon mal im Voraus liebe Grüße durchs Netz.

PS: Antworte garantiert auf jede ernst gemeinte Zuschrift!!!!!

PPS: Wenn ich nicht grade im Umzugsstress bin.

PPPS: DANKE!

PPPPS: Und falls jemand mal eine Mietköchin braucht …

Ähm. War das jetzt peinlich?

Freitag, der 13. Februar

Als ich heute Morgen aus dem Badezimmerfenster hinunter in den Garten guckte, kam eine schwarze Katze unter dem Rhododendronbusch hervor und flitzte mit gesträubtem Schwanz davon. Sie kam von links und entfleuchte nach rechts. Bin überzeugt, dass das rein gar nichts zu bedeuten hat. Bin ebenfalls davon überzeugt, dass Freitag der 13. ein Tag wie jeder andere ist.

Man muss positiv denken.

Und das tue ich, denn heute Abend habe ich etwas vor. Aber davon später mehr.

Jetzt muss ich erst mal erzählen, wie sich mein neues Leben bis jetzt gestaltet.

Als ich die Kinder fragte, ob sie sich vorstellen könnten, mit Oma zusammenzuwohnen, zog Frederick die Augenbrauen hoch.

»Ich denke, Oma will *unbedingt* ins Altenheim?«

»Vielleicht ja, vielleicht nein. Ich hab sie noch nicht gefragt, ob ihr Entschluss unwiderruflich ist. Ich wollte erst fragen, wie ihr zu einer Wohngemeinschaft steht.«

Frederick grinste. »Eine WG. Wie in ›Marienhof‹. Cool.«

»Wo würde Oma schlafen? Etwa in meinem Zimmer?«, fragte Lisa ängstlich. »Sie schnarcht, ich hab's gehört, als sie Weihnachten bei uns war.«

Ich erklärte, dass jeder selbstverständlich sein eigenes Reich bekäme.

»Von mir aus«, sagte Fredde mit einem Blick auf die Uhr. Er war mit Sabina verabredet und hatte es eilig. »Sie ist ja nicht der Typ, der einen behandelt wie ein Kleinkind. Und ich bin sowieso die meiste Zeit bei Sabina.«

Lisa stülpte die Unterlippe vor, ihre Augen füllten sich mit Tränen. Seit Thomas weg ist, bringt fast alles sie zum Weinen: ein verregneter Nachmittag, ein schiefer Blick von Frederick, eine glückliche Familie im Fernsehen … »Du hast versprochen, dass wir einen Hund kriegen, Mama!«

»Wenn es irgend möglich ist. Und dazu steh ich auch.«

»Okay«, sagte Lisa. »Oma kann mit dem Hund Gassi gehen, wenn ich in der Schule bin.«

Oma schaute skeptisch drein.

»Eine WOHNGEMEINSCHAFT, Judith? Und was ist, wenn wir uns nicht vertragen?«

»Das Risiko besteht, Oma. Theoretisch könnte es sein, dass wir uns nach drei Tagen an die Gurgel gehen.«

»Hm.«

Oma dachte laut nach: Der Heimplatz war ihr sicher. Sie stand auf der Warteliste, das konnte ihr keiner nehmen. Es war nur eine Frage der Zeit, bis etwas frei wurde, und dann konnte sie vor uns flüchten, wenn wir ihr auf die Nerven fielen.

Ich gab zu bedenken, dass wir uns unter Umständen

länger auf die Nerven fallen müssten, da Oma in der Warteschlange erst um einen Platz nach oben gerückt war.

Sie nickte ungeduldig. »Das weiß ich auch, Judith! Andererseits – warum sollten wir uns nicht vertragen, mit ein bisschen gutem Willen auf beiden Seiten?«

Genau dieses Argument hatte in meinen Überlegungen den Ausschlag gegeben.

»Eben, Oma. Das denken wir uns auch.«

»Außerdem gefällt mir der Gedanke, dass meine Rente in der Familie bleibt«, fuhr Oma fort.

»Ein Hund wird allerdings auch mit von der Partie sein. Das habe ich Lisa versprochen.«

Oma zog ein Gesicht, als habe sie in eine Zitrone gebissen. »Ein HUND? Auch das noch. Wer keine Arbeit hat, macht sich welche, Judith.«

Seit Schatzis Unfalltod scheint Oma ein Problem mit Hunden zu haben, aber darauf kann ich keine Rücksicht nehmen.

Ich erklärte ihr, wie dringend Lisa etwas brauchte, worauf sie sich freuen konnte. Sie vermisst Thomas so. Telefongespräche und Sonntagsausflüge mit ihrem Vater sind nur ein Tropfen auf den heißen Stein.

»Wenn es sein muss …«, sagte Oma mit Märtyrerblick. »Solange das Tier nicht den lieben langen Tag kläfft und *ich* mich nicht drum kümmern muss …«

Ich versicherte ihr, dass wir die Tierheime im Umkreis nach einem sehr ruhigen, unauffälligen Exemplar durchforsten würden. »Du wirst kaum merken, dass er da ist«, versprach ich.

»Wer's glaubt wird selig«, bemerkte Oma. »Aber gut:

Ich kündige Kemal. Meine Wohnung ist ja leider zu klein für uns alle. Ich möchte ein helles großes Zimmer, Judith, gern mit Balkon, und unbedingt ein eigenes Bad. In meinem Alter hat man keine Lust mehr, sich über anderer Leute Haare im Waschbecken zu ärgern.«

»Ich freu mich, Oma!«, sagte ich und gab ihr einen Kuss.

»Na, mal sehen, ob du dich noch freust, wenn du mich am Hals hast«, meinte sie. Aber sie lächelte dabei.

Unmittelbar nach diesem Gespräch stürzte ich mich in die Suche nach einer geeigneten Wohnung oder einem Haus: Ruhige Wohnlage, fünf Zimmer, Küche, zwei Bäder, gern ein Balkon oder eine Terrasse, Haustiere erlaubt. Keine übertriebenen Ansprüche, oder?

Ich suche immer noch, seufz.

Unser Haus ist auch noch nicht verkauft.

Seufzseufz.

Der von Thomas beauftragte Makler führt Interessenten herum, die mit Argusaugen alles begutachten. Sie lassen kaum ein gutes Haar an unserem Heim, und versuchen gnadenlos, den Preis zu drücken.

»Kommt nicht in Frage«, sagt Thomas. »Das Haus ist den Preis wert. Und wir brauchen jeden Pfennig, den wir kriegen können.«

»Mit ein bisschen Geduld ist die Kuh bald vom Eis«, sagt der Makler.

Na, hoffentlich. Am besten heute noch. Ich träume von einer netten Familie, die sich auf den ersten Blick in unser Haus verliebt und ohne mit der Wimper zu zucken den Kaufpreis auf den Tisch des Hauses blättert.

Seit meinem Treffen mit Thomas im »Casa Mia« schlafe ich unten im Gästezimmer. Kann es nicht ertragen, allein im Schlafzimmer zu nächtigen, das ich so lange mit Thomas geteilt habe. Ich schlafe schlecht, auch im Gästezimmer. Ich liege bis in die frühen Morgenstunden wach und grüble und mache mir Sorgen um die Zukunft.

Muss leider auch berichten, dass meine Karriere stagniert. Habe bloß für Frau Schneyer noch mal drei Torten gebacken und für Mamas Freundin Helga ein dreigängiges italienisches Menü für acht Personen gekocht. Müsste mich um Aufträge bemühen, bringe im Moment aber nicht die Energie auf. Benötige alle verfügbare Energie für die Wohnungssuche. Und fürs Ausmisten. Es ist erstaunlich, wie viel unnützes Zeug sich im Lauf der Jahre in einem Haus ansammelt. Ich sortiere, räume auf, verschenke, werfe weg. Thomas war da und hat ein paar Sachen geholt. Kein böses Wort fällt zwischen uns – wozu auch, es ist alles gesagt worden. Thomas hat die Scheidung beantragt, alles geht seinen Gang. Wir gehen höflich miteinander um: »Hast du etwas dagegen, wenn ich den Toaster mitnehme?«

»Aber nein, gar nicht. Würdest du mir die Bohrmaschine lassen?«

Ja, er überlässt mir die Bohrmaschine und fast alle Möbel, und er bezahlt die Hypothek ab und überweist die Hälfte seines Gehalts auf unser ehemals gemeinsames Konto. Trotzdem bin ich knapp bei Kasse.

Usch, die fast jeden Tag auf einen kurzen Schwatz vorbeikommt, war beeindruckt. »Ihr seid das einzige Paar, das mir je untergekommen ist, das auseinander geht, ohne dass die Fetzen fliegen.«

»Es bringt doch nichts, sich gegenseitig fertig zu machen«, sagte ich müde. Ich bin ständig müde, weil ich so schlecht schlafe.

»Ich weiß nicht, ob ich so großherzig wäre, wenn Wolfgang so eine Nummer abgezogen hätte«, meinte Usch. »Aber für die Kinder ist es sicher das Beste. Hat Frederick wieder Kontakt zu seinem Vater?«

»Nicht, dass ich wüsste. Ich halte mich da raus. Das ist Thomas' Problem, nicht meins.«

Alle sind sehr lieb zu mir.

Peter findet mich »ein bisschen depressiv« und hat mir eine Großpackung mit Glückspillen vorbeigebracht. »Ein Extrakt aus Johanniskraut und Kava-Kava«, erklärte er eifrig. »Rein pflanzlich, garantiert unschädlich. In ein paar Wochen fühlst du dich wie neugeboren.«

Bin sehr gerührt. Habe die Dosis verdoppelt, damit ich mich schneller wie neugeboren fühle. Kann ja noch auf Thomas' unberührten Tablettenvorrat im Arzneischränkchen zurückgreifen.

Babs nimmt sich die Zeit, mit mir Wohnungen und Häuser zu besichtigen. Sie ist eine große Hilfe, denn sie sieht alles: Schimmel im Bad, schlecht schließende Fenster, potenziellen Ärger. »Lass die Finger davon«, zischte sie mir ins Ohr, als der Vermieter uns durch eine hübsche, großzügig geschnittene Altbauwohnung führte. »Der Mensch hat einen stechenden Blick. Und er wohnt im Parterre. Es gibt nur Schwierigkeiten, wenn der Vermieter mit im Haus wohnt, glaub mir.«

»Ach was!«, zischte ich zurück. »Du siehst Gespenster.«

»Die Fenster müssen einmal im Monat geputzt werden«, verkündete der Mensch mit dem stechenden Blick wenig später. »Da achte ich drauf. Ich nehme mir auch das Recht, stichprobenhaft zu kontrollieren, ob der Parkettboden richtig gepflegt wird. Und die Haltung von Haustieren ist untersagt.«

Babs warf mir einen triumphierenden Blick zu. Manchmal ist meine Schwester mir geradezu unheimlich.

Mamas Romanze mit Bernhard Wächter blüht und gedeiht. Sie telefonieren täglich und sehen sich jedes Wochenende. »Du wirst auch ein neues Glück finden, Judith-Kind!«, tröstet sie mich. »Du bist noch jung.«

Fühle mich im Moment wie neunzig, aber Mama meint es ja nur gut.

Kürzlich schneite Fritz vorbei, zu meiner Überraschung ohne Lilo. Er drückte mir einen Tausendmarkschein in die Hand. »Dachte mir, ihr könnt's brauchen …«

»Danke!« Vor lauter Rührung über seine Großzügigkeit hätte ich beinahe schon wieder angefangen zu heulen.

Jan führte Lisa und mich am 23. Januar ins Kino aus. Der Film hatte kaum angefangen, als er nach meiner Hand griff und sie bis zum Ende der Vorführung nicht mehr losließ. Lisa war so gefesselt von den Vorgängen auf der Leinwand, dass sie nichts merkte. Ich hielt mich an Jans Hand fest und wünschte mir, er würde mich küssen …

(Was ich mir sonst noch alles wünschte, ist ein Geheimnis!!!!)

Und dann gingen die Lichter an im Kino, der Film war zu Ende. Jan ließ meine Hand los. Aus der Traum. Ich war so enttäuscht, dass ich am liebsten losgeheult hätte.

Albern. Das kommt davon, wenn man sich wilden sexuellen Fantasien hingibt, nur weil man 90 Minuten lang Hand in Hand mit seinem Schwager dagesessen hat.

Wir gingen zu McDonald's, tranken Cola und aßen jeder einen Big Mäc. Lisa plapperte unentwegt: über den Film, über andere tolle Filme, die sie gesehen hatte, über die No Angels, Ronan Keating und Britney Spears. Jan sagte nicht viel. Ich sagte auch nicht viel. Manchmal trafen sich unsere Blicke. Etwas in seinen Augen machte mich so nervös, dass ich meinen Colabecher umstieß. Gottlob war er fast leer gewesen.

Seit diesem Abend habe ich Jan nicht mehr gesehen. Wir haben auch nicht mehr telefoniert. Wir mailen uns. Diese Mails sind nette, nichts sagende Episteln. Wir beschweren uns über das nasskalte Schmuddelwetter, ich erzähle von meiner bislang ergebnislosen Wohnungssuche und den Kindern.

Warum habe ich dann Herzklopfen, wenn ich eine Mail von Jan vom Server hole? Und Herzklopfen, wenn ich eine Mail an Jan schicke?

Ich weiß es nicht.

Ich weiß überhaupt nichts mehr.

Das wurde mir klar, als ich gestern das unwiderstehliche Bedürfnis verspürte, Jan anzurufen. Und mich dann nicht traute, weil ich so aufgeregt war, dass mir die Hände zitterten. Ich hätte herumgestottert und mich lächerlich gemacht, ich wusste es genau.

So kann es einfach nicht weitergehen: Alles ist ganz durcheinander seit diesem Kuss an Silvester. Meine Güte, ich kenne diesen Mann seit Ewigkeiten, er ist schließlich mein Schwager! Ich kann nicht zulassen, dass etwas zwischen uns steht und unser entspanntes, freundschaftliches Verhältnis trübt.

Und deshalb – Freitag der 13. hin, schwarze Katze her – werde ich heute Abend all meinen Mut zusammennehmen und mich in die Höhle des Löwen begeben. Ich werde klingeln und sagen: »…«

Hm. Ähm.

Also, wenn er die Tür aufmacht, sage ich einfach: »Hallo. Ich war gerade in der Gegend und dachte mir, ich schau mal bei dir vorbei.«

Genau. Das ist völlig unverfänglich. Und dann sehe ich ja, wie er reagiert. Ob er sich freut, mich zu sehen. Ob er mir ein Glas Wein anbietet, ob wir entspannt und freundschaftlich miteinander schwatzen können so wie früher. Es *kann* natürlich sein, dass er nicht da ist … vielleicht hat er Dienst.

Es *kann* auch sein, dass er Besuch hat … vielleicht hat er eine neue Freundin, von der ich nichts weiß?

Es *kann* auch sein, dass er unangemeldeten Besuch hasst und mich vor der Tür stehen lässt …

Es *kann* auch sein, dass ich mir einfach zu viele Gedanken mache.

Ich gehe einfach hin, und danach bin ich schlauer. Bin wild entschlossen, unangemeldet an seiner Wohnungstür zu klingeln, traue mich aber nicht, ihn anzurufen.

Schon merkwürdig.

Und ich weiß jetzt *genau,* was ich zur Begrüßung sage: »Fredde ist bei Sabina, und Lisa übernachtet bei Lilo und Fritz, und ich war grad in deiner Gegend – rein zufällig –, und da dachte ich, ich schau mal vorbei …«

14. Februar

Ob's mir jemand glaubt oder nicht – ich war die Ruhe selbst, als ich aus dem Auto stieg. Ich hatte mich noch nicht mal besonders zurechtgemacht – na ja, ich war frisch geduscht, hatte mir die Haare gewaschen, die Zähne drei Mal geputzt und mit Mundwasser gegurgelt. Ich war parfümiert, dezent geschminkt und trug meine Lieblingsstretchhose und meinen bordeauxroten Lieblingsschlabberpulli – aber ich mache mich ja immer zurecht, wenn ich aus dem Haus gehe. Dazu gehört selbstverständlich auch, dass ich Beine und Achselhöhlen enthaare und Finger- und Fußnägel lackiere und die Augenbrauen zupfe. Drei Stunden kann man ohne weiteres mal investieren, um sich ein bisschen nett herzurichten. Eine weitere halbe Stunde ging ins Land, weil ich beim Augenbrauenzupfen versehentlich den Vergrößerungsspiegel fallen ließ.

KREISCH!

Schwarze Katze, Freitag der 13. Und jetzt der Spiegel. Jeder weiß, dass ein zerbrochener Spiegel sieben Jahre Pech bedeutet! Sieben Jahre Pech ist zu viel, ich ertrag's nicht! Mit zitternden Händen fegte ich die Bescherung auf den Fliesen zusammen. Raste dann zum Computer in Freddes Zimmer und fragte im Internet mein Tageshoroskop ab. Verlor etwas Zeit, weil ich ziemlich lange suchen musste, bis ich eins fand, das mir gefiel: *Heute ist ein besonders günstiger Tag, um persönliche Angelegenheiten zu regeln,* stand da.

Na also! Hört sich das vielleicht nach sieben Jahren Pech an?!?

Besser, man geht auf Nummer sicher. Ich raste runter in die Küche, nahm zwei Teller aus dem Schrank und ließ sie zu Boden fallen.

Klirr!

Scherben bringen Glück, das weiß jeder. Keine schwarze Katze kann dagegen anstinken, kein Spiegel, und Freitag der Dreizehnte schon gar nicht.

Wo war ich stehen geblieben? Ach ja, vor Jans Haustür. Und ich war wie gesagt gaaanz ruhig, wenn man von ein bisschen Herzklopfen absieht. In Jans Wohnung im ersten Stock brannte Licht. Ich drückte auf den Klingelknopf.

»Ja?«, hörte ich aus der Gegensprechanlage.

»Ich bin's, Judith.«

Der Türsummer ertönte. Während ich die Treppe raufging, übte ich noch mal mein Sprüchlein: »Ich war grad in der Gegend, und da dachte ich …«

Dass Fredde und Lisa nicht daheim waren, würde ich doch nicht gleich bei der Begrüßung erwähnen. Es klang ein bisschen umständlich.

Jan erwartete mich oben im Flur. Er trug Jeans und ein kariertes Flanellhemd.

»Ich war grad in der Gegend«, hörte ich mich sagen. Meine Stimme klang piepsig.

O wie peinlich unglaubwürdig sich das anhörte! Ich wohnte am anderen Ende der Stadt, es war acht Uhr an einem eiskalten Februarabend, es gab nichts, was mich in diese Gegend geführt haben könnte, außer der Absicht, Jan zu besuchen, und ich hatte Jan noch nie allein besucht.

Ich merkte, wie die Hitze mir ins Gesicht schoss. »Ich hab mich verfahren, weißt du, und kam zufällig hier vorbei …«

Jan sah mich an, als hätte ich den Verstand verloren. »Du hast dich VERFAHREN?«

»Hm ja«, stotterte ich. »Ich war, äh, unaufmerksam, und es ist so dunkel draußen, da bin ich falsch abgebogen. Ich, äh, wollte dich nicht stören. Wollte nur kurz Hallo sagen und gleich wieder gehen.«

Das Schlimme an peinlichen Situationen ist, dass sie umso peinlicher werden, je mehr man versucht, sich aus ihnen herauszuwinden.

Das Maß war voll. Ich drehte mich auf dem Absatz um und wollte die Treppe hinunterlaufen. Jan war schneller. Mit einem Satz war er bei mir und hielt mich am Arm fest.

»Nicht weglaufen«, sagte er.

»Lass mich los«, sagte ich.

Und dann war es auf einmal dunkel im Flur, die automatische Beleuchtung hatte sich ausgeschaltet.

Jan lachte leise, legte die Arme um mich und zog mich an sich. Auf einmal war nichts mehr peinlich.

»Alles ist sehr kompliziert«, flüsterte er in mein Haar.

»Ja …«, flüsterte ich zurück. »Ich hätte nicht herkommen dürfen.«

»Ich hätte dich nie küssen dürfen«, sagte er.

»Aber das war das Beste, was mir seit Ewigkeiten passiert ist«, widersprach ich, zog seinen Kopf zu mir herunter und küsste ihn.

Wer jetzt eine heiße Sexszene erwartet, den muss ich enttäuschen. Ich will nicht behaupten, dass sie nicht stattgefunden hätte. Aber mehr verrate ich nicht. (Nur so viel: Ja, ich habe die ganze Nacht bei Jan verbracht, und es war eine der schönsten Nächte meines Lebens.)

Was werden wird mit Jan und mir? Ich weiß es nicht. Ich habe keine Fragen gestellt, und er auch nicht.

Que será, será.

Aber heute ist VALENTINSTAG. Das muss etwas zu bedeuten haben, oder? Immerhin ist St. Valentin der Schutzpatron der Verliebten. Nicht, dass ich mit Bestimmtheit sagen könnte, ob ich in Jan verliebt bin oder er in mich. Es ist eben alles sehr kompliziert.

Huch, es klingelt.

Es ist Jan. Er grinst und hält mir etwas hin. Oooooh … es sind Luftballons!

Ich liiiieeeebe Luftballons, vor allem, wenn sie aussehen wie dicke, fette, rote Herzen!!!!!!!!!!